失蹤

When a child goes missing,
two mothers' lives collide in a shocking way in this suspenseful novel
from the bestselling author of The Marriage Lie.

三日

Three Days Missing

A NOVEL

KIMBERLY BELLE

金柏莉・貝蕾 著

趙丕慧 譯

獻給我的父母，感謝你們始終相信。

凱特

工作上的電郵已經讓我的手機響個不停，而我還在催促著伊森完成早晨的例行公事。起床，著裝，看在上帝的份上刷牙梳頭。在我兒子短短的八年生命裡，他就從來不是一隻早起的鳥兒，而我也不是最有耐心的母親，即使我沒有一個從我踏出電梯的那一秒就計時的老闆。

我並不是說全職媽媽的壓力不大，但是至少那時我跟伊森兩個一條心，都戰戰兢兢繞著安德魯丟在滿屋子的蛋殼走。但是半年來我們養成了這種習慣，打從分居開始。伊森磨蹭，我嘮叨。

「快點，寶貝，我們得走了。」

他睡覺壓住的頭髮仍然根根倒豎，他的T恤上有污漬，皺巴巴的，也就是說他可能是從地板上的髒衣服堆裡隨便抓了一件。我兒子是個邋遢鬼，而且一點也不會覺得不好意思。他也手腳不協調，長相也不僅僅是彆扭而已。他的耳朵太大，鬈髮太不服貼，而他的眼鏡總是佈滿了指紋，好像就是沒辦法乖乖架在鼻梁上。

但是我全心全意愛他——我並不是包容他的古怪，我就是愛他的古怪。如果說安德魯教會了我什麼的話，那就是你不能愛一個人的這一點那一點，要愛就得愛全部，即使是醜陋的那一部分。

我催著伊森下樓，穿過擁擠的門廳，從後門出去。我們小小的牧場風格房屋不值多少錢，但是離婚是很花錢的，每次我的律師覺得勝利在望，安德魯就會又冒出一個荒謬的最後通牒來。我們蜜月時買的那張古董邊桌、他八百輩子前打破的那對水晶燭台、伊森嬰兒時期的照片底片。只要他要的不是伊森，我就會滿足他的每一個需索。

伊森停在汽車前，仍半睡半醒。「你還在等什麼啊？上車啊。」

他沒動。我查看手機上的時間──六點二十七。

「伊森。」沒聽見回應，我就輕輕搖了搖他的肩膀。「快點，甜心，上車。不然你就要錯過遊覽車了。」

也就是說從停車場到小鎮的另一頭只剩下三十三分鐘。今天的目的地：達洛尼加，在亞特蘭大以北一小時的地方，是早年淘金熱興起的城鎮。伊森的班級會在地下兩百呎的礦坑裡跋涉，淘選黃金和不太珍貴的寶石，睡在星空下的木屋裡。上個月他從學校拿回了家長同意書，我還以為是愚人節的玩笑呢。有哪個老師有那個膽量帶著一車的小二生去兩天一夜旅行的？

「這是我們每年都有的活動啊。」愛瑪老師是這麼回答我的。「我們住在YMCA的夏令營營區裡，所以百分之百安全。每五位學生就會有一位老師或是監護人照顧。孩子們一整個學期都在期待。」

她對每一個小二生的直升機父母都是這麼說的，但是拿這一套說辭來對付我，她抓錯了重點。我擔心的不是伊森的人身安全，而是情緒上的安全。伊森的智商高達一五八，是資賦優異的等級，卻也伴隨著特殊挑戰。這是個智力上優異、社交上卻笨拙的孩子；是個愛分析愛思索的孩子，時時刻刻都需要刺激；是個求知若渴的孩子，永遠有問不完的問題。他的說話，興趣，思考模式——他的世界跟同齡的孩子相差太大了，幾乎沒有共通點。他來康橋兩年了，還沒帶過一個朋友回家。沒人約他出去玩，沒人邀他去過夜。什麼都沒有。

但是他的班級整個春天都在上礦坑的歷史，愛瑪老師往他無底洞似的腦子裡填入了一堆水力沖採和地下坑道網的故事。我兒子跟我說這叫開採礦脈，而在今天早晨之前，他迫不及待想要親眼見識——儘管他除了跟我或安德魯之外從來沒有睡在別人的屋子過。他纏著我哀求，弄得我心軟了，只好吞下我的憂慮，簽了那張可惡的同意書。

他爬上後座，我拋給他一條無花生的早餐棒，他卻不吃。

「怎麼了，寶貝？不舒服嗎？」

「不是。」他看著早餐棒，扮個鬼臉。「只是不餓。」

「還是吃吧。你會需要力氣走階梯，進進出出礦坑。」我是刻意提醒他這一點的，想要激起一些他之前的興奮。

但是我兒子很清楚我的用意，他給我的表情就是標準的伊森臉。下巴往下，挑高眉毛，眼珠子將滾未滾。他重重嘆了口氣，連小小的身軀都抬了起來。

「你早上老是肚子餓，今天為什麼不一樣？」

「不知道。」他的眼鏡往下滑，他動動鼻子把眼鏡推回去。鏡架太鬆了，假玳瑁眼鏡對他的頭來說太重了。伊森八歲，可是身形卻像是六歲的孩子，又一個他得面對的劣勢。「我就是不餓。」

妳不能再這麼嬌生慣養他了。我聽到安德魯的聲音，清晰得有如他就坐在這裡，在我旁邊的乘客座上。不然的話這孩子永遠也學不會自立自強。

妳不能。他永遠不會。這就是安德魯一個讓人刮目相看的本事：他是怪罪別人的專家。而且他只練習了短短幾年就達到了專家的水平。

不過安德魯不在這裡，而我需要去上班。我只能勉強付得起康橋經典學院一半的學費，尤其是離婚手續仍在辦，帳單又像流水一樣來，我的恐懼就跟伊森恐懼床底下的怪物一樣。我的老闆沒有孩子，她不了解伊森的小小愛因斯坦腦袋需要比常人還要多的時間來衡量正反兩面。我需要這份工作，所以我得讓他上那輛遊覽車。我發動汽車，倒出車道。

去學校的路上我一直從後照鏡觀察伊森的表情。我不止一次希望我跟他父親的離異能不要那麼驚天動地，希望我們的交談不必限於紙上，也不必隔著最少兩百呎的肢體距離。限制令讓共同養育孩子變得更棘手，尤其是你這個要去達洛尼加的兒子坐在那兒瞪著窗外，活像是要去做根管治療。

我按了收音機鍵，關掉了晨間節目的閒扯淡。「甜心，拜託跟我說，是怎麼了？哪裡不對勁？」

他的目光閃向我，停駐了一秒就又移開了。他聳了聳肩，即使他明明有答案。伊森一定知道答案。

「你是擔心別的孩子嗎？」

他皺眉，而我知道我說到他的痛處了。

「是不是又有人跟你搗亂？」

我刻意不說欺負，他的老師一直避免用這個字眼，還有那個小混蛋的名字——即使我們兩個都知道她指的是誰。愛瑪老師總是大事化小，當作稚氣的拌嘴，保證都在她的控制之下。但是問題也就出在這兒。她把所有的欺壓都當作幼稚的小吵小鬧，即使都已經見血了。

「要是你告訴我出了什麼事，我可以幫你處理。我會跟愛瑪老師談，確定她知道問題所在。愛瑪老師和我都是跟你同一國的，知道嗎。我們想幫忙。」

「沒什麼，好嗎？沒有人跟我搗亂。」

「那你是擔心離開家嗎？」

伊森對著後照鏡皺眉。

「那你真不用擔心，知道嗎。愛瑪老師會把你照顧得很好。」

沒有回答。他沉坐在椅子裡，兩手包著手肘，指尖在皮膚上緊張地敲打——他只要不想談，就有這個小動作。

接下來的路程我們都默不作聲。

我飆進了康橋學院綠樹成排的車道，駛向停車場，不必看儀表板我也知道已經超過七點了。那些靠瑜伽保持身材的媽媽在草地上閒蕩，尖叫的孩子繞著她們的腿亂跑，愛瑪老師在踱步，手機緊貼著耳朵。她們愀然不樂的臉就說明了一切。

遲到了。

我一看到車位就停了進去，用力踩煞車，急急忙忙下車。

「對不起，」我從車頂上喊。「我們來了，我們來了。對不起。」

伊森從後座下來，停下來觀察在草地上亂跑的孩子。他的表情洩漏了他的想法，他的渴望是那麼的明顯，幾乎就寫在空中。我的肚子像挨了一拳，就像懷孕九個月時被他的小腳狠狠一踹，險些踹穿我的皮膚一樣。我美麗又聰明的兒子最想要的事就是能夠融入他們，而我不知道能幫上什麼忙。

他嘆口氣，身體探進車子裡，把背包扛在一邊肩上。

我戳了戳他另一邊肩膀。「嘿，我給你準備了一個驚喜。」

他給我的眼神充滿了懷疑。伊森知道家裡經濟拮据，驚喜只有特殊的場合才有。「哪種驚喜？」

我打開了後車廂。他歪著頭看了一眼，等他回過頭來，他瞪大了眼睛。「妳給我買了睡袋？」

我露齒而笑。「我給你買了睡袋。」他在沃爾瑪看到時想要得不得了，不是因為這件木乃伊式睡袋附了可翻折的兜帽和枕頭，而是因為有內袋可以把他睡覺必需的破嬰兒毯子藏起來，不讓同學知道。「你的那個已經放進去了，在內袋裡。」

他臉上綻開的笑容就值得了每一分辛苦錢。

「喜歡嗎？」

他伸手進去，把睡袋抱在懷裡。大睡袋襯得他好嬌小，好像隨時都會害他絆倒。「棒極了。」

「太好了。那你大概不需要我幫你帶的另一樣東西了。」

他的眼睛瞇成了一條縫。「什麼東西？」

我探進車子裡，從我放在中控台上的皮包裡抽出了一個棕色的舊皮革荷包。

伊森一眼就認了出來，滿臉興奮。「妳曾祖父的羅盤？」

更精準一點的說法是他的測量羅盤，是十九世紀中葉製造的，左右兩端有一對可以立起來的黃銅準星，我的曾祖父用它來測量田納西和肯塔基交界處的林地。可能不值什麼錢，因為刮痕太多，東北角上還有一處星形的裂痕，但這是我母親在臨終前交給我的，所以在我心裡它是無價之寶。

他一手抓過去，用兩手大力按在睡袋上。「我會很小心的，媽，我保證。」

「說清楚喔，我可不是要送給你──還不到時候。不過如果你覺得可以讓離開家容易一點，那你可以借用兩天。」我彎下腰直視他的眼睛。「說實話，知道它在你這裡也讓我覺得舒服一點。要是迷路了，你可以用它來幫你找路回家。」

他開心地嘻嘻笑。「我才不會迷路呢。」

「我知道。不過還是帶著。」

我們後方的遊覽車發動了引擎，轟隆隆的響著，流線型的黑色車輛更適合搖滾巨星跟他的隨行人員，而不是二十幾個尖叫的八歲小鬼頭。他們大多已經上車了，在黑玻璃後叫喊出他們的興奮，告訴我們早該出發了。愛瑪老師轉過來，看著我們。她的目光和伊森的交會，她微笑，舉起兩隻手詢問。要不要來？

我們拿起他的東西，匆匆穿過草地。

到了停車場邊緣，我蹲下來，跟伊森臉貼臉。這次的道別很快，乾淨俐落，無論是對他還是對我。「要乖喔。要聽愛瑪老師跟隨隊家長的話。」我扶正了他的眼鏡和皺巴巴的領子。「還有，開開心心地玩。」

他抿著嘴唇對我一笑。「我相信我做得到。」

我回想起第一次抱他，在醫院的分娩室。他那麼小，那麼粉紅，黏答答的，脆弱得不得了。我記得他抬頭看著我，小小的嘴巴張開又閉上，像條魚，那一剎那，泉湧的母愛奪走了我的呼吸。那些希望、意圖、恐懼——跟我現在的心情完全無法比擬。

「天啊，我會好想你。」我把他拉進懷裡擁抱，又快又猛，讓他掙脫不了。我吸入了他熟悉的味道——洗髮精、洗衣精，還有似有若無的臭小狗的氣味。

「要走了嗎，伊森？」愛瑪老師向他伸出了一隻手，同時看著我微笑。「我們會好好照顧他的，我保證。」

我點頭，把孩子交給了她，告訴自己他不會有事的。伊森會得到妥善的照顧。說不定離了校園和教室，他還會交到朋友呢。

拜託，上帝，讓他交到朋友。

愛瑪老師最後一次揮手，就把伊森往轟隆作響的巴士上推。幾個小時之後，就是這一刻讓我不斷回想，在我的心中一遍又一遍重播，不是我的兒子消失在煙燻玻璃後的一幕，而是我的背脊冒出一股涼意，差點讓我阻止他走的那一幕。

凱特

失蹤三小時十三分

天沒亮我就醒了，是被門口的騷動吵醒的，我立馬想到安德魯。不是那個迷人貼心的安德魯，總在超市裡用小指頭勾著我的小指頭，或是每週六幫我洗車，而是那個結婚越久就越常喝得醉醺醺、頤指氣使的安德魯。床頭几上那一摞自我成長書籍會說我現在想到他是典型的制約範例，是對一個重複的刺激漸漸形成的反應，就像是閃躲衝著你來的一記反手耳光。我不需要書本或是心理學家就知道，現在就是安德魯在樓下捶著我的大門。

我拉過一個枕頭來蓋住頭，等著聽他的哀叫聲鑽進我的臥室木門。*凱特。我能改。妳為什麼不給我機會？*

但是安德魯的聲音沒有傳進來，反而是雨點穩定地敲打在屋頂上，而搖搖欲墜的老房子連口氣都不敢喘。

我把枕頭拋開，看了看對面牆上的警報器，這是我加裝的電子防線，因為我屋裡的東西老是被亂動。加框的照片歪歪斜斜掛在牆上，一疊紙被弄散了，安樂椅下的編織地毯被拉出了一角。這是安德魯在惡整我，讓我知道就算他沒有鑰匙，他仍然是那個當家作主的人。這狀況半年前停止了，因為迪卡爾布郡的法官簽發了一紙禁制令，不准他靠近我兩百呎之內。為了以防萬一，我在前門台階旁的地上插了一面保全公司的招牌。這裡有ADT保全，混球。想都別想。

閃亮的紅燈讓我知道系統正常，但是樓下的另一聲捶打告訴我安德魯鐵了心要把我弄下床。禁制令的用意倒是很不錯，但迄今為止我還不覺得受惠。我從經驗上得知等到警察趕到，安德魯早就跑了。我伸手拿手機，這才想起我放在樓下的廚房裡了。

樓下又傳來一聲捶打，是拳頭連續五次短促的捶擊。

換作是平常，這時候伊森會搖搖晃晃跑進我的房間裡，鬈髮倒豎，跟個刺蝟一樣，一手揉走眼中的睡意。我一直都小心翼翼不讓他看見他父親的醜態跟我的裝腔作勢，但是類似這樣的時刻也夠多了，我不由得懷疑我們不斷的爭吵是否留下了永難磨滅的傷痕。離婚就像一個憂愁的污水池，把你的靈魂吸進去，尤其是被卡在中間的無辜孩子。

我推開了被子，下了床，很擔心安德魯的喧鬧會吵醒鄰居。我擔心他會把氣出在我的玫瑰花叢上，或是一拳擊碎玻璃窗。我還沒想到會是別種可能。

然後我打開了臥室門。

樓上的走廊通常都亮著街燈的黃色光暈，現在卻閃著一片紅藍光。顏色染上了牆，劃過天花板，我一驚，加快了腳步，卻絆到了髒衣服往外溢的柳條籃和伊森的一雙破爛運動鞋，險些就從樓梯摔下去。我三步併作兩步飛奔下樓，恐懼得忽然兩腿發軟。現在是大半夜，我兒子不知道在多遠的地方，而警車卻停在我家車道上。

天主見諒，不過我在心裡暗自祈禱出事的是安德魯。

他出了車禍。他被捕了。

拜託，主啊，可別是伊森。

一下樓我就看見一個男人填滿了大門旁的直立窗。他體格龐大，六呎多，寬肩，一身肌肉像是練趴拳舉啞鈴練出來的，而不是吃甜甜圈囤積出來的肥油。他的藍眸鎖定了我的眼睛，我脖子後面的寒毛全都豎了起來。

他把警徽貼著玻璃。「我是布蘭特．麥金塔，亞特蘭大警局的。我要找凱思琳．簡金斯。」

我從裡到外都變成石頭。要是我開門，要是我證實我是凱特．簡金斯，他就會告訴我一些我不想聽的事情。這一瞬間像是沒完沒了，除了我又急又喘的呼吸聲之外，一點聲響也沒有。

他沒穿制服，但是衣服是暗色的。暗色襯衫，暗色長褲，質料就跟他身後的天空一樣漆黑。

「女士，妳是凱思琳．簡金斯嗎？」

我清清喉嚨。點頭。「我是凱特。」

他把警徽放回口袋裡，退開來露出他後面的車子，警示燈把落下的雨點染成了紅藍色，一點一點的色彩在天空中旋轉，萬花筒似的。「可以麻煩妳開門嗎？」

我打開玄關燈，扭開門鎖，轉動門把，警報鈴聲響徹雲霄。糟了，我的腦子剛動，我的身體已經提前半秒行動了，衝向警報器去鍵入密碼。我發抖的手指不聽使喚，按了三次才把序號按對。

房屋一下子沒入了靜寂，好像其他的聲音都只在我的耳朵裡響。

他刻意面無表情，但是肢體語言卻讓我硬起頭皮來等著聽他要說的話：「妳的兒子，伊森・梅道斯，跟妳在家裡嗎？」

「沒有。」我的心臟重重一撞，不是好兆頭。「他不在家，學校旅遊。」

「那很遺憾我必須通知妳這件事，伊森在柯羅斯比營地失蹤了。」

靜電在我的耳朵裡滋滋響。我的腦子把他的話全都推到一邊，只剩下一句——重要的那句。

「伊森失蹤了？」我需要這個人向我解譯。我需要他詳盡說明。

他說了，連筆記都不用看。「伊森的老師在凌晨兩點半點名，發現伊森失蹤了。她和另一名隨隊家長搜尋了附近，卻找不到妳兒子的蹤跡，於是她們在三點零七分報案。蘭普金郡警長辦公室立刻就派人抵達現場，發起了有組織的搜索行動。目前他們仍沒找到他。」

「我相信他……他可能只是……想去上廁所什麼的，結果找不到路回去。」

「這也是他們的一個假設。城市孩子到了樹林裡很可能會分不清方向，尤其是天黑之後。」

「那……那其他的假設呢？」

「到這個時候，他們什麼可能都不排除。」

我想像我的兒子在一片比惡夢還要黑的樹林裡，我就像快栽倒了，胸口有什麼緩緩散掉了。伊森到現在都還得點著夜燈睡覺啊。他還堅持要讓房門留一條縫，開著走廊上的壁燈，讓燈光能斜射在他床腳的地毯上。我想到他在寒冷漆黑的樹林裡，我感覺到他的驚慌，就像空中的電一樣清楚。

每個母親都懷著這種秘密的悚懼，在我們比較憂鬱的時刻我們讓它悄悄潛入我們的意識裡。它對著我們的耳朵吹出熾熱的、酸臭的氣息，把我們最原始的恐懼吹進我們的心裡——就是早晚有一天我們的寶貝會出事。我們安慰自己說不可能。我們告訴自己不會是我們。不會是我們的孩子。我們把恐懼塞到灰塵最厚、最受冷落的心靈角落裡，就靠這樣子熬過最壞的事和可能會發生的危險。

可有時候，房子安靜無聲，大家都睡了，我們會允許自己懷疑。我能怎麼辦？我能怎麼反應？

我的反應是兩腿像果凍，肺葉變水泥，不吐氣也不吸氣。我的皮膚變燙，血液變冷，視線模糊，因為眼淚，或是缺氧，或是兩者都有。什麼銳利的東西劃開了我的胃，插了進去，痛得我彎下了腰。

伊森失蹤了。

這句話一遍又一遍在我的心裡響著，連同他在伸手不見五指的森林裡，一窩野生動物在啃咬他的腳趾，或是咬住他的脖子把他往樹叢裡拖的畫面。他痛嗎？他是清醒的嗎？他活著嗎？

我猛地挺直身板，呼吸又回到一連串哽住的嗚咽。

警察走進屋來，輕輕關上門，伸手來扶我的手肘。「我們找個地方讓妳坐下來。」

我拍掉他的手。「他們找了多久了？」我的聲音太高亢太尖銳，歇斯底里漸漸在我的胸口打了個帶刺的死結，我幾乎沒辦法說話。「多久？」

他看看手錶。「現在快滿三個小時了。我們一直在聯絡妳。」

「三個小時！三……多少人在找？」

「我不知道確切的人數，女士，但是兒童失蹤絕對是列為最重要的案子。就算手邊的人手不夠，他們也會調動附近的分局，召集志工。大半夜的要組織一支搜索隊需要較長的時間，但是警長經驗豐富，他的部下也對那片森林瞭如指掌。」

如果真是這樣，如果警長和他的手下知道每一個覆滿青苔的石頭、每一處洞穴、每一棵倒木的位置，那些伊森可以藏身的地方，那他們不是應該早就找到他了嗎？

「昨晚。」他的目光從我的肩膀掠向黑暗的走廊。「妳是幾點到家的，有人可以證明妳的去向嗎？」

也許是缺乏睡眠或是震愕或是驚懼的緣故，但是我的腦子就是沒辦法消化他的問題。「什麼？」

我的喉管緊閉，因為就在這時我恍然大悟：他是在跟我要不在場證明。我的孩子在距離這裡幾小時之外的森林裡迷路了，而這個人被派來指控我帶走了他。

「我一直上班到快九點，」我咬著牙說。「然後就直接回來了。沒有再出門。不相信的話可以去問保全公司。我相信他們會記錄我是幾時打開又關上警報器的。」

接著我又頓悟了什麼，我的皮膚像是有電流竄過。「我的天啊，你們是認為有人綁走了他？」

「不一定，但是我們找不到妳……我說過，我不能不問。」他的語氣幾乎帶著歉意，但是他那種悠哉的警惕態度卻讓我的心揪成一團。「警長想請妳盡快趕到達洛尼加。妳知道該怎麼去嗎，還是要我把地址寫給妳？」

我一個轉身就衝上走廊，睡袍拍打著腳踝。我到廚房流理台上翻找我的手機，一打開就看見有二十七通未接電話。二十七通。

好母親在兒子外宿時會把手機放在床邊，她也不會在兒子消失在黑夜中的那一刻毫無知覺。她會早就知道。

「妳有什麼人可以找嗎？親戚朋友，可以載妳過去的？」警察站在我的廚房裡，眼睛收入了一個職業婦女和邋遢的八歲孩子留下的狼藉。洗碗槽的馬克杯和沾著麵包屑的盤子快滿出來了，學校的通知和作業郵件堆成了一座小山，桌上兩只麥片碗，早餐的殘餘結成了硬塊。

我搖頭，又點頭，又搖頭。我是獨生女，父母雙亡，而那些能聯絡的人全都不住在本地。老家的高中朋友住在田納西州最北邊的一個小鎮上。盧卡斯，我沒有血緣關係的兄弟。離婚前我唯一還保持聯落的亞特蘭大朋友伊姬，這會兒正跟她最新的情人崔思坦還是坦納還是管他叫什麼的航向英屬維京群島。最後只剩下安德魯。

打死我也不幹。

我咚的一聲丟下手機，衝向後門。警報器旁的鑰匙鉤上空蕩蕩的，我還特別伸手去摸，以資確定。沒有鑰匙。我打開燈，在地板上尋找，踢開伊森的書包，他老是忘了要掛起來的外套，一雙毛茸茸的粉紅色拖鞋。也沒有。

跑哪兒去了？

另一波驚慌打過來，像一群憤怒的蚊子在我的腦袋瓜裡亂飛。我需要到達洛尼加，我需要到森林裡，高聲大叫伊森的名字，把嗓子喊啞。我需要幫忙他們找到我兒子。不——我需要想個辦法回到昨天早晨，我才能把油門踩到底，直接飆過去學校的路口，那這一切就不會發生了。伊森會平平安安的，在樓上的房間裡打呼。我會在牆壁另一邊，被汗濕的床單纏住，驚呼一聲從床上坐起，發覺只是一場可怕的惡夢，放鬆下來，全身無力。

我猛地轉身，翻找我的皮包，把裡頭的東西倒在流理台上。我的皮夾，一大堆皺巴巴的收據，一把薄荷糖，卻沒有鑰匙。

警察仍在說話，說什麼慢下來，坐下來，冷靜下來之類的話，可他在這裡我沒辦法思考。我兩手抓頭髮，緊緊閉上眼睛，想要封擋他的聲音，想要記起來我把天殺的鑰匙丟在哪裡了。我昨晚回來，把皮包和手機丟在流理台上，倒了杯酒——我推開警察，一把拉開冰箱門，萬歲，銀色的金屬在惠而浦金黃色的燈光下閃爍。

我伸手就去抓，但是我的動作不夠快。一條長手臂繞過我，一隻巨掌搶先握住了鑰匙。

我砰地關上門，原地轉身，突然間，我承受不住了。恐懼、震驚、擔憂，加上我的疲憊和搶走鑰匙的警察，還有我孤苦伶仃一個人。挫敗和無助，也許還有一丁點的自憐，我淚如雨下。

警察的肩膀鬆懈了下來，把我的鑰匙放進了他的長褲口袋裡。「去穿衣服。記得要穿可以活動自如的，還有穿運動鞋。帶個過夜的行李，裝基本的用品——換洗衣服、牙刷、妳需要的衛生用品。也幫伊森帶一個，帶個我們找到他時他可能會需要的玩具或是填充玩偶。」他把我的手機從流理台上拿起來，在耳邊揮舞。「這玩意的充電器呢？」

我太震驚了，什麼也回答不了，只說得出一句話：「樓上吧。」

「一起帶走。妳一收拾好我們就走。」

凱特

失蹤三小時二十三分

我在東亞特蘭大的住處是在塔克區沒落的那一頭，破敗的開發區，習慣了半夜三更有警車駛過。同一條街的鄰居都不是好惹的——老菸槍女人對著門階上的陌生人揮拳頭；啤酒肚的男人閃著金牙，胳臂上是褪色的刺青；青少年穿垮褲，跟一群還不到抽菸年紀的小孩子在人行道邊鬼混。這裡的房屋也好不到哪兒去——破舊歪斜，排水管彎垂，油漆斑駁，修補的油漆也是東一塊西一塊的，庭院則是雜草蔓生。我在那個警察的車子裡從雨水打濕的車窗看著這些屋子一棟一棟倒退，在骯髒的昏黃街燈下看見蕭條的景況以及偶爾亮著的門廊燈。我以為嫁給安德魯可以讓我從這樣的社區逃走，誰知道安德魯會為了遮掩他從公司偷的錢和資產，丟出那麼多鬼鬼祟祟的煙幕彈。

「妳還好嗎？」警察問，嚇了我一跳。「抱歉，不是故意要嚇妳的。」

「你為什麼，沒穿制服？」這問題說得顫巍巍的，還忽快忽慢。我居然還能說話，我自己都詫異；我的喉嚨乾得像沙漠，舌頭重得像鉛塊，脹成兩倍大。

「因為我不是在街上巡邏的警員。我是在值夜班的刑警。」

「這樣子不會有點超過你的薪給等級嗎？」

「啥，失蹤兒童？」

「不是。是大老遠送我去達洛尼加。有多遠，五十哩？」

他眼睛仍看著前方，說：「應該是六十五哩。」

這個數字讓我不只一點點不自在。我知道這個人發過誓要維護治安、為民服務，可現在是大半夜，而且我是個陌生人——他一開始還懷疑我涉及親生兒子失蹤案呢。他現在還當我是嫌疑犯嗎？他提議要載我是為了要跟緊我，尋找罪證嗎？我想把疑慮拋開，卻沒辦法。遇上了安德魯之後，我曾經敏銳的直覺就不靈光了。誰弄得懂為什麼有人要做這個做那個呢？

說到安德魯，有人通知他嗎？是不是也有一名警員去敲他的門，把他從床上拖下來？想到要跟他再見，想到幾個月來在營地跟他第一次面對面，我就緊張得皮膚發癢。

我去翻腳邊的袋子，找我的手機。「我需要打給盧卡斯。」

刑警伸手把音響關掉，到目前為止我只聽到斷斷續續的警用辭令。

頭三通電話都進了語音信箱，我就知道。終於，第四通，盧卡斯低沉含糊的聲音傳了過來。

「怎麼了？是安德魯嗎？」

「不是，是伊森。」我說出兒子的名字，聲音分岔。「他不見了。」

「不見了是什麼意思？」跟我的第一個問題差不多。難怪我會第一個先打給盧卡斯。「在哪裡不見的？」

「他跟全班一起住的木屋裡。他去達洛尼加戶外教學，記得嗎？他的老師點名，發現他不在。」又一波恐懼的浪潮襲來，像鐵砧一樣撞在我的肋骨之間。「他失蹤超過三個小時了，盧卡斯。」

一陣沙沙聲，床墊彈簧吱呀叫，我在心裡看見他坐在床沿上，在諾克斯維爾南區的房子裡，房子比我的大一點點，不過天花板不會漏水，地下室的牆上也沒有壁癌。盧卡斯是營建業的，也就是說，自從房地產不景氣之後，他什麼活都幹。焊接、砌磚、修屋頂、油漆、水電、園藝造景、粗工，無所不包。

他同時也是陸戰隊退伍的，專精搜索救援。他可以在任何森林裡追蹤到任何動物。要是他現在出發，可以在三小時多一點的時間裡趕到。

背景飄來了惺忪的女性聲音，他連忙要她噤聲。盧卡斯是個好看的男人，繫著工具腰帶，騎哈雷。他的床上永遠不缺女人，不過幾乎都不會是同一個。更多的沙沙聲，然後是開門聲。

「好，告訴我經過。從頭開始說。」

「我只知道這麼多。他去了那裡——現在不見了。警察正在找他。」

「多少人？」

「不知道。」

「他們找警犬來了嗎？志工和直升機？」

「不知道，不知道，不知道。」驚慌在我的心裡累積，像一聲尖叫，像漸漸抽緊的索套。

「靠。好吧，我上路了。妳在哪裡？」

我尋找路標，想要了解環境。這時我們已經上了高速公路，路面寬闊，交通繁忙，右線道擠滿了運木卡車。前方有綠燈指出我們是北上往康明。

「我們快要上四百了，所以是，再一個小時？」刑警點了點下巴。「對，他說再一個小時。」

「『他』是誰？」

「到我家的刑警。他開車送我。」我知道他在我的前門玻璃窗上亮過警徽，報上了他的姓名和職稱，但是我完全記不得。發現門口站了個陌生人，我就被驚慌和震驚的洪流沖走了。我把手機拿遠一點。「實在是不好意思，可是我忘了你的名字了。」

他瞄過來一眼。「布蘭特．麥金塔，亞特蘭大警局。」

我對盧卡斯重複。他說：「我現在要出門了。」

我像是心口上的大石頭落了地，卻又像被更尖銳的東西刺了。「你是不是覺得他……像是，去廁所之類的，結果找不到路回來？」這是我一直跟自己說的版本，說伊森失蹤只是轉錯了彎、走錯了路這麼簡單。我太想要相信他就躲在一棵樹下，早晚會有人找到他的。別的可能太可怕了，我連想都不敢想。

「他太聰明了，不會迷路。」盧卡斯說。我縮了縮，即使我知道他說得對。「聽著，無論他在哪裡，都不可能走得太遠。」

雨刷勤勉地動著，節奏又急又忙，卻還是刷不走雨水。我想著山區下大雨的危險——寒冷的水潭裡有漩渦和落葉，飽和的土壤像流沙一樣；土石流又快又猛，席捲行經之處的一切東西。

「現在天還沒亮，盧卡斯。」

「我知道。」

「而且下大雨。他會淋濕。」

「我會盡快趕到。」

「好。」我叫自己呼吸，想要把驚慌的心情壓制住。盧卡斯的專長就是解決問題，看他選擇的職業就知道了。他會幫我解決這件事的。不行也得行。

「妳還打給誰了？」

「誰也沒有。你是第一個。」

我知道他真正問的是我有沒有打給安德魯，因為他假設安德魯就是這通電話的原因。盧卡斯從沒喜歡過他。

我嘆口氣。「我明天早上再打給他，要是他們還沒有——」

「他們會找到他的，」盧卡斯說，以果斷堅毅的聲音斬斷了我憂愁低落的情緒。「就算他們找不到，我也會找到。」

我咻的一聲吐出氣來，因為放下心來而灼熱。我一直在等這句話，要是我百分之百誠實的話，這也是我會打電話的原因。盧卡斯出發了，而除非他找到了伊森，他是不會罷休的。

我的心裡有個不算小的聲音在祈禱盧卡斯不會太遲了。

伊森滿十個月大的三天之後，我就知道他不一樣。他把奶瓶還給我，說：「不要，我要果汁。」短短六個字，字字平常，卻是個完整的句子。主詞，動詞，直接受詞。不是他這年紀的幼兒說得出來的。

安德魯主張只要心理醫師認為可以，就要盡快帶他去測試。後來伊森兩歲了。那位一板一眼的女心理醫師穿著鉛筆裙、戴珍珠項鍊，告訴我們伊森的成績落在天才的那個等級，我永遠也忘不了安德魯的表情。一眨眼間，安德魯不在乎他的小娃對企鵝的求偶儀式很著迷，或是讓一個恐怖的兩歲小孩不使性子的唯一方法就是打開收音機聽巴哈。這古怪的變化只有一個解釋——他可以向全世界炫耀。

「我兒子很聰明，」安德魯會向我們的朋友、他的網球球友、排在他後面等著付錢的陌生人這麼說，而且刻意用大家都能聽到的音量。他一向是個大嗓門，可是在吹噓時他喜歡再拉高個幾分貝。「不是，是真正聰明。智商一五八，比愛因斯坦少兩分而已。心理學家說是遺傳的。」

安德魯指的當然是他自己。他兒子的聰明是從他那兒來的。

「伊森是天才，」我現在向麥金塔刑警說，一聽見我自己說的話有多像安德魯就忍不住瑟縮。「我兒子不是活潑好動型的，不過盧卡斯說得對——他夠聰明，知道怎麼去廁所和浴——羅盤！」

刑警瞄了我一眼。「什麼羅盤？」

「我給他的，就在今天早晨。是一個舊的測量羅盤，可是還能用，而且他知道怎麼用。」希望在我的胸口擴散，軟軟的、輕輕的，像棉花糖。「要是他迷路了，他會用羅盤找到回去的路。」

「或是走出來的路。」

「走出樹林？」我搖頭。「你不了解我兒子，他是不會故意走進樹林深處的。他怕黑，就算他帶了手電筒，他也太循規蹈矩了。我就是看不出他會那麼做。」

「等會兒見到了警長，一定要把這些事告訴他。他會想要從伊森的角度去思考，多了解他的想法。」

現在快六點了，天空從漆黑轉為槍枝一樣的灰色，大朵大朵的雲擋住了第一抹的晨光。大多數的聯結車和尖峰時刻的通勤族走的都是相反的方向——往市區——北上的車道大致上空蕩蕩的。公路兩邊巍峨高山拔地而起，闇黑的山稜消失在厚厚的一層霧霾中。

伊森不會有事的，我告訴自己，唸咒似的一再重複。*他只是迷路了。很快就會有人找到他的。*可是別的話——搥心肝、扼住呼吸的話——更響亮、更堅決、更兇狠，像鮮明的塗鴉刺在我的眼睛上。飢餓的動物，無底的溝壑，傾倒的樹木。對一個孤身的八歲小孩來說，山區步步都是危機。

「還要多久？」

刑警查看了衛星導航。「再四十分鐘左右。」

在車子的昏暗燈光下，他顯得年輕，幾乎有點孩子氣，但是他的臉卻帶著見識過太多的滄桑。在亞特蘭大這種總是全美最危險城市前二十名的地方裡當刑警，我猜他見過的確實是太多了。

無線電忽然爆出噪音，隨即沉默。打從我們離開亞特蘭大之後就這樣，斷斷續續的嘎嘎聲，只有聲音沒有形體的人說著行話和數字，是緊急事件的秘密語言，害我每次聽見就會惶恐得發抖。

「他們說什麼？」

「警犬還沒聞到他的氣味，就算有也不是最近的。」

「哪種警犬？」

「偵測的、追蹤的、搜救的，可能三種都有。我不知道是哪裡來的，不過一隻訓練有素的搜救犬找到人的速度比人類快多了，而且也不需要日光。」

「可是伊森失蹤快要四個小時了。為什麼會花這麼久的時間？」

刑警瞄了我一眼。「氣味污染會是他們必須面對的一個最大的障礙。這些狗受的是分辨的訓練，所以能夠從其他孩子的氣味中找出妳兒子的來，但是找到正確的方向，以及最新的氣味，卻需要一點時間。」他比了比儀表板，指著擋風玻璃上賣力的雨刷和車外的環境。「下雨也是一個不利的條件。」

而且還是一連下了幾小時都不停的雨。沒有太陽，沒有一片片的藍天，只有烏雲往大地倒水，沒完沒了。

「是因為視線更不清楚嗎？」

「不是，是因為更難聞到氣味。搜救犬效率很高，但是卻聞不到被沖走的味道，而雨量只要到三吋就會發生這種情況。有風也不好，比較涼的空氣也不好，涼空氣一旦撞上潮濕的地面就會產生上升氣流。訓練員會知道如何應對天氣，在安排警犬時會把這些條件都考慮進去，可是老實說，現在的條件都不能讓他們的工作輕鬆一點。」

我的眼睛刺痛，因為他不怎麼樂觀的最新消息。儘管很難接受，我還是很感激他的坦誠相告。車子的無線電又響了起來，我屏住呼吸，向前探，既抱著希望又心生恐懼。我伸長耳朵想在雨聲和雨刷聲中聽出對方在講什麼，但是訊號卻充滿了干擾。我注意刑警的表情，他的眼睛瞇成了一條縫，在看向我這邊之前先轉了轉脖子。

「他們要求妳描述伊森的背包。」

我的心臟結冰，緊抓住大腿兩側的椅子。「為什麼，是他們找到背包了嗎？」

「聽起來他們是想找到背包，需要確認背包的樣式。可以的話，細節越多越好。」

「那是淺藍色和黑色的背包，正面有隻憤怒鳥。蓋子翻開來會看到麥克筆寫的他的名字。」

他把我的回答複述給無線電另一頭的人聽，同時也告訴了他們羅盤的事。聲音噗哧噗哧的響，他把對講機貼在大腿上。「還有什麼可以用來追蹤他的東西嗎？手機、iPod Touch、遊戲機之類的？」

「沒有。他沒有手機，我也不喜歡他打電玩。他可以用我的舊iPad，可是放在家裡。」

因為我太擔心他會弄丟，因為我太擔心費用。在今天之前那些不過是一堆金屬和玻璃的笨玩意，無關緊要，可現在卻可以用來找到他。

他對著無線電重複了我的話，接著是一陣漫長的靜電聲。「了解。」對方說，隨即掛斷。

麥金塔把對講機放回架上。「我們會需要進入妳家去拿那個iPad，看他有沒有跟誰在網上聯繫過。他們也會想仔細看看他的房間。」

「為什麼？」

「他們也會有一大串的問題要問妳，都是為了同樣的理由——首先，從妳兒子的角度思考。看他的生活中是不是有什麼事可能和他失蹤有關。在妳的腦袋瓜開始胡思亂想之前，先想想這一點：他把背包帶走了。那表示他是有準備的。」

我搖頭，確定的是剛好相反的情況。「我就是不覺得伊森會在半夜三更亂跑。他是不會離開木屋的，即使是他的老師給了他明確的許可。愛瑪老師和其他的隨隊家長呢？其他的孩子呢？一定有人看見了什麼才對。」

「要是我跟妳易地而處，我大概也會問蘭普金郡警長差不多同樣的問題。有這麼多人包圍著，伊森是怎麼會失蹤的？」

而就在這時，我的心思飛向了刑警不要我去亂想的事情。伊森為什麼不大叫，驚動隨隊家長？他是在槍管的威脅下又踢又叫地走的，還是自願走的？為什麼別的孩子都沒聽見？為什麼會沒有人看見？

這時麥金塔刑警已經駛離主幹道，順著十九號平坦的彎道進入達洛尼加。這邊的車道較窄，柏油路面坑坑窪窪的，有些地方還有又深又黑的水坑，輪胎會陷進去，害得我們的車尾朝護欄甩去。又一個彎道，我緊抓著門把，而他則像個賽車手一樣操控車輛。

「那第二個問題呢？」一回到堅實的地面上我就問。

他的兩眼都盯著馬路，話說得又慢又謹慎。「第二個問題是問妳自己，誰會想跟伊森有更多的相處時間。因為妳的兒子失蹤得越久，越是讓人找不到，他並沒有失蹤的機率就會越高。」

史黛芙

失蹤三小時三十三分

我對著我們漆黑的亞特蘭大臥室眨眼，不用開燈也知道床上只有我一個人。沒有山姆的聲響——刷牙或是乒乒乓乓在衣櫃裡找慢跑裝備——也就是說他已經下樓了。我先生是個好人，也是一位極好的市長，但是他在自己家裡卻是活在「山姆星」上，早晨的例行公事從來不會考慮考慮那些還在睡的人。如果他還在房間裡，我一定會聽到。

我翻身查看床頭几上的時鐘——六點零三分。通常還有十二分鐘我的鬧鐘才會把我叫醒，我才會拖著腳到山米的房間去叫他起床上學。山米跟他父親不一樣，他睡得像死豬。把他從毛毯底下弄起來常常像是想把一頭大象塞進細頸瓶裡：完全不可能。

但是今天早晨山米的床鋪是空的，山姆跟我難得有一天休息。我不必跟在不見盡頭的車陣後面，他不用去跑捐款活動或是競選場子或是和市議員閒話家常。而最棒的是，沒有喬許，山姆隨傳隨到的幕僚長，打電話來，或是傳簡訊，或老是挑在最不適當的時候來打擾。什麼事都沒有，只有我和山姆，還有長長的閒暇的幾小時。

天堂。

我一手抹過山姆睡的那邊，手指拂過已經變涼的床單。從前，山姆跟我會在床上繾綣到中午。當然，那是在山米出生之前，是在山姆投入市長選舉之前；雖然他是以壓倒性的票數意外當選的，可是，哎，我好懷念以前的那些日子。

我正要按下窗帘的開關，臥室門就開了，山姆走了進來。他一手抱著什麼，走廊的金色燈光照亮了他的前美式足球員輪廓。他穿著睡褲、光著腳溜進來，另一手有很清楚的瓷器碰撞聲。山姆低聲咒罵。

「沒關係，我醒了。」

我打開檯燈，臥室出現了陰影。另一頭的檀香木梳妝台，落地窗邊有穗飾的躺椅。山姆一手端著兩杯冒煙的咖啡向床鋪走來。咖啡香撲鼻而來，還有他的笑容——溫暖，真心，誘惑。

他把一杯咖啡換到空著的那隻手上，遞給我。「特濃，加了一丁點椰奶。」

這就是山姆會當選市長的一個完美的例子——他在你還不知道自己想要什麼之前就能拿給你。第一口立刻就讓我像通了電一樣，像是血流裡有支音叉。

「我承認我一個人醒來的時候有點不高興，不過我正式原諒你了。咖啡很完美，謝謝你。」

「嗯，我在想……」他說，沉坐在我的腳邊，一隻手覆住了我的一隻腳。「我們何不租兩輛腳踏車，去騎皮帶線？我們可以去龐思市場買午餐，去聖杰爾曼買杯子蛋糕，然後整個下午都花在酒吧喝通關。今天天氣會很好，不太熱。妳說呢？」

「我還以為今天只有你跟我兩個。」

我只要求這麼多。沒有義務的一天。沒有會議和民調，也沒有一長串的待做事項。四年的龍捲風生活之後——還有接下來的四小時——我不覺得這樣的要求算過分。我只想要有一天——完整、美好的一天——只有我們兩個。

「妳、我，陽光和雞尾酒，」山姆說，「夫復何求？」

「幾千個認得你的選民，每一個都會想要拍你的背，跟你自拍，貼到社群網站上，讓喬治亞州的每一個人都知道上哪兒去找我們。這有什麼可求的？而且我還不知道你嗎，你絕對不會叫誰走開，尤其是有可能害你失去選票。那這一天就不會屬於我們了。」

山姆聳聳肩認了。「好嘛。那，妳想做什麼？」

「我們現在這樣子有什麼不好？」

「啥事也沒有。」他頓了頓，假裝疑惑。「我們現在到底是在做什麼？」

「什麼也不做。」

山姆皺起了眉頭。我先生過日子一定得要充實。什麼也不做是他的腦袋瓜很難接受的事情——所以他才會特別需要。

「那杯子蛋糕呢？」他說。

「找外送平台就行了。」

「那妳是建議我們就……做什麼來著？」

「一整天穿著睡衣懶在家裡，在床上看報紙，吃蘇打餅。什麼也不做，也不換衣服，也許換個泳裝漂在充氣墊上。誰也不理，什麼也不做，只有我們兩個。你老實說，這樣子難道不好？」

「我悠然嚮往。」他拿走了我手上的咖啡杯，放到他旁邊的床頭几上，然後兩隻手按著膝蓋兩側。「再多說一點不換衣服的事。」

就是像這樣的時刻讓我知道我有多愛我先生，我為什麼會捨棄一切搬來這裡，過這樣的日子。山姆．約瑟夫．杭廷頓四世聰明幽默，英俊迷人。要不是他的骨子裡就需要政治，要不是他焚膏繼晷、辛勤工作，證明給幾百萬他連面都沒見過的亞特蘭大市民看他值得他們的每一張選票，他就會是一個近乎完美的人了。

山姆俯身討吻，就在這時他的手機在睡衣口袋裡響了。我不用看螢幕就知道是誰。山姆的幕僚長就像個吃醋的情婦，總挑在最討厭的時候入侵我們的生活，用選民的需要來引誘我先生。

不過，這次不是喬許，而是布莉特妮，山姆的傳播主任。山姆按了「忽略」，把手機拋到床上。可是手機幾乎是立刻又響了起來。這一次他伸手去拿，直接關機，放進了床頭几的抽屜裡。

「看到沒？」他說，得意地一笑。「我願意的話是會叫別人走開的。」

「把下屬轉進語音信箱可不能算是叫她走開，不過你努力了，算你加分。」

他爬到我身上，柔軟的床單也一起向上撩。「加幾分啊？」他低聲說，熱熱的呼吸吹在我的脖子上。「獎品是什麼？」

「我。」我的兩條胳臂纏上了他的腰，身軀貼向他頎長精瘦的身體，張口渴望著他的嘴唇。

「你的獎品是我。」

我用腿纏住他，我們立刻就四肢交纏，身體像契合的拼圖一樣鑲嵌在一起。

他吻我，家用電話響了起來。

山姆的嘴唇在我的唇上凍結。

「你敢接，我就殺了你。」

山姆看著電話，又回頭看我。我搖頭。

電話又響了，高亢尖銳，死不罷休。

愛的魔咒像褪色的五彩紙屑般紛紛墜地。

山姆呻吟一聲從我身上下來，一把抓起電話，走到玻璃門前，打開了一扇門，把電話往後院裡丟。幾秒鐘後，我聽見撲通一聲——全新的高端揚聲器沉入了泳池底。

他轉過來，滿臉得意。這就是我愛上的山姆——不按牌理出牌，出其不意，調皮得恰到好處。為我屠龍，即使只有一天。

「好了，我們剛才在幹嘛？」他一隻膝蓋上了床。

我伸出手喚他。

偏偏在這個時候，混蛋到了極點，門鈴又響了。

凱特

失蹤四小時五十六分

麥金塔刑警要我開始思考誰會想要和伊森有更多的相處時間，是因為制約反應或是恐懼才讓我直接就想到安德魯嗎？我想著重複的刺激可能是什麼，每次在他可以探視的週末他都很晚才送我們的兒子回來。起初是遲五分鐘，然後是十分鐘，然後是半小時或超過，不過他從沒說什麼。從沒要求多給他一天，或是下一次他可以讓伊森多住一晚。他就只是把伊森還給我，揮揮手，隨意的一句「兩星期後見，兄弟。」即使我們都知道已經超過伊森的就寢時間一個小時了。

而且坦白說，安德魯不是那麼低調的人。要是他想要跟伊森有更多的時間，他早就對探視的安排撒潑打滾了。他會叫他的律師埋地雷，用雪片般的信件和備忘錄來攻擊我，全都要求我要快速反應——而且耗費不貲。他的離婚策略似乎就是一刀一刀慢慢地剮了妳，而我的銀行帳戶可以證明非常有效。那何必現在改變策略？

安德魯當然會想要跟自己的孩子有更多的時間。哪個父親不會呢。要是我也得兩星期才能探視一次，節日和寒暑假由他選擇，我也會覺得不夠。

但光憑這樣也不能就說是他把伊森從木屋裡偷走的。

對吧？

接下來的六哩路好像怎麼也走不完。

道路七彎八拐的，兩邊都是密密的樹牆和陡坡。麥金塔刑警在濕滑的柏油路上能開多快就開多快，但是大雨仍然不依不饒，從天空中穩定地往下灑，讓人看不清前方，所以時速最多也只能四十。最後他在岔路慢下來，衛星導航持續嗶嗶叫，通知我們已經到達目的地了。我整個人像根繃緊的弦，膝蓋抖個不停。

他轉入一條窄仄的土路，旁邊有一塊手寫的小招牌，顏色變淡了，很多字母被一根兩呎長的樹椿和茂密的雜草擋住。要不是導航不斷地響，蘭普金郡的警車也停在草地上，我絕對會錯過。

柯羅斯比營。

警車門打開，一名警察下了車，豎起衣領擋雨，急匆匆越過草地。刑警等他靠近了才按下車窗玻璃。雨水和涼空氣吹了進來，還有松針和濕土的味道。

他亮出警徽。「麥金塔刑警，亞特蘭大警局。我送男孩的母親過來。」

警察俯身，從車窗看著我們。他的眼鏡上都是雨水，卻沒遮掩住他斜視的眼睛以及眼下多脂肪的大眼袋。他點了點有贅肉的下巴表示敬意。「女士。妳兒子的事非常遺憾。」他的口音很重，稀哩呼嚕的，帶著濃濃的山地腔。

「有消息嗎？」刑警問，搶在我前面提出了問題。

「A隊帶著狗在找，不過所有的孩子整個下午都在森林裡。領犬員得對付一些污染問題，不過目前我們比較擔心的是雨勢。」

「天氣預測有變化嗎？」麥金塔刑警問。在我們之前的交談後，我就查看了手機。大雨會緩解，在十點左右會變成毛毛雨，接著在中午之前鋒面會吹走。可這裡是山區，天氣多變。

「我沒聽說。可是這雨要是不快點停，我們就有麻煩了。我猜至少已經下了兩吋了，而且主要是集中在這兩個小時裡下的。還沒聽說氣味還在不在。」

我的視線飛向麥金塔刑警的側面，他之前的三吋極限的警告填滿了我的心頭，但是從他的表情看不出端倪。他只是謝了警員，汽車換檔，車頭調向車道。

前進四呎我們就被森林吞沒了，森林漸漸變窄，只剩下一條綠色隧道。頭頂上的樹枝形成了一道扎實的拱門，從四面八方壓迫我們。我抓緊尼龍座椅，向儀表板探身，視線掃過林線尋找伊森，儘管我知道這麼做很沒道理。他是不會因為我來了就悠哉悠哉地從森林裡晃出來的，好像他也不過是玩了一個精心策劃的躲貓貓。可是我被希望、被絕望誘惑，我注視著搖曳的樹叢，祈禱會有動靜，會有一閃而逝的膚色，什麼都好。但是我的眼前淨是潮濕滑溜的樹木。

刑警通過了一條搖搖欲墜的橋，然後繞著小水池的岸邊滑行，黝黑的池水就像是一面在顫抖的玻璃。車輪在泥濘中打滑，過了一會兒才抓住一片碎石地，我們衝上了山坡。我們閃過坑洞，之字形前進，終於來到一處空地，是一片廣闊的下斜草地，小木屋依山而建。空地底部停了十二輛警車，車頭都對著小木屋，照亮了後方的林線，好像一面又厚又黑的牆。

「哪間木屋？」我說，指的是伊森住的，他消失不見的地方。

麥金塔搖頭。「絕對不是這一些。無論是在哪裡，一定都拉上了警戒線。找有黃色警戒線的。」

他把車擠進了草地邊緣的一個位置，我手忙腳亂下車。雨水和冷空氣拍打著我的臉，害我的皮膚起了一大堆雞皮疙瘩。我杵在那裡好長一會兒，看著眾人在雨水浸透的土地上奔來跑去，穿制服的警察和便衣的人，從頭到腳都是雨具，好像外星人。他們在木屋門廊上朝彼此呼喚，或是躲在樹下，匆匆走過被踩得翻起來的草地。原來這些就是負責找到我兒子的人。

一陣噪音鑽進了他們移動的身體和說話聲中——是狗在遠處吠叫，緊接著是呼喚我兒子的聲音。*伊森！你在哪裡？伊森？*

我猛地朝那個方向轉頭，視線卻撞上了樹木。我想像著被雨淋濕的眾人奮力穿過樹林，搜尋那些我很怕他們會去找的地方，尋找我很怕他們會找到的東西，而我的胸口揪緊。我想去幫忙，但是我也很想要跑去躲起來。

刑警走到我的身邊，把我的手機交給我，張開雨傘幫我們遮雨，催我往山坡走。「走吧。」

我一聲不吭跟著他。

一個人在山上朝下喊：「簡金斯女士嗎？」

「對，我就是。」

「我是湯瑪斯．柴爾德斯，蘭普金郡警長。真高興妳來了。我們有好幾個小時聯絡不上妳。」

他跟你想像中的小山城警長不太一樣。沒有啤酒肚，沒有八字鬍。一張圓臉帶著孩子氣，日曬的皮膚上不見皺紋，儘管他有五十歲了。豐厚的金髮被雨淋得貼在頭皮上，髒兮兮的，頭上是一頂寬邊帽，身上的防風防雨大衣敞開，露出了肩膀。從底下濕透的制服來看，這件大衣只是聊備一格。

「我知道，不好意思。我睡著了，手機放在樓下。」

麥金塔刑警自我介紹，接著是一長串的資歷，聽起來他像是在讀他的亞特蘭大警局網站簡歷。六個字像鞭炮一樣響亮：失蹤人口調查。警長的表情像是有人給了他一顆定心丸。

「我這兒人手嚴重短缺，所以我是不會拒絕多一個人幫忙的。這邊走。」他朝後方又長又矮的木屋歪歪頭，這是空地附近最大的一棟建築。「我們一進去我就會向你補充說明全部的資訊。小心腳下。下雨把這片草皮變成了危險的溜滑梯，我這可不是在打比方。潮濕的喬治亞黏土就跟黑色的冰一樣，一不小心就會摔跤。」

上坡的路走得是又慢又危險，土壤吸飽了水，滑溜得不得了。山坡到處是突出的岩石和樹根，很像是伊森喜歡散置在我們整個前院的萬聖節裝飾。我的運動鞋絆到了一塊石頭，害我向前仆跌，多虧了麥金塔刑警用力一拽，我才沒摔倒。等我們走上山頂，我已經氣喘吁吁、全身濕透，褲腿也濕了，像是涉過洪水，丹寧布重得像腳鐐。

警長揮手要我們越過一片翻起的草皮，來到一處石階。「繼續走，好嗎？我不曉得你們受不受得了，不過我是巴不得趕快去躲雨的。」

我的運動鞋陷入了泥濘的地面。雨水敲打著傘面，咚咚直響，卻遮蓋不了我的牙齒打顫的聲音。我冷得直發抖，骨頭都快散架了。「拜託，就請你先說吧。」除非他說了，我是不會再往前走一步的。

柴爾德斯警長站在那裡，雨水像小河似的從他的皮膚和制服上往下流。「我派了三十七個人到森林裡去搜尋，還有更多人會過來。直升機應該馬上會到。有這麼些人手和狗，偵測的、追蹤的，外加領犬員，一定很快就會有人發現什麼的。」

什麼的意思很籠統。腳印、踩斷的樹枝、屍體。我一手按住胃部，覺得噁心想吐。「多快？」

「能多快就多快。我們被天氣阻礙了，而且這樣說還算是輕描淡寫。外頭差不多什麼也看不到。狗也幫不上多大的忙。」

照道理說，我知道我絕沒有去幫忙搜尋的裝備。這處營地緊貼著藍脊山脈，我既沒有雨具，也沒有換洗衣物，也不知道該往何處找，或是他們已經找過哪裡了。就憑一把傘和手機上的地圖，更別說手機電量只剩下百分之三十八了。

不過說不定伊森仍在可以聽見的範圍內，說不定他要是聽見了我的聲音，聽見我在呼喚他，他就會從藏身處衝出來。

「簡金斯女士。」

警長的表情說明他知道我就要拔腿就跑，而他的姿態，他那種箭在弦上的架式也說明了他隨時都會擱下我。他搖頭。「妳只會幫倒忙。」

我想像著伊森在森林的某處既害怕又受凍，他的睡衣一定濕透了，他的腳會沒有鞋子、沾滿了泥巴。「他才八歲。」我的聲音不穩，喉嚨像被強酸燒灼過。「他一個人在外邊。」

「警長說得對，」刑警說，「救援人員如果不必再擔心妳會礙事，他們的速度會快得多。」

柴爾德斯警長一低頭，帽簷上的水就全流了下來。「妳現在最能幫得上忙的地方就是進屋來，回答一些問題。」

刑警帶著我往台階走，我沒反對。一架直升機在營地上空掠過，槳葉旋轉的聲音直鑽進我的骨頭裡。我受不了了。大雨、噪音、四處奔跑的人。世界傾斜了，感覺像是惡夢——發高燒引起的惡夢。

有人披了條溫暖乾燥的毯子到我的肩上。

「直升機上有熱感應，」刑警等直升機飛離後立刻就說，「如果伊森在外頭，他就會發光。」

「紅外線會偵測到他的體溫，」警長說明，「人體會在螢幕上發光。」

跟我大多數的晚上看到的伊森差不多，他會蒙著被子看書，手電筒的光芒透過被子照亮了房間。發光。

「那別的人呢？那麼多的人體。」我不記得警長說有多少人在外面，只約略知道是三十幾個。

他的嘴唇往下撇。「說實話，這也是一個問題。駕駛員會尋找一個跟其他人分開的身體，可能在移動，或者如果伊森受傷了，摔倒了沒辦法求救，他就會靜止不動。駕駛員如果不確定看見了什麼，就會聯絡S&R的隊長。」

「就是搜尋與救援。」麥金塔刑警在我提問前就先解釋了。

我看著雨敲打著樹葉一會兒，盡量調勻呼吸冷靜下來，但是心裡的驚慌還是壓抑不住。伊森會好冷，好害怕。

警長走向門口。「裡頭有咖啡和一長串的問題。好了，不介意的話——」

「你一定要找到他。一定。沒有他我也活不下去了。」我兒子的性命是捏在徹徹底底的陌生人手裡。而我需要這兩個人聽見我的話，了解事情有多重要。

但是他們沒有回應，而他們的沉默更引燃了我的驚慌，像在一堆易燃的燃料上放火。

「拜託，我求求你們。伊森是我的命根子。」一時間，我說不出話來，但是我的下一句話太重大、太要緊，不能不說。「請找到他。」

「那就進來吧。」警長吱呀一聲拉開了門。「讓我們辦正事吧。」

凱特

失蹤五小時又七分

我瞪著洞穴似的餐廳，一角立著白板，我兒子的姓名寫在上頭，紅色的，全都大寫。底下用藍色和綠色麥克筆草草寫著描述，諸如褐色鬈髮、身量矮小、紅黑雙色睡衣，我的皮膚整個冷了。雨水敲打著鐵皮屋頂，響亮細碎的咚咚聲在屋裡迴盪，但是我的耳朵裡只聽見自己的恐懼。

我一開始就不應該讓他來的。昨天在學校我就應該把他從巴士上拖下來，跟公司請病假，在家裡陪他一整天。我記得看著他爬上巴士階梯，消失在煙燻玻璃後面，那一瞬間我的胸口忽地一緊，驚慌冒出了一點頭來，我卻盡量忽略。等我把驚慌嚥下肚，巴士已經出發了。伊森已經不見了。

「簡金斯女士？」

我的目光停留在伊森最新的學生照上，天知道是誰從哪兒撈出來的，用膠帶貼在暗色玻璃上。我記得他帶照片回家的那天我並不喜歡——太僵硬、太假、太貴，照相的價錢遠超過我的預算。但現在我卻連一個小地方都不放過：那一頭螺絲似的鬈髮像混亂的龍捲風；衣領扭捲，因為我沒空燙衣服；他微笑的左頰上凹了一點，幾乎算是酒渦。我走過去把照片撕了下來，貼在胸口。我想要打電話給照相館，買下每一張加洗的照片。

「簡金斯女士，我們有點——」

我霍地轉身，憤怒在心裡像是腫瘤迸裂，聲音也不像自己的了。「愛瑪老師呢？」

警長和刑警都揚起了眉毛，卻沒有人回答。他們的衣服都在滴水，在顫巍巍的地板上積出了小水窪。

「他的老師。她人呢？」

我對那個女人的痛恨像什麼熾熱的東西在我的胸膛裡搏動，那麼突然、那麼激烈，嚇了我一跳。我想甩她耳光，想抓她亮麗的頭髮，想尖聲叫罵她，直罵到這棟搖晃不穩的屋子從水泥塊地基上掉出去。我要她直視我的眼睛，告訴我她是怎麼會讓我兒子發生這種事的。

警長走向一張野餐桌，從一堆毛巾裡抓了一條，拋給麥金塔刑警，再自己拿一條。「我知道妳想要找人責怪，」他說，臉孔消失在粗糙的毛巾後。「相信我，我們也一樣。可是該做的事先來。我們先專心找到妳兒子，事後再來究責。」

「你們欠我答案。」

他把毛巾披在一邊肩上。「妳會得到答案的，但是此時此刻我們是在浪費日光。太陽出來已經一個多小時了。」他沉坐在長椅上，對著空洞的房間大吼：「朵恩，妳在裡面嗎？」

一名綁馬尾、穿蘭普金郡警長辦公室T恤的女人從工業級廚房的一角探出身來，廚房佔據了建築的整個後部，以一道矮牆和金屬備餐桌跟其他區域分隔開來。「只是在煮咖啡，警長，馬上就來。」她和我視線交會，給了我一抹溫暖的微笑就消失到牆後了。

麥金塔刑警用手肘把我朝桌子推。我們坐了下來。

「好，」警長一見我們落坐後就說，「我們把孩子和隨隊家長都送到切斯塔蒂的戴斯飯店去詢問問題。我們最不需要的就是在營區裡有一幫害怕又過度亢奮的八歲孩子。他們早先到樹林裡活動，已經弄了一大堆氣味了，顯然是在玩什麼尋寶遊戲，這也是讓狗的效率不高的一個原因。」

「氣味還留著嗎？」我說。

「先別管這個吧。要是有人跟我說雨在一個小時前就停了，我會樂得在這個房間裡側空翻。」他一根手指比著鐵皮屋頂，仍然被滂沱大雨當鼓敲。這聲音讓我的心往下沉。

警長翻找桌上的那疊紙，木桌面上散置地圖、列印紙、潦草的筆記，簡直像是有狂風掃過。紙張被兩條濕毛巾和五、六個保麗龍杯子壓住，杯子邊緣被咬過，殘留著咖啡燒焦的味道。好像沒有人在意這一片狼藉，我卻在意。這叫哪門子的搜救任務？

最後，他找出了一本黃色橫條便箋簿，翻到空白的一頁。「好。我們就從伊森的特徵開始。胎記或是疤痕。妳兒子特有的。」

我用一根手指按著右邊太陽穴，就按在髮際線下。「他的額頭上有道疤，就在這裡，左大腿上有胎記，樣子像是重疊的兩枚硬幣。」

「健康狀況呢？」

「他對花生過敏，他帶著注射劑。」

警長的筆停住，他和刑警互望了一眼。「有多嚴重？」

「看他吃的分量。如果是一點點，一般都會起疹子和哮喘，可是一湯匙花生醬就會要了他的命。他一出生就過敏，他很清楚自己什麼能吃什麼不能吃，而且他也知道怎麼用注射劑。」

柴爾德斯警長低聲咒罵。「朵恩，」他斷然大喝，嚇了我一跳。「打電話給他的老師，我要知道我們為什麼現在才知道他過敏的事。還有，再確認一次小傢伙的東西裡有沒有找到注射器。我要百分之百確定伊森的還在他的背包裡。」

她的聲音從廚房傳來。「馬上辦。」

警長匆匆記在筆記本上，再回頭看我。「伊森會游泳嗎？」

我的心臟又像被一隻冷冰冰的手揪住，捏到不會跳了。伊森會游泳，可是他不喜歡到踩不到底的地方去游泳，他會驚慌失措。我想到了開車過來途中經過的水池，雨滴落在光滑黝黑的水面上，閃閃發光，我好想吐。

柴爾德斯警長一定是看出了我的想法，因為他用粗大的字體寫下了「不會游泳」四個字。「那夢遊呢？他會不會半夜三更睡迷糊了，在屋子裡亂晃？」

「沒有，從來沒有。」我的視線從警長身上跳到麥金塔刑警那兒，他坐在我旁邊，我想起了他在車中的建議。說出我能想得到的每件小事。懷疑我面對的每一個事實。「伊森是怎麼從小屋裡不見的？難道都沒有人聽見？隨隊家長沒看著門口？」

我冷不丁地想到只要是好母親都會在簽下同意書之前先提出這些問題的。誰看管出入口？有哪些安全措施？你怎麼能知道——百分之百確定——我的孩子不會半夜三更消失？

「發生了火警，」警長說。我的心臟狠狠一跳。我有滿肚子的問題，不知道該從何問起。我張開嘴，可是警長揮動雙手阻止了我。「我知道，我知道，可是先讓我問完，然後我會回答妳的每一個問題。我說過，就在木屋外面失火，雖然火勢不大，但也把一些孩子吵醒了。隨隊的一位男家長——」警長查看筆記，往前翻了幾頁尋找名字。「——叫艾佛利．費雪，跑回辦公室找人幫忙，昆恩老師叫孩子集合，當時就點名了，人數吻合，一個也沒少。等費雪先生回來撲滅了火勢，她又點了一次名，這次少了一個孩子。伊森不見了。」

我只知道艾佛利主持學校的募款活動，他打給我幾通電話，即使我的答案都一樣。他對自己的監護責任是不是跟他對募款整修辦公室門面以及每間教室的互動螢幕那麼認真，我完全不知道。哪種母親會不認識負責監護她兒子的人？

麥金塔刑警第一個插口。「是蓄意縱火嗎？」

「是。縱火的人使用了助燃劑，已經有人在偵辦縱火案了，不過她得從查塔努加過來，所以還有一個小時她才會到。」

「那位老師記得她在第一次點名時看到伊森嗎？」

「沒有，」警長說。我硬逼著自己專心在他的話而不是他緊繃的眼睛上。「她記得數了十八個孩子，但是根據她的最新證詞，她不能百分之百保證其中有伊森。」

我搖頭，想甩掉蛛網，但我還是不懂。「不然還會有什麼可能呢？她總不會一個孩子數了兩遍吧？還有其他孩子呢？難道沒有人記得見過他？」

「有的見過，有的沒有。天色很黑，孩子們都興奮又緊張。隨隊家長也是。我們目前仍在詢問每一個人，但是大多數的目擊證人都是只睡了幾個鐘頭的兒童。所以說調查的速度得花上更多的時間，我也很無奈。」

「那足跡呢？」刑警問，「看得出來他們是往哪個方向走的嗎？」

警長露出苦瓜臉。「失火之後沒多久就下雨了，雨水幫忙把火勢撲滅了，可也把足跡都沖走了。」

「可是他有羅盤。」我的兩隻手掌往桌上一拍，探身向前。「既然他帶了背包，羅盤就會在背包裡，而他知道怎麼使用。他就能夠找到安全的路。」

好久好久都沒有人說話。也沒有人敢看我。

警長在長椅上欠動，如坐針氈。「簡金斯女士，我知道妳不想聽見這種話，可是妳兒子的羅盤極可能幫不上忙。沒錯，伊森是有可能在失火的混亂中走進了森林，但目前的發展不像是這個樣子。每一種跡象都指出有人在幫他。」

警長的話像炸彈似地落在室內，一直在我的血管中潛伏的醜陋恐懼變得更強更燙，抓刮著我的意識。我想到了掠過森林的直升機，在樹枝間尋找一具，或許兩具發光的人體，我坐立不安，慌了手腳。

「有人打給安德魯嗎？」

這句話引起了人人的注意。警長挑高一道眉，上身也挺高了一兩吋。「妳說的是妳先生吧？」

「前夫。有人跟他談過嗎？」

警長搖頭。「目前我們一直聯絡不上他。」

「那就派個人過去啊，」我大吼。「叫他們去捶他的門，捶到他開門為止。」

「我們已經敲了，就跟我們敲妳的家一樣。可是到現在都還沒有人來應門。」

我在心裡審視各種合理的解釋。時間還早，安德魯不是個早起的人，他會關掉手機鈴聲，打開白噪音播放器。他睡熟之後天塌下來也不會醒。

然而。懷疑像煙一樣滲入，安靜死寂。

「怎麼會呢？」這問題是自問，也是在問別人。「安德魯愛伊森啊。」

警長聳肩。「一旦狗急跳牆，就會做出各種平常不會做的事情來。」

「安德魯哪有狗急跳牆？他付給我的贍養費少得可憐，還一直不肯爽快離婚，就為了要隱藏他的財產。」我轉向刑警。「你也看過我住的地方了。要是說有誰狗急跳牆，那也是我。還有，在你們又開始指控我跟伊森失蹤的事有關之前，我先聲明我是在家裡睡覺。」

「我沒有指控妳。我是在詢問妳，而且我也不會為此而道歉。我在車裡就跟妳說過，我們會調查一切可能，包括親近的家人，父母親是頭一個。」

想也知道，他們在調查安德魯。既然我是一個可能，那一個「很快就變前夫」、又有被捕紀錄的傢伙當然也是。

我搖頭，啞口無言。無論安德魯對我如何，他都很寵愛兒子。他從來沒有動過他一根塞毛……他會嗎？

警長看出了我的想法。「不幸的是，家長綁架孩子並不是很罕見的事情，尤其是分居的父母，據我了解妳和安德魯就是。」

「我們是分居了，可他和伊森沒有。安德魯想看伊森隨時都可以。」

「根據迪卡爾布郡書記提交的法院命令，安德魯是每隔一個週末才能探訪。」

「對，可那是法官裁定的，不是我。我跟安德魯說要離婚的時候，我答應了他監護權我們一人一半。那樣的安排只是暫時的。再說了，何必大老遠跑來這裡綁架他呢。他可以就……就，某個星期天晚上不送伊森回來？我是說，他又不是沒有別的機會。」

「這也難說，不過就像麥金塔刑警說的，我們會調查一切可能。包括妳兒子可能是在森林裡迷了路，或是他跟某個沒有親戚關係的人在一起。我們也得考慮有可能是陌生人。」

「哪種陌生人會綁架一個八歲的小男孩？」

警長沒回答，但是我在他的沉默中聽到了答案。

一個兇徒。

一個變態。

一個禽獸。

我用發抖的手挖出口袋裡的手機，叫出了安德魯的電話。去他的禁制令。不，要是他做了我覺得他做的事，那他就死定了。電話響了一遍、兩遍、三遍，最後響起的都是一段錄音，安德魯微帶鼻音的聲音要我留言。我又打給他四次，每次都無人接聽。他的家用電話也一樣。

警長讀出了我臉上的答案。「繼續打。我們也會。與此同時——」

警長腰上的對講機響了，一個深沉的聲音斷斷續續說了什麼，我瞇著眼，伸長耳朵想聽清楚，卻全然聽不明白。狗找出了一條痕跡，向西北方追蹤了一哩半，還有什麼山。

「王八蛋。」警長一拳打在桌上，害我的神經更緊張，把一只杯子也打翻了。一道褐色的汁液，是某人喝剩的咖啡，像泥巴一樣流過桌上的文件。

他一下子站了起來，匆匆走掉。

「是怎樣了？」我大聲喊，他卻沒慢下來。兩秒鐘後他就走出了門。

「狗搞迷糊了，」麥金塔刑警說，「到處亂跑，繞著森林跑，然後又回到營地，基本上是朝各個相反的方向。其中一隻嗅到了氣味，卻在一個叫黑山的地方乾掉了。」他挪動文件，找到了地圖，攤開在桌上，手指飛過一片綠海，到達洛尼加的北部，有人拿黑筆潦草加註——查塔胡奇國家森林。

我死命抓著長椅的邊緣，指關節變白，因為恐懼，也因為希望。要是狗能聞到他，能追蹤他上山，那當然就能追蹤到他從另一邊下去。

朵恩衝了回來，她的表情讓我像是按下了我胸口上的鮮紅色緊急呼救按鈕。她也聽說了最新消息。「黑山不是一個地方，」她說，一臉想吐的表情。是身體上的不適，而現在，我也一樣。

「是一條馬路。」

麥金塔刑警的雙手在地圖上凍結，他看著我，那份憐憫像老虎鉗般夾住了我的心臟。那份領悟，自從刑警找上我的門之後我就一直在抗拒，現在染上了鮮明的、惴慄的顏色。伊森不在外頭，不在森林裡迷路，或是在樹下躲雨。他是在某人的車子裡。

可會是誰呢？又去哪裡呢？我想到了那一大堆的電影電視，兒童被塞進後車廂或是廂型車的後座，我急忙把畫面推開。那種故事沒有一個有好結局，而真實生活的數據也太過恐怖。那些倡議團體都說什麼來著？尖叫、踢打，不管怎樣，就是別坐進車子裡。因為車門一旦關上，就來不及了。統計數字說你已經死了。

一陣震顫從我身體核心的某處顯現，是極深邃原始的地方，搖動了我的骨頭，在我的血管中撲騰，劇烈地向外噴發，像痙攣。我的口裡充滿了膽汁和尖叫聲，但是我冰封的肺無力把聲音推出來，它在我的頭顱裡迴盪，刺耳恐怖。

朵恩坐到我的身旁，握住了我的一隻手。「我知道很可怕，可是這樣的發展改變了情況。」

我看著她，搖頭。

她卻點頭。「我們會再加把勁，擴大公路封鎖和警戒區。我們已經在營地這條線方圓五哩內挨家挨戶查訪了。不過現在我們會鎖定黑山路上的住宅和活動拖車。但願有人看見了什麼，可以幫我們描述那輛汽車。」

她的話讓我的心臟像挨了電擊，驚慌地亂跳。「我的天，我的天。」我用另一隻手摀住嘴，努力不吐出來。

「我需要妳開始想想那些妳不熟，還有妳很熟的人，好嗎？妳每天會遇見的人。一些可能想跟伊森有更多時間的人。絕大多數的兒童是被他們認識的人帶走的。」她打住，而我從她的表情知道，從她的嘴唇抿緊的樣子知道她接下來要說什麼。「我要妳告訴我安德魯的事。」

她的話害我頭暈。我那個「很快就變前夫」的先生。那個曾經永遠愛我的男人，那個不需理由就會送午餐和鮮花到我工作地點的男人，那個即使是在我們最狼狽的時刻也總是能逗我笑的男人。而現在這些人暗示他可能是幕後黑手？我對這種想法很反感，但我也同樣很想相信。起碼伊森是和安德魯在一起的話，就不會出事。安德魯不會傷害他。

但是在牙關相擊聲中有兩個問題我迴避不了，無論我有多努力想壓抑。

安德魯在哪裡？

他為什麼不開門？

史黛芙

失蹤五小時十三分

我停在樓梯頂端，聆聽樓下玄關飄上來的聲音，想分辨出是誰。我先生的聲音，低沉有力；另一個是我不認得的男性；再一個較柔和、較高亢的聲音只可能是女性的。

我轉身又回樓上。

不認識我的人，那些看過我跟在山姆的屁股後頭出席開幕式和時尚的募款會的人，會以為山姆選上我是因為我是個掛臂美女。漂亮的臉蛋，纖瘦的身材，走紅毯的笑容，專門被挑選出來拉抬市長的聲望的。我應當要給他打氣，幫他宣傳，博取好感，拉高他的民調。

對，我被他挽著確實是賞心悅目，可是大多數人不知道我也曾有過夢想和計畫，而且跟山姆一點關係也沒有。哥倫比亞大學的藝術史碩士，熱愛一切法國的事物，崇高的目標是將來有一天能在羅浮宮工作。別人不知道我的這一面是因為他們都沒問，而有時候，我太深陷在市長夫人的生活裡，連我自己都忘了。夢想不死，只是淡入背景。

山姆跟我是在研究所的最後階段認識的，當時我在高等美術館當一個月的實習生。我母親剛搬到亞特蘭大，我跟她住，睡在她的沙發床上，努力寫論文，題目是十三世紀童貞瑪伽利大的花窗玻璃視覺材料聖徒傳記。我在那裡只是過渡，是我到巴黎之路的一個小停靠站。

然後我遇見了山姆。

我父親拉著我去看獵鷹隊比賽，我們坐在俯瞰球場的VIP包廂裡。我父親是個大忙人。既然他可以敲定一筆生意，同時慶祝他女兒的三十歲生日，那何樂而不為，人人都是贏家——只除了我。

球賽剛過一半，我就感覺到有人坐在我的後面。

「要是在垃圾時間防守組能擋住幾次攻勢，而不是讓對手壓得他們喘不過氣來就好了。」他在飽滿的椅子上向前傾，一條長胳臂伸在我的肩膀上方。「我們以為我們勝券在握，所以獵鷹把二軍派上了場。不過太自大向來就不是什麼好事，會害你懈怠。防守組現在就在付出代價了。」

我的回應只是不感興趣地哼了一聲。我不是美式足球迷，從不覺得一群大男人爭搶一只皮球有什麼吸引人的。

他不理會我的暗示，伸長了胳臂，遞出他的手掌。「我是山姆．杭廷頓。」

我到亞特蘭大並不久，可即使是我也知道山姆．杭廷頓是何許人也。亞特蘭大的名門世家，政壇的明日之星，亞特蘭大有史以來最年輕的副總檢察長，而且這個城市裡不僅一條街冠上他家的姓氏。山姆的高祖父認為亞特蘭大可能是一個很好的鐵路終點鎮，而之後的杭廷頓子孫也因為他的高瞻遠矚而受惠無窮。

人家既然都伸出手來了，我也不能不理，只得跟他握手。他的握手溫暖實在，是政客的手勁，是一個前途不可限量的人的手勁。

「史黛芙妮．羅倫斯。」

「幸會幸會，史黛芙妮．羅倫斯。妳大概不是粉絲吧。」

「我對美式足球一點興趣也沒有。」我說，轉頭看著球場。

「我說的是我。」我詫異地看著他，他咧嘴而笑。「我的超能力是看人。做我這行的必備能力，別人都說我還滿擅長的。此時此刻，我看得出來妳希望我走開，好讓妳能不用再假裝在看球。」他退回椅子裡，一手掃過他旁邊的空位。「怎麼樣？我說的沒錯吧？」

我忍不住微笑。「還說別人自大呢。」

山姆笑出聲。

「正式通知你一聲，我不是球迷。我只是……怎麼說呢，盡量熬過這場比賽吧。」

「話雖然是這麼說，我還是寧願妳是位粉絲。」

「你還缺粉絲嗎？」我的語氣是調侃卻堅定。相貌加金錢加上杭廷頓這個姓氏——我當然看得出他的魅力何在。但是這種組合太讓人頭暈眼花了，對一個想要遠走高飛的人來說太危險了。

我禮貌地一笑，回頭去看球。

「好、好，我看得懂暗示。我就不煩妳了，不過，除非妳先說說一件關於妳自己的事。」他整個人向前傾，腦袋靠得我很近。「什麼都可以。」

我斜睨了他一眼。「只一件？」

他豎起一根手指。「就一件，然後我就會閃開，我保證。」

我大可跟他說我在研究中的新發現，說沙特爾主教座堂的瑪伽大繪像是根據每扇窗戶的位置以及四周的圖像特別製作的。我大可跟他說我想念我的朋友和我在曼哈頓的公寓，說哥倫布大道上的那家咖啡店有最完美的瑪奇朵咖啡。結果說出口的話卻出乎我的意料：「今天是我的生日。」

山姆一臉失望。「我大概應該要把這句話歸類為實話。告訴我一件妳的真實事情。」

「是真的啊。」他的眉頭仍皺著，於是我又說：「你要看我的駕照嗎？」

「妳為什麼會把生日花在看妳才說妳討厭的運動上？」

「我是討厭。不過我父親——」我指著他的肩後，我父親正跟一個極高的男人說話，看他的個子只可能是籃球員。「——不討厭。」

山姆微笑，卻給人略帶感傷的味道。「唉，那可真是太糟糕了。」他挺直了頎長的身軀，跟我附耳低語：「生日快樂，史黛菲。希望妳每件事都能心想事成。」

我差不多是立刻就熱淚盈眶，只是我沒讓山姆看見。當時，我認為是因為思鄉、賀爾蒙，加上在陌生的城市裡聽見自己的小名從某個陌生人的嘴裡說出來，但說真的，是因為這個生日實在過得差勁。我最好的朋友都在幾千哩之外。我母親很生氣我要跟我父親度過這一天，因為我很少看見他，而他特地為這一天飛過來。我父親把我帶到全地球上我最不想去的地方，而現在正忙著跟大人物閒扯淡，沒空注意我。今天過了這麼久，我的父母親都沒有祝我生日快樂。山姆的話衝擊了我，像是個意想不到的禮物。

兩天之後他又給了我一個出其不意，他端著一片蛋糕和兩支叉子出現在美術館外。他拿銀打火機點燃了蠟燭，那個打火機簡直就像是該放在美術館一樓古董櫃裡的寶物。我們的初吻有糖和香草的味道。

愛上山姆是很容易的事。我每一天都會愛上他。

模糊的聲音飄上了樓，把我從臥室逼進了穿衣間，我脫掉T恤，換上絲質小背心，從架上抽了一雙桃紅色包鞋，慢慢穿上。我站在臥室的鏡前，鬆開頭髮，以手指梳理，搽了點眼下遮瑕膏和唇蜜。如果想要和別人較量，即使對象是以前的自己，高跟鞋和化妝一定管用。

我發現山姆坐在樓下書房裡他的義大利書桌後面，這張桌子是核桃木和煙燻玻璃的傑作。書房是山姆的領域，現代家具和皮革鑲板牆，酒紅色天鵝絨窗簾襯著橡木地板像是一簾鮮血。全部都是暗色系、溫潤流線、陽剛十足，就跟他一樣，只有書桌一角的銀碗例外，被我插滿了後院摘來的梔子花。梔子花散發出甜香味，人走到哪裡香味就跟到哪裡，像會議室裡的警衛。

山姆對面的藍色旋轉椅上坐著他的傳播主任布莉特妮，一名警官站在她左側。

三人都一臉凝重。

「出了什麼事？」我站在門口問。

布莉特妮轉動椅子，給了我一抹敷衍的笑容。「早安，杭廷頓夫人。很抱歉星期六一大早就來打擾。」

我也說不上來是為什麼，但她正式的寒暄讓我更討厭她。可能是因為她仍然是二十幾歲，而我離那個年紀越遠就越討厭像布莉特妮這種漂亮聰明的女孩子。整個世界都在她的掌握之中——她在想什麼，怎麼會在亞特蘭大浪費她的青春？

山姆比了比布莉特妮旁邊的空椅子。「過來坐。」

他說話的語氣讓我的心臟跳得更快，而且不是好兆頭的那種跳法。我瞧了一眼警察，再看看布莉特妮，她那副公事公辦的表情跟她的服裝完全不搭。鮭魚色襯衫，紫色慢跑鞋，兩條光裸的大長腿，肌肉量增一分則太多、減一分則太少。今天也應該是她休假，而看她的樣子像是直接從健身房過來的。

我走向椅子，卻沒有坐下。「直接說吧。出了什麼事？」

「山米班上的一個孩子昨晚失蹤了，」山姆說，「是個叫伊森．梅道斯的小男孩。警方正朝他被擄走的方向調查。」

我倏地睜大眼睛，一手按著胃。可憐的伊森。可憐的伊森的家長。「被綁架了？」

山姆看向那名警官，他點頭。

我的腿忽然發軟，倒進了椅子裡。「我的天啊。他們知道是誰嗎？」

我倒知道是誰：伊森那個打老婆的重罪犯父親。我聽過學校裡謠傳他們在辦離婚，看過上傳到YouTube上的影片。任何一個會在光天化日之下在超商停車場攻擊妻子的男人，不顧幾十支手機對準他的臉，以全彩高畫質捕捉下他揮出的每一拳。這樣的人也做得出綁架自己孩子的事情。

「蘭普金郡警長的團隊正在調查幾種可能，」警官謹慎地說，「與學校有關的人、與孩子家庭有關的人，以及有性侵紀錄的當地人。」

我的視線挪向山姆，他的表情變得僵硬。他跟我想的是同一件事：一名性侵犯埋伏在營地邊緣，觀察孩子，像個在農夫市集的餓鬼，挑選最成熟的果子。很可能是隨便一個孩子，很可能是山米。

我突然在想我把車鑰匙放到哪裡了，在想立刻衝出門，在早晨的車流中殺出一條路衝到達洛尼加去。我急著要看到自己的孩子。

「打給喬許，」山姆對布莉特妮說，「我知道他去看他妹妹了，不過立刻把他叫回來。我需要他報告最好的處理方式。學校還沒有通知完所有的家長，我們的處理方式必須非常謹慎。我們可不想引起恐慌，惹惱了警長，不過我要先準備好一份聲明，等警長說可以了我們就發布。」

布莉特妮在椅子上來回轉動。「我已經給喬許發了幾百通簡訊了。他妹妹住的地方顯然沒有訊號。」

她說的可能沒錯。我不記得地名，不過喬許的妹妹住在喬治亞南部的深山密林裡，大紅色地圖上只是極小的一個點。沒有路燈，沒有沃爾瑪，只有兩個鄰居坐在草坪椅上，揮舞著南軍軍旗。

「繼續打，好嗎？」山姆說，「找到他之前，就由妳跟我兩個人一塊動腦筋，擬出一個計畫來。」

她從腳邊的袋子裡抽出筆電，敲了起來。警官貼著書櫃站，手裡抓著帽子，等候指示。

山姆轉向我，一臉歉意，我搖頭阻止了他。有個亞特蘭大的孩子失蹤了，不需要道歉。

我轉向警官和布莉特妮。「兩位的咖啡要加什麼？」

在這個節骨眼上，我不能再讓山姆憂心。

凱特

失蹤五小時二十四分

自從搜救犬在黑山路戛然而止，搜救計畫就改變了；餐廳擠滿了濕淋淋的人，以一種全新的緊迫感吆喝著命令。有件事變得清晰了。他們看到我就迴避視線，這種尊重就像一巴掌狠狠摑上我的臉。朵恩注意到了，就把我拉出去，領著我到空地對面的一棟木屋裡，把我安頓在一張雙人小沙發上。

「我來泡茶好嗎？」她說，「我不知道妳會不會冷，可是我真的需要喝點熱的暖暖身體。」

就在這時我才發覺我的牙齒在打架，我用力咬緊牙關，讓噪音停下。「茶很好，謝謝。」

木屋又黑又小，格局方正，擺了張圓桌，沙發有灰塵的味道，後牆的廚具也是最基本的。唯一的窗玻璃髒污，佈滿了蛛網和污垢，掛著兩條褪色的花布。屋裡就跟外頭一樣冷，也一樣濕，我全身發抖。

朵恩打開了電子水壺，然後過來坐在我旁邊。她的眼神親切。

「我們告訴過妳為什麼要仔細調查安德魯，那妳現在何不跟我說說妳為什麼覺得是我們弄錯了。」

她的問題一點也不讓我意外。從麥金塔刑警出現在我家門口的那一刻起，我就一直在幫安德魯排除嫌疑，而我的否定他們也都看在了眼裡。我認為他們弄錯了嗎？也許，可我之前也從沒想到安德魯會像那樣子傷害我。

「妳應該知道他做了什麼吧。」我幾乎沒辦法把這句話說出口。我的嘴巴好乾，舌頭像砂紙。

「對，我看過警方的紀錄。」水壺嗒的一聲關掉了，聲音很刺耳，水燒得咕嚕嚕響。朵恩站了起來。「不過我真的很想聽聽妳的說法。」

我遲疑不決，努力召喚出重述那次不堪事件的勇氣。問題是，半年來我盡量不去想安德魯，而每次他的名字不經意地穿過我的意識，我還是會瑟縮。我們分手分得狼狽又痛苦，我仍然沒辦法原諒——原諒他，也原諒我自己，竟把無辜的伊森捲進來。

「我們兩個人不和有一陣子了，」我開口說，呼吸來得又快又淺，好像我才剛跑完三層樓梯。「起碼有一年，也許更久。他酒喝得太兇。工作上的壓力排山倒海而來，而他全發洩在我跟伊森身上。安德魯在超商外面攻擊我的那天，我剛申請離婚。」

我沒詳述我的傷勢——一隻黑眼圈，兩根手指骨折，被他扯掉一大把頭髮、頭皮鮮血淋漓——也沒說多虧了兩位來看獵鷹比賽的好心人拉開了他。他們跟警察說他放話要殺了我。朵恩是警察，當然會知道這些，也會知道他在警察上門之前就落跑了。他是隔天在公司被捕的，戴著手銬走過他的下屬、保全和幾十個瞪大眼睛的目擊證人面前。

「聽起來倒是個膽大包天的人。」她給了我一杯茶，又在沙發上坐下，清澈的藍眼睛盯著我。

「不，其實是恰恰相反。那兩個人把他拉開的時候，我看見了安德魯的臉，他就跟我一樣驚訝。驚訝又羞辱。我相信他當下就後悔了。」

其實，我很肯定讓安德魯最後悔的是事情的結果。他玷污了他寶貴的名聲。他失去了打離婚官司最後的一個籌碼。結果就是當法官聽說了攻擊事件，看到我的右手完全裹著桃紅色的石膏，只露出指尖，他就裁定給我暫時的全部監護權。

朵恩伸手拿桌上的一本筆記簿，從地板上的皮包裡挖出筆來。「不過，安德魯還是失控了。」

「對我，只針對過我。他從來沒有打過伊森。」

「在超商攻擊事件之前，安德魯曾經對妳人身攻擊過嗎？」

一股熟悉的作嘔感湧上了喉嚨，因為我該怎麼說呢？有，但從來不會留下傷痕？說我立刻就甩了他一耳光，把他推開？說有一次他抓我的手抓得太用力，還是他把我推進了壁爐裡，還是他把我壓在浴室地板上？不過沒有一次爆發會把我傷得那麼嚴重，而且事後安德魯總是會更體貼更多情。他們說這是一種循環，說得對。

「有。從來都不到那個程度，可是有。我知道那是虐待。」

「妳曾威脅過要離開，或是試圖離開過？」

即使是現在，半年之後，這個問題聽在我的耳朵裡仍然像批評，讓我想起了我以前的幾個女性朋友，愛八卦的女人，用一層同情的面紗遮掩住她們的質疑。朵恩很可能也在說既然妳知道是凌虐，為什麼不離開他？我之前的朋友每個都這麼說，只有盧卡斯和伊姬沒有。

「沒那麼簡單。我們一起生養了一個孩子，我為了孩子放棄了工作，在家裡當全職媽媽。我沒有錢，沒有家人可以依靠或是投奔。我知道要離開有多困難，我知道安德魯是絕不會讓我帶走一丁點的東西的，尤其是伊森。我不是在爭取同情，我只是在解釋為什麼我不敢提出離婚，一次也沒有。」

「直到他在光天化日下打妳。」

我聳起一邊肩膀。「儘管很可怕，但至少讓我佔了上風。每一個人，包括法官，都知道他做了什麼。」

「到目前為止我還沒聽到他為什麼不會綁走伊森的理由。」

她說時帶著溫柔的笑容，卻絲毫沒有沖淡她犀利的言語。沒有女人會想要認為她曾愛過的男人——她獨生子的父親——能做出這麼邪惡的事情來。

「好吧，那這個理由呢——因為他愛伊森。」

「說不定安德魯想要跟兒子有更多的時間，而不僅僅是隔週的幾個小時。」

我沮喪地拋高一隻手。「那何不某個星期天的晚上不送他回來？何必大老遠跑來這裡帶他走？這種話我今天已經聽過一遍了，我聽得越多，就越難讓自己甩掉懷疑。」

朵恩的回答被錯不了的直升機聲打斷了——而且不止一架——掠過營區，撼動了空氣，震得木屋的木牆嘎嘎響。

「妳為什麼一直要逼我往這方面想？」我等聲音遠去後立刻就說。我心慌意亂，緊張不安，好像得費盡力氣克制才沒有從這張沙發上跳起來，跑出去，跟著他們一塊去找我兒子。我們坐在這裡每多一秒鐘，抱怨安德魯如何如何，就會多一秒鐘找不到伊森。「安德魯不會想要偷走自己的兒子。」

「妳有沒有想過伊森失蹤跟妳兒子一點關係也沒有……」她打住，而她一直掛著的那副愉快笑臉也消失了。「而是跟妳有關係？」

我的皮膚變冷，背脊像冷水澆過。「什麼意思？」

「這麼說吧。如果安德魯既生氣又傷心，想要報復，妳覺得他會怎麼做？他認為什麼是妳最大的弱點？」

就這樣，我信了。我最大的弱點就是伊森。

凱特

失踨五小時五十七分

木屋外一條穿工作靴的大漢步上了階梯，這種步態我到哪裡都認得。朵恩期待地抬起了頭，我卻從沙發上一躍而起，衝向門口，一把拉開木門，而盧卡斯則剛舉拳要敲門。

他的樣子狼狽極了。皮膚蒼白，襯衫下襬露在外面。他需要剪頭髮刮鬍子。在那頂起毛邊的田納西大學舊棒球帽下，他榛色的眼眸因為緊繃而有魚尾紋。

但是他來了，我衝進他懷裡，即使盧卡斯是那種會先鎖住我的頭再擁抱的人，而我也是會先捶他的肚子一拳再環住他的腰的人。我雖然對這種擁抱不熟悉，卻滿心感激。我把臉貼著他的胸口，眼淚潰堤了。

「妳得要堅強起來，Kitty貓。」我從高中之後就沒聽他叫過我的這個綽號了。他一隻大掌按住我的頭。「為了伊森。妳得為了他堅強。」

我向後仰頭，淚眼模糊地看著盧卡斯。他的臉或許多了一點皺紋，他曾濃密的頭髮在頭頂處稀薄了，但是在我眼裡他一直都是那個滿臉嚴肅、像男子漢的大男孩，住在對街，在我十六歲因為母親過世而變成孤兒時接納我的人。「妳會被寄養家庭生吞活剝。」他那時這麼跟我說，而且盧卡斯不是隨便說說的。他在寄養制度裡熬過十幾年，直到今天，他對那種制度的唯一批評就是它不適合像我這樣的女生。

「我有，我也會。我只是好高興你來了。」

「唉，岔路的那兩個警察可沒讓我好過。要是妳跟他們說過我會來，就能幫我省掉一點麻煩了。」

我沒問他是怎麼通過的，主要是因為我不在乎。重要的是他來了。

他推開了我，從門廊地板上扛起一只破舊的大帆布包，陪著我倒退進木屋裡。他的後方，雨停了。森林裡起了朦朧的霧，一團團的煙掛在空中，很像鬼魂。

我拿紙巾擦臉，盧卡斯向朵恩自我介紹。而她也差不多像每一個春心蕩漾的女性一樣，帶著興味打量他。「朵恩．惠特柯。」她說，跟他握手。

我把紙巾丟進垃圾桶，指著盧卡斯拎著的帆布包。「那是什麼？」

絕對不是個過夜袋。帆布包大得可以裝得下盧卡斯衣櫃裡的每一件牛仔褲、T恤、毛衣，但是裡面卻傳來金屬互碰的聲音。他把帆布包丟在地板上，落地的時候簡直就像是水泥磚。

「我的追蹤裝備。GPS、夜視鏡，諸如此類的。」盧卡斯拉出一張椅子，掉過來，倒著坐，龐大的身軀面對著我。「有什麼消息？妳都沒發簡訊給我。」

我跌坐在沙發上，而朵恩則連珠砲似地說著縮寫字，我只隱約聽懂，可是這輩子也記不住：NCIC，BOLO，BGI。她把我們至今所知的訊息簡報了一遍，實在是少得可憐。她說伊森住宿的那棟木屋外發生火警，而伊森就在大夥往外衝以及隨隊家長撲滅火勢之間失蹤。說警犬起初找不到他的氣味，後來總算有一隻帶著搜救人員穿過森林一哩半，氣味在一條馬路上消失了。盧卡斯對最後一句的反應讓我把桌子抓得更緊。

「聽起來像是圈套。」他說，而朵恩沒有反駁。她也覺得是圈套，而老實說，誰不覺得呢？我轉向盧卡斯。「他們覺得可能是安德魯。」

他皺眉，卻似乎並不怎麼意外。「他們當然會懷疑安德魯。妳都不看《法網遊龍》嗎？一定都是家長。」他轉向朵恩。「妳打電話給他了嗎？有沒有派人去撞開他家的門？」

「第一個問題，有，但是我們沒有搜索令不能撞開門，亞特蘭大警局現在正在申請。不過我們派人去敲他的門了，連兩邊鄰居都被吵醒了，可是好像沒有人在家。」

他罵髒話。

朵恩仔細打量他，手上的筆停住不動。「看來我好像是不需要問你，是否認為安德魯做得出綁架自己的兒子這種事來。」

「媽的，他當然做得出來。他很聰明，又鬼祟，更別提那個人的心理狀態了。」那個人、打老婆的、渣男。只是幾個盧卡斯給我那個「很快就是前夫」的先生的諢號，省得他還得說安德魯的名字，污了他的嘴。

不過盧卡斯有一件事說得對：別讓他說起安德魯的心理狀態。盧卡斯幹的是揮汗如雨的辛苦活，他重視的是本本分分工作，老老實實掙錢，自立自強。上帝，國家，家庭。假如安德魯是白手起家，全憑自己把公司開起來，盧卡斯可能還會對他有點尊重。但是安德魯花的是一大筆他父母的壽險，另一半的錢則買了登伍迪佔地半畝、有六個房間的豪宅，現在他一個人住在那裡。盧卡斯從來不吝於表達意見，而他一直都有一長串的理由反對我跟安德魯結婚：太自我中心，太看重物質，太任性，控制欲太強。後來，他的酗酒問題變得嚴重，他又脾氣太火爆，太難預測。等我也看出了盧卡斯看出的種種缺點時，卻來不及了。我們已經有了伊森。

但此時此刻我最不需要的就是再聽一遍早跟妳說過了。「那現在怎麼辦？」

朵恩從沙發上站起來。「現在我需要去餐廳跟警長和那邊的小組報告一下。趁這個時候，我要妳開始列出我們剛才說的清單。伊森固定會去的地方，跟他認識、有互動的人，他上的網站和在網上交談的人。我要一年內跟伊森有聯繫的每一個成人的姓名。他很熟的，他不很熟的。我們想要清查一下他可能會培養出深厚感情的人。」

我知道她的意思。

她的意思是任何一個可能會對他發展出感情的人。

她指著擺在沙發扶手上的筆記簿，她在一面空白頁上寫了一組電話號碼。「是我的手機，需要我的話，我不到五分鐘就能趕回來。」

盧卡斯看著她穿上大衣，收拾東西，下巴繃得死緊，棉T恤下的肌肉和肌腱也在抽動。

朵恩一出門，他就轉向我。「妳要我做什麼？」

我毫不遲疑。這是我找他來的原因，來把森林翻過來，尋找線索，循著我兒子的足跡找到他。儘管我很想要他留下來安慰我，我卻需要他找到伊森。我這輩子都沒這麼心急過。

「找到他，盧卡斯。」我盯住他的眼睛不放，而他則因為收到命令而眼睛發亮。「出去幫我找到伊森。」

盧卡斯跳了起來，一把抄起地上的帆布袋就走出門了。

盧卡斯一走就剩我一個人在木屋裡了，我又撥了安德魯的電話，又是直接轉入語音信箱。六個月後再聽到他的聲音，我的神經就像被一片帶刺的蕁蔴擦過。

嗶聲一響，我深吸一口氣。

「安德魯，我是凱特……我一直在找你，找了幾個小時了。伊森不見了。如果是你做的，如果他現在就跟你在一起，你儘管開條件，我什麼都給你。我會撤銷限制令，我會求法官給你一半的監護權。我會在《亞特蘭大憲法報》上登全版的聲明，告訴大家你從來沒打過我，只要你開口……」我的喉嚨快閉鎖了，但是我硬是把每個字都擠出來。「拜託。別搶走伊森。我求你，求你不要把我的寶貝搶走。」

我掛斷得正是時候，就在哽咽湧上喉頭，偷走我的聲音之前。我把手機拋在桌上，雙手摀住臉，任由淚水滴落，各種畫面在心裡掠過，就跟恐怖秀一樣。伊森坐在安德魯的賓士後座，不知道他們是要去哪裡。安德魯每次看到手機螢幕上跳出我的名字就哈哈大笑。警察在追蹤他的手機嗎？他們是不是在電腦螢幕上看著光點越走越遠？快要九點了。他們現在可能是在往墨西哥的半路上了。

我從椅子上跳起來，來回踱步。

我想像著再也見不到伊森，餘生完全不明所以，一直找不到答案。我想著伊森，被蒙著眼，大哭大叫，在某輛沒有標誌的廂型車後座裡。他的小身體，損傷得難以辨認。我的思緒像野生動物，追著我在小房間裡亂轉。

「不。」我的聲音細弱，我再說一次，這次較大聲。「不。」我不能這麼對自己。我拿起了筆記簿和筆，強迫自己坐下來，列出一份名單。

前十幾個名字並不費力。盧卡斯、伊姬和兩個——不，她的三個前男友，沒有一個撐過幾個月，但也久到伊森能記得他們的名字。我們的老鄰居T太太，她仍會在聖誕節過來看我們，送我們沒人會穿的手織襪子。安德魯跟我們的老朋友，大多數從超商外的那天下午之後就沒見過了。他們仍在他的生活中嗎？有我不知道的新朋友嗎？我一點也不清楚。

還有我的鄰居呢？我不知道他們的名字，但是我知道不能相信他們。我不准伊森一個人在前院玩，我就像母獅看護著幼獅。不過誰會大老遠開車到這裡來偷走住在對街的孩子呢？

我列出了我們去的地方——學校，馬路另一頭的大眾超市，街角的熟食店，有一次伊森還問我為什麼有個流浪漢在翻垃圾箱。「因為他餓了吧。」伊森把三明治給了他。又一波眼淚刺痛了我的眼睛，因為我的兒子就是這麼一個好孩子，總在提醒我世上還有人過得更苦。

我回想朵恩剛才跟我說的話，什麼路障和警戒區，還有那一大串像是直接從犯罪節目借用的字母。有一個奇蹟似地冒了出來：*BOLO*。正在尋找中。可是她提到他們在找哪裡嗎？哪個方向？我真後悔沒寫下來。

這些問題立刻把我的腦袋鑽開了一個洞。他們還找了哪裡？有多少警察參與這個案子？媒體知道了嗎？安珀警報呢？還有別的通報失蹤兒童的各州或是全國警報系統嗎？有別人在幫忙傳遞消息嗎？

我翻到空白頁，匆匆寫下這些問題，以免又忘記了。才寫下一條，另一條又接踵而來，沒多久，紙上就覆滿了用藍墨水寫下的潦草字跡。我翻到下一頁，繼續寫。

學校老師和隨隊家長呢？警方有多確定他們真的在他們說的地方？他們都詢問過、查證過？營區的工作人員，別的孩子呢？一定有人聽見或是看見什麼的。誰在問他們？

然後是有關失蹤兒童更廣泛的問題，是負面的一般問題，我卻不得不考慮。頭幾個小時、頭幾天的統計數字是多少？要是不能盡早找到他，那找到他的可能有多高？到什麼時候朵恩才會要我坐下來，跟我說要做最壞的打算？兩天後？三天後？

我不知不覺又哭了。我想到伊森在學校登上巴士的那一刻，我的心思已經飛到工作上沒完沒了的待做事項上了，胃也跟著痛起來。我看見自己站在人行道上，對著巴士黑玻璃後的暗色人影揮手。我甚至看不出他是不是也揮回來，甚至不知道他是不是伊森。我只是挑出一團陰影就揮呀揮呀，因為巴士越早離開，我就能越早衝去上班。

上次我看見伊森的時候，我壓根就對他視而不見。

史黛芙

失蹤六小時五十八分

我母親抵達時我正忙著撥打康橋員工名錄，到目前為止毫無進展。她飛奔進玄關，丟下東西，雙手夾住我的臉就親，儘管手機還貼在我的耳朵上。她有焚香和香奈兒香水的味道——複雜的懷舊之味。尖叫和甩門聲，這是我主要的童年記憶。

「嗨，媽。」我指著手機，手機正播放著一首諾拉．瓊斯的老歌，六分半鐘來一直在重複。「我在等學校的電話，一直都沒人接。」

山姆把消息告訴我之後已經過了將近兩個小時——而我兩個小時來都在踱步，等著學校來電。我了解他們正在處理危機，可是坦白說，我也一樣啊。我需要看見山米，知道他沒事，這份需求像電流一樣在我的胸膛裡滋滋作響。

「妳辦妳的事，親愛的。」媽從地板上拎起一只帆布購物袋，往我空著的那隻手塞。「我烤的。」

香味撲鼻而來，核桃奶油肉桂，也送來了整體的情況。「妳大老遠從伍茲托克來就為了給我送香蕉麵包？」

「瞧妳說得好像伍茲托克是在美國西岸似的。」

說得精準一點是二十六點三哩，五十二分鐘的車程。這樣的距離你或許會覺得出其不意的拜訪太遠了，可是你錯了。

我望著她身後的其他袋子——一個破舊的Michael Kors包，六年前的聖誕節我送她的禮物；一只黑色人造皮大背包，疑似過夜袋。我想問她來做什麼，但恐怕我已經知道答案了。

音樂停止了，一個女性的聲音傳來，我豎起一根手指。「您轉入了康橋經典學院領先學前教育老師妮珂蓮．艾克布姆的語音信箱。很抱歉錯過了您的電話。請——」

我掛斷了，再按重撥鍵，撥打學校的主要電話，揮手要媽往裡間走。我們經過時燈光亮起，這是結合了動作感應器和魔法的一種機制。生態別墅是山姆的寶貝，流線型的永續建築藝術，百分之百可回收建材，屋頂有光伏板，室內房間由日光採集放大反射管照明，地熱幫浦，雨水收集池。山姆總喜歡這麼想：這也是他會當選的一個理由——水電自給自足，實踐他拯救地球的說教——不過他是在自己騙自己。山姆．約瑟夫．杭廷頓四世一輩子都是受他的權貴姓氏庇佑的。

「我今天早上接收到的訊息都互相矛盾，」媽跟著我走進廚房時說，「而且全都跟妳有關。」

一堆人為了聽她說這種話是肯花大錢的。梅樂笛．金恩醫師——她的粉絲稱她梅兒醫師，有張名單囊括了我的每一位女性朋友——通常每小時收費四百二十五元玩她的老把戲。媽卻在這裡免費提供。

我查看學校的員工名錄，手指往下劃，停在下一個名字上。「我發誓，他們一定是命令每一個員工都不准接電話。」我的手指停在護士長的分機上，敲了號碼，也是直接轉入語音信箱。我掛了電話，把手機砰的一聲丟在流理台上。「我覺得我應該開車過去。」

「去學校？」

我點頭。「今天是星期五。除了伊森那班之外，全校都上課。」

「去幹嘛？」媽搖頭。「那裡也不會有人能回答妳的問題。」

媽掏空了一口袋的石頭，放到大理石檯面上。「紅玉髓、瑪瑙、煙水晶。這些都是保護人身安全的，還有這個。」她輕拍一個混濁的紫底白紋石頭。「這一個是特別強的紫水晶，保護旅行平安的，不過我也得到了一些訊息，感覺起來那個孩子是在一個定點上。」

「那妳帶了什麼石頭能告訴妳他在哪裡？」我沒費事去遮掩我嘲諷的語氣。無論我媽覺得她打開了什麼通往超自然世界的窗戶，我從來就沒信過。

媽給了我她那種無限包容的笑容。「不是這樣子的，親愛的——妳也知道。我改變不了發生的事，或是將來的事，只能傳達我接收到的智慧。不過天使的閒聊很讓人混亂，能量互相衝突。神靈說他既安全又危險，一點道理也沒有。」

「妳起碼能看一看他的能量是從哪裡來的？」

「甜心，我什麼也沒教會妳嗎？我看不見他的能量，我是感應到的。說得更詳細一點，我感應到的是他的能量系統的扭曲，雖然我可以隔空治療，可我看不見他的實際位置。我只是模模糊糊感覺到他的想法和情緒，不過是有可能可以提供線索的。」

「比方說呢？」

她閉上眼睛，仰起臉來對著天花板以及外面的蒼穹。「我感應到恐懼，那是一定的，而且我覺得他可能很冷，因為，看。」她把衣袖往上推，露出的皮膚都是雞皮疙瘩。「不過我也感到越來越無聊了。被綁架的孩子為什麼會覺得無聊？可能是電磁污染造成的混亂，有時候會把能量也扭曲了，如果傳送者被天線或是無線裝置之類的包圍了。」

「那妳的意思是說綁匪是躲在一個有Wi-Fi的地方。像是星巴克？」

她挑高一道眉。「妳老是不相信。」

就跟我父親一樣。跟我妹妹愛蜜莉亞一樣。跟山姆一樣。家族中唯一相信的人是山米。我母親會說那是因為他是貨真價實的讀心者，但我祈禱是因為他才八歲，而他祖父母輩的親人裡只剩我母親一個。媽那些靈魂上的胡說八道就算是賣出了一堆的書，但是在角色模範上卻不是最實際的一個。

比如說現在。媽把盤子推開，閉上眼睛，兩隻手掌朝天，各放著一個水晶。她從鼻子吐氣，悠長又響亮，像沖上岸的波浪。她的嘴唇在動，但是沒有發出聲音。就算有支軍樂隊從廚房裡穿過，她也不會注意到。

我的視線從她身上移向廚房的平板玻璃窗。下了三天的雨，太陽終於露臉了。一道陽光射在棚架的蔓藤上，棚架上爆裂出一片黃色紫色的花海，彷彿梵谷的畫作，那麼明亮，刺痛了我的眼睛。我閉上眼睛，想著伊森，站在這些花下。跟山米一樣凌亂的鬈髮，一樣瘦巴巴的身量，發育表險些不及格。說這兩個孩子可能是兄弟的人不只我一個。

房子的另一邊有扇門打開來，說話聲傳進了走廊裡。山姆和布莉特妮拉高聲音說話，兩個都在講手機。我一躍而起，奔出餐廳，鞋跟敲打在地板上，匆匆到玄關去送他們。我及時趕到。布莉特妮俐落地一點頭就走了出去，仍說個不停，但是山姆在門口停下。「等我兩分鐘，我馬上就打給你，」他對著手機說，然後就掛了電話，也不等對方反應。

他在前一個小時上樓去洗了澡，換上了他最好的海軍藍套裝。他的襯衫筆挺雪白，搭配一條紅色絲質領帶。他有咖啡和鬍後水的味道，還有權勢與專業的架式。

「有什麼消息嗎？」

山姆把手機放進口袋裡。「看來作案的人是用車子把他從那個地方帶走的，而這大概也是最糟糕的消息了。」他縮了縮，重新思考。「應該是第二糟糕的消息。警方正在仔細調查孩子的父親。」

「我第一個也是想到他。他有暴力紀錄。」

「他既不接電話也不應門。」

「那孩子們呢？」我說，「要送他們回來了嗎？」

「大概要等到今晚。警長的小組要再詢問他們一次。校方正忙著擬出給家長的一致訊息，等他們弄好了，妳就會接到他們的電話，告知妳怎麼去接孩子。」山姆瞧了瞧敞開的前門，布莉特妮站在圓形車道上，仍在講手機，邊看著他。她微微一挑眉，山姆又轉回來。「我得走了。我一到警局菲利普斯局長跟我就要發表聯合聲明。」

「去吧。去做你需要做的事。」我踮腳吻了他一下。

他的腳步俐落穩定，步下石階走向布莉特妮等候著的凌志，她已經坐進駕駛座了，引擎呼呼響，她的臉孔隱藏在煙燻玻璃之後。汽車的音響傳出一個男人的模糊聲音。

山姆走到一半打住。「要是喬許跑來這裡，跟他說我去了哪兒，好嗎？我還是聯絡不上他。」

我點頭，又想到了一件事。「喔，山姆？」

他停下了腳步，腳卻欠動，急著要走。

「一有消息就打電話給我。」

凱特

失蹤七小時又七分

一隻鳥沮喪的叫聲劃破了寂靜，嚇得我霍地挺直了上身。我對著房間眨眼，想要弄清楚身在何方。小木屋、營地、伊森。現實重新聚焦，比刀子還要銳利。

我手忙腳亂去拿手機來看時間。九點三十七，也就是說我睡了不到一個小時。靠。幾乎是盧卡斯進森林的整個時間。他沒傳簡訊或是打電話，我的心臟蹦上了喉嚨眼，既是出於恐懼，也一樣出於希望。他的沉默代表什麼？我打給他，但是沒打通。

我按下重撥，再試一次，一邊環顧小屋。這時的太陽高掛天空，小木屋的狀況就更差了。破敗髒亂。毫無裝飾的牆壁沾上了泥土，馬克杯有裂口，殘存的污漬不只是茶。椅子破破爛爛的，金屬腳全是鐵鏽。昨夜的雨從木屋的縫隙滲漏了進來，讓空氣變涼，也讓一切都濕答答、黏乎乎的——我的衣服、我的頭髮、我的肺。我發抖，想到了伊森。

我查看手機，就在這時我才發覺沒有訊號，而且我的電池容量只剩下百分之五。我想到了充電器放在過夜袋裡，而過夜袋在麥金塔刑警的車子上。我離開餐廳之後就沒看過他了，那是幾小時前的事了，他還在嗎？

我盯著螢幕找訊號，帶著手機到戶外去，走上一條兩邊都是蕨類植物的小土路，往空地走。混濁的陽光從枝葉中篩下來，小路變得斑駁。樹冠層外的天空心懷不軌——一片深灰，紫色黑色的雲翻翻滾滾，壓迫著大地。是昨晚天氣的垂死掙扎。

而同樣詭譎的是我面前的空蕩空地。一個人也沒有。沒有警員大聲吆喝下令，沒有搜救人員在樹林裡鑽進鑽出。我停在邊緣，手機突然響起了一連串工作上的郵件，我努力不吐出來。這是什麼意思？大家都上哪兒去了？

我面前的山坡就像恐怖電影，草皮被踩得翻了過來，遍地泥濘。山坡腳下只剩下警車輾出來的車轍和警員踩出的腳印，填滿了雨水——幾乎空無，只有一輛亞特蘭大警局的巡邏車沾滿了露水。我鬆了口氣，骨子裡的恐懼也消失了一點。麥金塔刑警還在這裡，也就是說我的充電器也在。

我叫出盧卡斯的電話，再撥一次。

「唷。」他接了，聲音有點喘，有點分心。「這邊，」他說，然後對我說：「妳怎麼樣？」

「人都跑哪兒去了？」

「什麼意思？」他的聲音嘎嘎響，句子也斷斷續續的。

「你走了以後我在木屋裡睡著了，等我醒來，一個人也沒有。警車、警察，什麼也沒有。」

我凝視著空地對面的餐廳。裡頭的燈光散發出金色光芒，但是晨光射在玻璃上，像火焰一樣竄跳，我看不見裡面。我沿著空地邊緣急忙前進，順著最乾的小徑走。「他們是取消搜索了嗎？」

「等等。我問問是怎麼回事。」一段低聲對話，至少有兩個不同的男性聲音斷斷續續響起，我伸長耳朵想聽，但是早上的鳥叫和差勁的收訊卻幫倒忙。幾秒鐘後，盧卡斯回來了，靜電也一樣。「……只跟我說警長叫義工和狗都回家了。鑑識人員還在，不過也在移動……」

他的說明讓我的神經像著了火，我半途停在山坡上。「這是什麼意思，他們在移動？」

他說了什麼我完全聽不懂，然後他的聲音又清楚了。「……離開這一區。妳先別發飆，他們並不是要放棄搜索。是——」

沉默來得很突兀，我把手機從耳邊拿開，搜尋螢幕。一條槓，但是沒斷線。「盧卡斯，再說一遍。是什麼？」

沉默。

「盧卡斯，是什麼？」

嗶的一聲，就斷了。通話斷了，我的手機也沒電了。螢幕一片漆黑，電池耗盡了。

我把手機塞進後口袋裡，盡可能快步穿過濕滑的土路到刑警的汽車那兒。幸好，沒鎖。我從過夜袋的側袋裡挖出了充電器，袋子還是丟在地板上，關上了門。

我正忙著決定哪一條路到餐廳最不危險，我希望能在裡面找到警長和朵恩，說時遲那時快，一個男人衝出了門，一看到我就在門廊上停住，停在一方陽光下，紅髮被照得像火球。「喔，嘿，妳在找朵恩嗎？我聽說她還在木屋裡。」

我指著我來的那棟木屋。「我就在那裡，沒看到朵恩。」

男人搖頭，指著相反方向，更深入樹林裡。「不是那一棟，是孩子們的木屋。鑑識科的人剛搜查完。」

我的心臟用力跳了一下。那是伊森最後出現的地方，是他在失蹤前一直待的地方。我迫不及待想要看一看，就算沒有什麼原因，能吸一口同樣的空氣也好。

他腳步沉重地越過門廊，下了階梯，手一勾，要我跟著。「來吧，我帶妳去。我們反正也要請妳過去確認一下哪些東西是他的、哪些不是。」

我匆匆上坡。「他不是把背包也帶走了嗎？他的背包跟羅盤。」

「我們相信是這樣。孩子們留下了一堆的東西，我們滿確定有些是他的，不過我們還沒有找到背包。還有他的睡袋，我相信妳知道我們給狗聞過。我們已經從他的老師那裡得到了百分之百的指認，所以這只是跑個流程。不過，由媽媽親口說還是最好的。」他伸出一隻手。「比爾・馬伯里，蘭普金郡救援隊。」

「凱特・簡金斯。」

我跟著他深入樹林的灌木叢，這邊的陰影漆黑如墨，氣溫也比陽光普照的空地低了十度。我把毛衣拉緊，匆匆跟著他走。他的腿沒那麼長，可是他的步子很快，他跨一步我得跨兩步。一路上比爾的嘴巴就沒停過。

「我不知道妳聽說了沒有，可是警長把總部移回局裡了。距離這裡沒有多遠，只有五哩路左右，不過是個真正的警局，有Wi-Fi和手機訊號。」

「喔。」我明白過來了，盧卡斯剛才就是想跟我說這個，而我好像肚子挨了一拳。離開營地而沒帶著伊森感覺不是什麼好事。不，感覺起來就是一件非常糟糕的事。就像是放棄了，像是承認失敗。我是絕對不會把他丟下來的。「那搜索呢？」

「喔，搜索仍在進行中，變的只有策略。直升機搜尋的範圍擴大了，所以我們才會聽不見。幾個小時前警察就從樹林移向馬路，設了路障，挨家挨戶查訪。警長移走總部不是件壞事，真的。警察從辦公室裡主持行動，設備比較好，也更暖和，還有很多甜甜圈。」

我知道他是想讓氣氛輕鬆一點，但是我卻擠不出笑臉。我的胸膛像有一窩發瘋的馬蜂在亂螫。

小徑帶著我們蜿蜒穿過樹林到另一處空地去，他還在嘰嘰喳喳。這處空地比較小，我們停在林線上，比爾指著一棟木屋，六棟挨著樹林的木屋之一，半隱藏在灌木叢裡。「就是那一棟。嗯……看也知道。」

木屋拉起了封鎖線，就跟麥金塔刑警說的一樣，長長的黃帶子在風中抖動。鮮豔的、孩童尺寸的鞋子整齊地沿著門廊排列。我看到最遠端伊森的海軍藍匡威仿冒鞋，以及一隻像髒襪子的東西，心臟就像被揪住。欄杆上披著一件喬治亞大學運動衫，鮮紅色，成人的尺寸，也不知道是誰的。隨隊家長的？搜救人員的？這裡有六個人，進進出出木屋，牛仔褲沾滿了泥巴，海軍藍外套也一樣。

朵恩就站在門裡，手機貼著耳朵，旁邊有個頭髮稀疏的男人，穿工裝褲和運動衫。她瞧見了我，下巴一抬，豎起一根手指。

我趁她還在打電話，向後轉看著空地中心石砌的火坑，四周圍著庭院椅。風向變了，我聞到一絲潮濕的灰燼味道，舉目一望，看見了木頭上一條焦痕，像是新的。「火是從這裡起的嗎？」

「不是。嗯，是，也不是。隨隊家長在這裡生了營火，一開始孩子們也參加，等孩子們上床以後，只有兩位家長待到快十二點。」比爾指著兩張椅子，比其他的椅子都更靠近火坑。「兩位家長都可以清楚看到前門。即使沒有直接看著門，那裡——頂多十五呎吧？有人進出他們也絕對看得到。」

我想像著晚上愛瑪老師跟孩子們在這裡，烤棉花糖，聊天，看著螢火蟲似的火花在夜空中飛舞。綁匪是不是已經埋伏在樹林裡了？

我的心思又一次直接飛向安德魯。我想到了辦理離婚後伊森去他那兒的第一個週末，回來家活像是個過聖誕節的孩子，開口閉口都是火車組合玩具，電動玩具和一張賽車形狀的床——全都是在我們結婚後安德魯認為太寵溺孩子的東西。我聽著伊森描述他的新臥室，盡量不讓心中的怒火洩漏出來。安德魯當然會想要收買兒子的愛，他以前就用同樣的手法操縱我。而且很顯然，他的方法奏效了。伊森很快就不跟我說了——他是個敏感的孩子，他看得出來我不高興——但是他仍然會每隔一個週末就跳著出門，急著想回去玩他嶄新的玩具。

但即使伊森是自願跟安德魯走的，隨隊家長也會看到。

忽然我想通了一件事：比爾說兩位隨隊家長都能清楚看到大門。兩位。

「那，另一位呢？」比爾的額頭皺了起來。我又說：「愛瑪老師跟我保證說五個孩子就有一名成人照顧。木屋裡睡了幾個孩子？」

「十八個，包括妳的兒子。」

「那就至少還會有一名成人。她人呢？」

比爾搖頭。「我再去查，不過據我所知，只有這兩位。」

我的皮膚一下子變燙了，我不但氣愛瑪老師，也氣我自己。

「可是另一場火，」比爾說，揮手要我跟上。「妳說的那場，是在後面。」

他帶著我繞過木屋，推開雜草和植物，濃密得幾乎無法穿透；他把可能會反彈回來打中我的臉的樹枝握住，等我接近再交給我。這邊沒有路，沒有辦法能夠輕鬆穿過茂密的植物。我濕掉的長褲被長腳蜘蛛似的植物刮過。茂密的植物一路延伸到木屋，蔓藤攀爬上木屋的牆板。

他指著遠處角落一片燒焦的牆，就在拉起警戒線的一片樹林中間。「那裡。一看就知道。」

警長說火勢不大並不是在開玩笑。就算沒下雨，土地也太潮濕，樹木和蕨類被春雨滋潤得太蔥鬱，沒有外力很難著火。助燃劑，警長是這麼說的，而且剛好可以讓一平方碼的灌木叢著火。火焰燃燒了這塊地方，竄上牆板，燒焦了木頭，但照我看，木屋是不會起火的。不過，重要的是無論是誰放的火，都製造了很好的聲東擊西的機會。

比爾指著木牆中間一扇扭曲的木門，門把生鏽了，門上的滑栓倒是亮晶晶的，跟公共浴室門上的一樣。門栓像是全新的，也夠結實，但是我不知道為什麼要裝。用力踢一腳，四周的木頭就會碎裂。

「孩子們是從前門出來的，」比爾說，「離開失火的地方。其實他們能做的也不多，因為妳也看到了，門栓是從外面鎖的。妳可能會想問，不過沒找到指紋。就算有人碰過，他們不是擦乾淨了，就是用衣袖握住的。」

「我們確定伊森跟著別的孩子從前門跑出來嗎？說不定他走後面。」

「目前階段還不清楚。我們確定的是我的人在那個方向追蹤到他。」比爾轉身指著我們後面的森林，一片綠海，偶爾出現一坨紅色。我更仔細看，看到那是幾條毛線綁在一叢灌木上、地面上的一根折斷的小枝上，還有吊掛在一根下垂的樹枝上。是標誌。「嗯，我的人和盧卡斯。警長聽說有個平民在污染他的犯罪現場，氣得跳腳，直到我跟他說盧卡斯更快、更有效率。我猜他是從陸戰隊學到的技能。」

我搖頭。「是從坎伯蘭峽國家歷史公園。陸戰隊只是讓他更加精進。」

盧卡斯就住在這樣子的森林裡，林深樹密，跟童話故事裡的一樣，從他家的後院延伸出去。每一座山每一棵樹他都瞭如指掌，閉著眼睛都能走完數不清的小徑，手指頭像點字一般掠過樹幹。只要有人迷路，只要有健行或是露營客轉錯了彎，找不到走出灌木叢的路，公園管理人就會找盧卡斯。這裡的森林或許不一樣，但只要給他五分鐘，他就能知道這裡的每一種生物。

我們繞回去，朵恩已經在門廊上等了。她示意我進木屋去，一支三人小組戴著橡皮手套在看似酗酒睡衣派對後的一片凌亂中篩揀。木地板上散落著衣物、鞋子、髒襪子和破舊的漫畫書。五彩繽紛的背包堆在皺巴巴的睡袋之間，排列得亂七八糟，我掃視了一遍，找伊森的，只是以防萬一。我指出了他的運動衫，捲成一團丟在角落裡，還有他的外套掛在門邊的鉤子上。我再掃視一遍，又一遍，只是怕錯過什麼。什麼也沒有。伊森其他的東西一定是帶走了，放在背包裡。

「你們有找到羅盤嗎？」

朵恩搖頭卻沒作聲。我知道她在想什麼——我老是叨唸這個東西實在是一點道理也沒有，而也許她是對的。我急著要知道羅盤在伊森那裡其實是感情因素居多。伊森知道羅盤的歷史，看過我拿棉花棒清理樞紐，看過我哭的時候把羅盤抱在胸口。就算他沒辦法用羅盤走出樹林，最起碼，羅盤或許能給他一點安慰。

門邊的一個人靠近了些。「簡金斯女士，可以麻煩妳指出妳兒子的睡袋嗎？」

我轉身，視線落在房間的中央，我給伊森買的木乃伊式迷彩睡袋就鋪在那兒，在一片黑色和藍色尼龍海之間。我想像著他睡在裡面，跟兩邊的孩子低聲說話，在他早就該睡覺的時間，一束小小的喜悅光芒照亮了我的心。

「那一個，」我說，指了出來。「那個木乃伊式迷彩睡袋。」

比爾和朵恩困惑地互望了一眼。

「妳確定嗎？」朵恩小心跨過那些睡袋，留神不污染了任何一個，然後停在靠牆那邊的一個拉鍊沒打開的飽滿睡袋旁。那是黑色的，質料很貴，而且一點也不眼熟。「不是這一個？」

「不是。」我指著我昨天早晨才給他的睡袋，就在一團混亂的中間。「那個才是他的睡袋，我特地為了這趟旅行幫他買的。收據還在我的皮包裡。內袋還塞了他的嬰兒毯。」就是他不想讓同學知道他到現在睡覺還要蓋的那條毯子。

朵恩厲聲呼喚一個戴橡皮手套的人，他匆匆過來，蹲在睡袋旁，拉出了一條磨損的黃色毯子。一看見伊森的毯子我忽然就頭暈了，使盡了全力才沒有去搶。

「對。」我僵硬地點頭。「是伊森的。」

「那這個是誰的？」朵恩說，一根手指朝門邊的黑色睡袋戳點。

「我不知道。」

一陣漫長的、意味深長的沉默，緊接著就爆出憤怒的談話。朵恩掏出手機，開始對著電話另一頭的可憐傢伙尖叫。氣憤的比爾轉向戴橡皮手套的人，斥責他們，為了什麼我完全摸不著頭腦。三個人互相爭吵，激烈地指責是誰的錯。我努力聽清他們的話，可是連珠砲的話聲像刀子劃過天空，我只聽得懂片段。

「怎麼回事？」

我的問題淹沒在騷動之中，沒有人回答我。甚至沒有人看向我這邊。他們就只忙著做自己的事，尖叫、爭吵、咒罵。

我一把抓住比爾的手臂，搖了搖，拉高嗓門蓋過他們的爭吵。「告訴我，是怎麼回事？」

「我們是假設伊森的睡袋是那個黑色的，靠牆的那個，」比爾說，還縮了縮。「老師是這麼說的，還有至少三個孩子確認了。」他停下來，看樣子像是要吐了。「所以我們才用它給狗聞。」

我缺乏睡眠的腦袋花了幾秒鐘才追上來，開始消化他說的話。他們讓狗聞錯了睡袋，把狗派到樹林裡去找錯誤的氣味。「那狗追到馬路上的氣味是誰的?」

「問題就在這裡。我們以為是伊森,可現在……現在我們不敢肯定了。」

凱特

失蹤七小時二十八分

我們又回到了餐廳，辦案人員只剩下最低人數——朵恩和比爾，以及一臉虛脫的警長。一個叫凱思的人，渾身泥濘，一直跟著麥金塔刑警和盧卡斯衝向黑山路，也不知追蹤的是誰的痕跡。兩個戴橡皮手套的人，我已經忘了名字了。其他的搜救人員都收拾行裝走了，回到鎮對面的警察局重新部署。有人煮了一壺咖啡，放在桌子另一頭，沒人碰，旁邊有一堆皺巴巴的糖包和一疊保麗龍杯。苦澀的味道害我的胃酸一直分泌。

「難怪狗一直在繞圈子，」警長說，「難怪有半數的狗老是回到營區裡。要是孩子們交換了睡袋，難怪狗會被搞糊塗。樹林裡的氣味太多了，狗都搞不清楚該追哪一個。」

希望在我的胸口亮起。「那伊森有可能不在車子裡？」

「無論狗是聞到了什麼氣味追到了馬路上，失蹤的只有伊森一個，那我會假設氣味是他的。最能搞清楚的辦法就是問那些在追蹤的人。同時，我們要把狗叫回來。我要牠們重新來過，這次只聞妳兒子一個人的氣味。牠們應該一個小時內會到。」

「妳有什麼我們能使用的東西嗎？」朵恩說，「襯衫、睡衣，妳確定沒被污染過的？」

她用雙手搓臉，而且她的聲調讓我知道她還在氣頭上，只是盡量忍住。我注意到她嘴唇四周緊繃的線條，眼下有黑圈，頭髮軟趴趴的、毫無光澤。朵恩比我更缺乏睡眠，而且我相信她一定巴不得快點回家，洗掉泥巴，倒頭睡到下星期。

「我從家裡帶了幾件他的衣服來，可是是乾淨的。從洗衣機拿出來他就沒穿過。喔！我拿了一個他的填充玩偶來，他通常都抱著睡覺，可是他不想讓同學知道，所以沒帶來。」

「好極了。在哪裡？」

「在我的袋子裡，在麥金塔刑警的車子上。」

「誰去拿一下。」警長說，沒有針對誰。他的眼睛呆滯充血，差不多跟玻璃一樣。

一個戴手套的站了起來，匆匆出去。

「還有你。」柴爾德斯警長一根手指隔著桌子戳點著比爾。「到旅館去把那個老師弄來。要是她連睡袋這麼基本的事都能搞錯，我要知道我們還有哪些地方弄錯了。」

我一想到還可能有更多壞消息，胃裡就像裝了一鍋燒焦的菜。

柴爾德斯警長從桌上亂七八糟的紙張中挖出地圖，攤在那堆紙上。「好了，凱思，告訴我們你們找到什麼。」

凱思站起來，一隻手肘抵著桌子，俯身看地圖。他指著一片綠海，一片嵌在達洛尼加和十九號國道之間的森林帶。「我跟盧卡斯和麥金塔刑警分開的時候，他們是在這裡，跟著痕跡向西北。假設他們維持同一個速度，那現在他們應該是在這附近。」他的手指向左邊滑了半吋，敲了兩下。「他們，喔，還要再四十分鐘才會到馬路上。」

「我們確定他們追蹤的是個人？」朵恩問。

「盧卡斯絕對分辨得出人和動物的足跡，」我說，「他連身高體重都看得出來，他能分辨得出是不是伊森的。」

「打電話過去問清楚，」警長說，揮手要人幫他倒咖啡。「他們不管追蹤到什麼我都要知道，還有告訴他們從現在起不要管狗的指引。我需要他們以超光速的速度行動，一發現什麼凱特可能辨認得出的東西就立刻回報給我們知道。不能再出錯了。」

朵恩點頭，遞給警長一杯咖啡、兩包糖。

他感謝的方式是吼出下一個指令。「打給聯調局，問他們CARD小組在拖拖拉拉什麼。」他搖晃糖包，視線瞄準了對面的凱思。「還有，安珀警報暫停——」

我的心臟亂跳。「什麼？為什麼？」

「因為我們沒有綁匪或是車輛的描述，不符合安珀的一個主要條件，我們也不知道他逃逸的方向。最重要的問題就在這裡——我們啥也不知道，而且我們還追錯了蹤跡，浪費了寶貴的時間。我們會叫直升機再回頭來用熱感測器來掃描樹林。基本上，我們又要從頭開始了。」

「不，不必，問盧卡斯。他會知道是不是正確的線索。他會知道他追的是誰。」

警長不理我。「回頭幹活了，各位。有個小男孩在外面需要我們找到，而他可能在任何地方。」

任何地方的意思是可能在廂型車裡。在一個泥濘的死水池塘底。被鍊在某人的地下室水管上。坐在安德魯的賓士後座匆匆奔向墨西哥邊界。

「朵恩，」警長說，「把義工都叫回來，再開始過濾性侵犯名單。」

那三個字——性侵犯——就像是在森林裡撞到熊，我倒抽一口涼氣，聲音好大，喉嚨像被勒住，但就算警長聽見了，他也沒有慢下來。

「我要方圓五十哩的每一個變態都有人盯著，一個也不准漏掉。凱思，你把還在這裡的人都叫齊了，開始重新搜尋。現在是大白天，雨也停了，我希望進度能比上一次要快得多。你們哪個打給亞特蘭大警局，看搜查孩子他爸的命令發下來了沒有。還有你們兩個，每半個小時都給我進度報告，不准耽誤，沒得商量。好，去吧。」

大夥四散，只剩下警長跟我。

他隔著桌子盯著我的眼睛，就算我想，也沒辦法移開視線。他可怕的話仍在我們之間迴盪，我的心裡響著隆隆的鼓聲，我的五臟六腑都要被掏出來了。

性侵犯。

警長的眉毛擰成了一條線。「喔，我操。」他低聲咕噥，儘管用詞不雅，卻是我從他口中聽到的最親切的聲音。

我張口欲言，卻沒辦法。我的胸口完全閉鎖了。我大口喘息，叫肺葉呼吸，肺葉卻不聽話。沒有氧氣進進出出，就彷彿木屋裡的空氣瞬間變成了固體，像有人趁我不注意時拿保鮮膜把我的臉包住了。我兩手抓喉嚨，肺在尖叫、燃燒，著火了。我對面的警長臉孔模糊了，我的視線邊緣變黑了。

「聽我說，凱特，我需要妳鼓起臉頰，然後吹氣，好嗎？我知道妳覺得肺快炸開了，可是還是吹氣，好嗎？像在吹氣球，像在吹生日蛋糕上的一百萬根蠟燭。我要妳把氣吹到我的皮膚上，從妳坐的地方吹過來。」他伸手越過凌亂的紙張，捏了捏我的胳臂，再搖晃了一下。「好，來，用盡全身的力氣吹。」

身體是個玄妙的東西。我才剛覺得我要暈倒了，胸口的水泥塊就消融了，我的肺也鬆開了。空氣衝了出來，好響亮的一聲。我需要空氣的身體一下子吸得太猛，水泥塊又開始要凝固了。

「再來，」警長命令道，「繼續、繼續、繼續。好，再來一次。」他帶領我又做了一遍，然後又一遍，直到我的呼吸平穩下來，只剩下輕微的咻咻聲。這時他把手肘架在桌上，身體前傾。「聽著，凱特，妳現在不能崩潰。妳跟我在這件事上是夥伴，好嗎？我需要妳，妳需要我，我們會聯手找到妳的兒子。無論是什麼情況。」

他的話聽得我想哭。這是我巴不得想聽到的話，從那個我巴不得想聽到的人的口裡。我顫巍巍地點了個頭。

「好。儘管我需要我們能合得來，我卻不能一直握著妳的手。我的優先考量是妳的兒子，我也不會花時間說明我做的每一個決定，那是朵恩的工作，所以只要妳對我的方式有什麼疑慮，就去問她。妳有她的電話吧？」

我點頭，雖然寫著她電話號碼的那張紙在空地對面的另一棟木屋裡，而我的手機掉在口袋深處也沒電了。

「好。不過既然這會兒她不在這裡，而我在，妳有什麼問題想要問我的嗎？什麼都可以。現在是妳的機會。」

我回想在小木屋裡列的那一長串問題，但是問題飛掠的速度太快，我抓不住。倒是有個新的問題像臭雞蛋一樣浮了上來。

「有人找到安德魯了嗎？」

「有也沒有。運安局說他星期六出國了，去聖馬丁，還沒回國。我叫人去島上的飯店和度假村調查，還沒有線索。到目前為止，要是妳的前夫跟伊森失蹤有關，那他就是用了代理人。」

「喔。」我不知道是該鬆口氣還是喪氣。要是必須在安德魯和性侵犯之間選擇，那我當然是選安德魯。即使那表示伊森還是失蹤，但起碼我知道他跟一個愛他的人在一起，那個人不會傷害他。「那現在怎麼辦？下個步驟是什麼？」

「現在我真的需要妳絞盡腦汁想一想還有誰可能會帶走他。這不會是很愉快的事情，因為我要妳考慮每一個妳認識的人。鄰居、親戚朋友、老師或是學校裡的人。能接觸妳兒子，卻還有別的打算的人。妳能提供的名字越多越好。」

「我已經在寫名單了，在另一棟木屋裡。」

「好，繼續寫。還有，別只因為我們暫時取消了安珀警報就以為我們也把其他方面都擱置了。我們已經通報了本地的每一間警局，要他們尋找妳的兒子，我們也把伊森的形貌描述發布給媒體了，他會是方圓百哩之內每一家新聞台的頭條。我說過，CARD也快來了。」

「CARD？」

「兒童綁架快速調度小組。是聯調局的幹員，在多管轄權地區的兒童綁架案上經驗豐富，像這個案子。這些傢伙都是高手，好嗎？他們應該隨時都會到。」

「好。」我跟自己說這是好事，警長負責又能幹，但是恐懼還是爬上了我的後頸。

「在他們來之前，妳想過要發表正式聲明嗎？」

他的問題我聽不懂，他滿懷希望的語氣也讓我困惑。「聲明？」

「我想讓妳站到鏡頭前，向帶走伊森的人呼籲。我們會幫妳擬稿，妳只要照著唸。妳覺得妳辦得到嗎？」

我想到站在人海似的記者面前，被鎂光燈照耀，電影明星似的，我就想吐。「能。」

「妳得要冷靜鎮定，口齒清晰，說違心的話。像是只要他放走伊森，只要他把他平安還給妳，妳就會保證警方不會追捕他，把他直接踢進牢裡。」

「你是要我說謊？」

「不是，我是要妳撒個漫天大謊，而且還要能騙得過人。這傢伙不但需要為了把孩子從母親身邊搶走而難過，他還得相信出自妳口的每一個保證。他得相信妳說我們不會去追捕他是真的。好，我再問妳一遍，妳覺得妳辦得到嗎？」

我吞嚥，然後再吞嚥一口。「只要能讓我的兒子回來，我什麼都能做。」

打從我們見面後第一次，警長笑了。「好極了。我會叫朵恩準備。」

警長的對講機沙沙響，隨即爆出一串對話，兩個，可能還是三個人在說話，斷斷續續的。我沒全懂，但是也知道意思了。我霍地站起來就往門口衝。

外頭有三男兩女——清新的臉，乾淨的衣服——正走上泥濘的山坡。我飛奔出門，在滑溜的階梯上失了腳，一屁股摔在地上。「妳沒事吧？」其中一個喊出聲。我沒理他們，只是爬起來衝進樹林裡，順著彎曲的小路直奔向孩子們的木屋。

比爾帶著愛瑪老師來了。

我放慢速度的時間不夠長，沒能讓我想到要跟她說什麼。我的身體自行動作，我的腦袋裡是高八度的憤怒和基本本能在鳴叫。我只知道我得當面問她。我一直跑，跑進了小空地。

比爾站在門廊上，愛瑪緊跟在後。她看到我，放開了身後的紗門。砰的一聲，像極小的銅鈸，裊裊不絕穿過森林。

她的皮膚蒼白，眼睛浮腫，不知是哭的還是缺乏睡眠還是都有。我上次在她臉上看到的漂亮妝容不見了，哭花了或是擦掉的。她的鬈髮，通常是亮麗的金黃色，現在胡亂綁了個馬尾，隨便掛在一邊肩上。她呼吸急促，胸膛用力起伏，情緒激動。

比爾朝我邁了一步，在階梯的頂端停住。「昆恩女士證實了伊森睡在黑色睡袋裡。最靠牆的那個。」

愛瑪偷眼看我，點頭確認。

清涼的早晨空氣在我們之間繃得死緊。我站在空地上，不曉得森林會不會裂成兩半。

「這是我們的錯，凱特。我們應該要早一點請妳來指認伊森的東西。在妳趕到之後。山米的名字在睡袋上，我們不知怎地遺漏了，然後狗就——」

「為什麼？」這句話像子彈一樣射出我的嘴巴，突兀又致命。

比爾瞧了瞧我們兩個，一臉不安。他皺著眉頭，像是不知道該怎麼辦，是該安慰愛瑪或是安撫我。「什麼為什麼？」

「伊森為什麼會睡在別人的睡袋裡？妳知道他的是迷彩的。我為了這次旅行特別給他的驚喜。妳扶他上車的時候還從他的手裡接了過去。」

愛瑪搖頭，抽筋似的來回動。「我帶了十八個學生，我記不住他們所有的東西。」

「對，我看也是。那不是太為難妳了嗎，妳連孩子在哪裡都搞不清楚。」

這種挖苦是我從安德魯那兒學來的。儘管他對我使出這招時我深惡痛絕，現在卻絕對是派上了用場。愛瑪的顴骨上出現了兩團紅斑。

「妳明知道我有多愛我的學生，我把他們當自己的孩子。」她雙手按著胸口，手卻還是發抖。「伊森的事讓我受創深重，凱特。我傷心欲絕。」

我恨這個女人。我對她的恨強烈到我得要管住自己才沒有衝上前去打掉她臉上的沮喪表情。

我知道愛瑪不是那個在木屋的後面一角噴灑煤油的人，但是她那種「喔我好傷心」的態度我也不買帳。她應該有的感覺是羞愧。這是她的錯。是她讓這件事發生的。要是她真的愛我的兒子，她就會更注意他。

「我兒子是在妳的監護下失蹤的。」

「我數了，凱特，數了兩次！我數了，總共十八個，可是天那麼黑，艾佛利又沒辦法把火撲滅。他們驚慌失措，我也是。我們都是。」

「妳看著我的眼睛跟我說妳會注意他的。妳保證過的。」

「我知道。天啊，我當然知道。」最後兩個字消散在一聲哀泣中，她的自持垮掉了。「我也做到了。我們跑到外面的時候他還在，我有九成肯定。妳得相信我，凱特，這不是我的錯。」

她防衛的態度只是更加激怒我，而比爾那種不太委婉的「冷靜一點」的表情也是火上加油。

「別的學生在學校裡嘲笑他、罵他，在遊戲區推他，妳假裝沒看見。我兒子每個星期至少有一天回家來是帶著淚水的，因為那些小惡霸欺負他，而且他們不會受到懲罰，因為妳什麼都不做。妳什麼都不說。所以我當然要怪妳。這裡發生的事全都是妳的錯。」

她的嘴巴張開，無論是想說什麼都被直升機在頭頂上盤旋的噪音淹沒了。她的五官一皺，摀著臉哭了起來。

我雙手握拳，咬牙切齒看著愛瑪的眼睛和比爾的瞪視，我的怒火像冰塊一樣在血管裡流竄。

「也許妳說的是實話，也許妳是在那裡，時時刻刻在保護孩子們。也許那個帶走伊森的人還是會帶走他。可是在妳餘生的每一晚，我希望妳都會想到我的兒子，孤伶伶的一個人在別人的睡袋裡發抖。我希望妳看著他淚漣漣的小臉，記住這筆帳要算在妳的頭上。是妳讓這件事發生的。」

我沒在那兒等她道歉，部分原因是我們都知道我是不會原諒她的。

但也是為了不讓她看見我哭。

史黛芙

失蹤七小時三十二分

「史黛芙妮．杭廷頓！我是哪兒來的榮幸啊？」愛麗西絲．費雪總是連名帶姓打招呼，而且還帶著一種裹了糖衣的熱情，跟她身上那件莉莉．普立茲連身裙是完美搭配。我倒不是能從手機上看到她的熱帶印花連身裙，但我就是從沒見過她穿別種衣服——即使是在隆冬。

我不會說愛麗西絲跟我是朋友，雖然她從來不討人厭，也客客氣氣的。她從來沒有說過我一句壞話，無論是當著我的面或是在我的背後。她在學校音樂會上幫我留座位，也讓我在上下學的共乘隊伍中插隊，我若是忘了回報她的人情，她也從不抱怨。她太努力想討人喜歡，可無論我試過多少次，我就是沒辦法讓自己喜歡她。

不過愛麗西絲有個兒子和山米同班，而且她先生艾佛利不知用了什麼手段搶到了戶外教學的隨隊家長一職。無論我對她有什麼看法，我現在都會吞進肚子裡，客客氣氣的。

我溜出後門，走進天井，腋下夾著我寫了一早晨的筆記本。「嗨，愛麗西絲，不好意思打擾妳，可——」

「喔，哪裡哪裡，一點也不打擾。我只是在享受孩子們回來之前最後幾個小時的寧靜。我不知道妳怎麼樣，不過我是會願意為多一兩天這樣的時光投票的。我連一秒鐘都不想念提米。」她呵呵笑，再壓低聲音。「可別跟人家說喔。」

我強迫自己放慢速度，友善一點。「放心吧，妳的秘密不會有人知道的。不過我打給妳是為了要艾佛利的電話。學校名錄上沒有。」

她友善的語氣降了整整八度。「妳大概沒聽說吧。」

我的心思飛轉，各種可能一個一個掠過。找到伊森了。他在醫院裡。在停屍間裡。

我沉坐在沙發上，恐懼得頭暈。「聽說什麼？」

「這兩年半來，艾佛利跟他的秘書打得火熱。我知道妳在想什麼——他的秘書。我是說，多老掉牙啊，是不是？不過放心吧，我委託了吉娜．溫特斯，她會讓他傾家蕩產的。」

我的心臟穩定了下來——為伊森，而不是為艾佛利。吉娜．溫特斯在亞特蘭大的富人世界裡是讓人敬畏交加的一號人物，她是位強勢的離婚律師，把她所有客戶的不忠老公榨得一窮二白。我希望為了艾佛利好，他不會太捨不得他的房產和銀行戶頭，因為吉娜．溫特斯從來沒輸過。

我把筆記本拋在咖啡桌上，把腳縮到沙發上，舒服地坐定。任何涉及丈夫和離婚字眼的談話都不會長話短說。「我實在是太遺憾了。離婚就沒有輕鬆的，無論你是站在哪一邊的。」

她從喉嚨裡哼了一聲。「對，哼，不用替艾佛利可憐，他才是會遺憾的人。喔，說到他的電話，我是很樂意給妳的，可是我把他的所有痕跡都從我的生活裡移除了，包括手機上他的電話號碼。」

我翻了個白眼。愛麗西絲跟艾佛利結婚多久了？她總記得住他的號碼吧。「愛麗西絲，我真的——」

「我是從妳母親那兒明白的，知道嗎。梅兒醫生說能真正放下過去的唯一辦法就得這麼做——放手，讓它去。而為了要放手，我必須徹徹底底把他從我的系統裡排除掉。她說就把它當作重開機，我的心臟和靈魂 control ＋ delete，嘿，她說得可真對。我把那些負面的能量全都排除掉了，我現在覺得好多了。」

我有太多話可以說，例如我永遠也不了解為什麼我母親的粉絲會像什麼邪教的會員；例如即使是雇一個全職的保姆來解決問題，想要把一個跟你共居了十來年，又生了兩個孩子的人刪除掉幾乎是不可能的；例如如果愛麗西絲想讓我相信她不記得艾佛利的電話，那她就會像她的衣服一樣荒唐可笑。

「我能理解妳的處境，愛麗西絲，但這是一件急事。我真的需要跟營區的人談一談，而愛瑪又不接電話。我不知道還能打給誰。」

「妳打到學校了嗎？」

「我當然打過，我至少在十幾個人的語音信箱裡留了言，到現在還沒有人回我電話，無論我按多少次重撥，就是沒辦法跟個真人說話。好像學校裡根本沒有人似的。」

「為什麼？」

我皺眉。「為什麼學校裡沒有人？」

「不是。為什麼妳需要跟艾佛利說話？」

我陷入沉默，沉吟未決。一方面，我不想要在家長間引起恐慌，而告訴愛麗西絲的結果必定是如此。她一向不是個口風緊的人，而且她明顯有偏愛八卦而不是真相的傾向，而在這件事上真相又太稀少，絕沒有八卦來得聳動。要是她不知道伊森的事——而且她似乎真的不知道——可不能由我來告訴她。

另一方面，布莉特妮幾個小時前就帶著消息上門來了，學校卻仍無聲無息。沒有傷心的聲明，沒有最新消息，什麼也沒有。這種沉默持續得越久，我就越緊張不安。可以說是母親的直覺吧，或說是預感吧，可我的身體就是不肯鬆懈下來。除非我確定山米沒事。

我決定謹慎以對。「我不是想跟艾佛利說話，我是想跟山米說話。」

「唉呀，妳幹嘛不早說？我兩個兒子都有手機——這是父母離婚的孩子的一個額外好處。打給提米。等等，別打給他。找他的話用WhatsApp或是FaceTime比較快。妳有Snapchat嗎？」

我伸手拿筆記本和筆。幸虧有愛麗西絲這樣的父母，他們覺得學校的不准帶手機規定不適用於他們以及他們的孩子。「提米的號碼是幾號？」

她唸了一串數字，接著又說起了她負責籌備的秋季募款會，冗長得跟老太婆的裹腳布似的，而且我從經驗得知最後一句會是要求我的錢、我的時間、我的協助。我等著她的獨白出現空檔，幸好手機響起了來電通知。

「不好意思，愛麗西絲，可是我真的需要接這通電話。再謝謝妳一次！」她還在說話我就掛斷了。

來電出現在我的螢幕上，卻沒有號碼，只有四個字：不明來電。換作是其他日子，其他情形，我都會拒接。

我拿著手機靠近耳朵。「喂？」

凱特

失蹤八小時三十四分

回到空地另一側的小木屋裡，我把手機插上水槽邊的插座，順便打開了電水壺的開關。我倒不是有多渴，只是冷得要命，我的骨頭和牙齒都因為濕衣服以及把內臟揪成一團的恐懼而格格作響。我翻找櫥櫃，找到了茶包，丟進馬克杯裡，馬克杯雖然有污漬，可我累得懶得去管了。

「把自己整理一下。」這是警長在我走進餐廳時說的，他的視線掃過了我骯髒的頭髮、我沾著泥巴的皮膚、我被泥土和露水弄黑的牛仔褲。「記者會一個小時後召開，半小時內準備好。妳會需要練習幾遍。」

水燒開了，我俯身對著沙發上方一面生鏽的鏡子，瑟縮了一下。瘋婆子似的頭髮，皮膚蠟黃還有污漬，臉色蒼白，兩隻眼睛下有半月形的紫青色，像是捏壞的水果。我的鼻子，平常都又小又挺，因為連哭了五個小時而紅腫，周遭的皮膚斑駁脫皮。我從皮包裡挖出一條護手霜，揉了一點到臉上和手上，立刻就後悔了。那個味道，柑橘加茉莉花，害我空空的胃難受。

喀一聲水壺關掉了，同時我的手機也活了過來，跳出了一連串的來電。我把護手霜丟進皮包裡，衝過去拿手機。大家已經開始上班了，大多數的電郵和簡訊都是辦公室發的。我是部門裡最新進的個人理賠代理人，是在雇員圖騰柱的最底層。我的收件箱裡收的是別人不想要的索賠案。遺失的假牙，掉進馬桶裡的手機，湯上漂浮的蟑螂。我每天的工作就是在別人丟下的爛攤子裡跋涉，但是今天不行。今天我沒辦法去想工作上的東西。

我叫出老闆的聯絡卡，火急打了通郵件──今天不去。家裡有急事。──卻傳送不過去。電郵一定是在能收訊的短暫一瞬間爆出來的，現在又是一條槓也沒有了。

我打開了語音信箱，心跳紊亂停滯。有五通，全都來自安德魯。

我兩手發抖，輕敲螢幕聽第一通，一面查看時鐘。他是二十分鐘前留的，正好是我在餐廳裡過度換氣的時候。

「凱特，是我。怎麼回事？我的手機全都是警察的留言，說是伊森不見了。找到他了嗎？妳接到電話立刻就打給我，我開了手機鈴聲，妳不打來我是不會放下電話的。」

聽到他的聲音讓我覺得虛虛的。半年的限制令表示我眼下的身體反應是下意識的反應。我的肌肉變得緊繃，準備著挨打，即使他是在不知道幾百哩之外。距離並不能阻止他的話在我的心裡攪起第一波的歇斯底里，接著是困惑。他一副擔心的語氣。正常，像個人。要是伊森失蹤的幕後黑手是安德魯，那他在這通語音留言的表現上就值得頒給他一座奧斯卡獎了。

我點開下一則，把手機貼著耳朵。

「又是我。我聽了妳的留言，我氣瘋了。我不敢相信妳居然會認為是我幹的。話說回來，我們何不談談妳有沒有罪？是妳讓一個八歲大的孩子去旅行，卻沒有跟著去當監護家長的，不是我。妳知道那有多不負責任、多粗心大意、多他媽的愚蠢吧?我真心希望妳沒回我電話的理由是妳在森林裡找我的兒子,因為我告訴妳——我會把後半輩子跟我口袋裡的每一分錢都跟妳耗上,爭取監護權。我他媽的不在附近,凱特。打給我。」

錄音結束了,我看著身後,真的轉過身體去看安德魯是不是在我後面。雖然我知道他不在這裡,雖然我感覺荒謬,但是我的身體反應——如雷的心跳,糾結的肌肉,準備戰鬥或逃跑的四肢——在在告訴我他就站在我後面。

鎮定點,凱特。伊森失蹤不是我的錯,而那種從擔心一下子跳到敵對的作風正是安德魯的本質,跟他的語氣一樣:宏亮、傲慢、命令。我跟自己說這就是我後來慢慢了解的安德魯,那種揮著雙槍直闖進來的傢伙。安德魯一向就是醋,而我是蜂蜜。他激怒,我安撫。他操縱情況來符合他認定的現實,而儘管他的話很難聽,至少我們回到了熟悉的領域。

我聽完其他的留言,說得一個比一個狠。威脅和辱罵中充滿了髒話。聽到最後一個留言,我已經因為驚駭和憤怒而全身發抖,他的話重重輾壓我的胸口。等這個惡夢過去,等警察找到伊森,把他交還給我,我就會被捲入另一個惡夢裡——我打不起的監護權之戰,對手是一個已經證實過不講公平的人。

但是更急迫的問題是安德魯現身了。朵恩和警長會想知道。

我轉向門口,盧卡斯的聲音正好從木屋外的某處響起,打破了周遭的寧靜。「凱特,妳在裡面嗎?」

我把手機砰的一聲丟在流理台上，衝向門口，打開了門。「你找到他了嗎？」

他拖著腳上階梯，喘得像是一路跑過來的。「沒，不過我找到了他放的每一樣東西。伊森從木屋的後門開始留東西，一路留到馬路上。」

「你確定是他？」

盧卡斯給了我「少笨了」的一眼。在我早先見過他之後，他不知在何時換了一身的迷彩裝，從低低地壓在額頭上的帆布帽到塞進沾滿泥巴的棕色健行靴的長褲。他的胸口、腋下、手肘和膝蓋的布料顏色更深，沾滿了泥巴和汗水。他的臉和脖子留下了骯髒的線條，流進他領口四周的粉紅色皮膚裡。

他走了進來，我關上門。「折斷的樹枝。丟下來的一支鉛筆或是一張糖果紙。一顆嵌進樹幹的小石頭。他每隔二十呎就留個東西給我們。」

「伊森早就不見了，留下痕跡又有什麼用？他是在車子裡，盧卡斯。車子裡。」

「因為研究痕跡能讓我們知道狗不知道的事。他留下各種東西，而且他的步子比他這個身量的孩子要小，所以說他是故意慢吞吞地走，想要趁機逃跑。他不是用跑的，這點可以確定。第二個足跡屬於一個體型比他大一倍的人，是成人。」

「男的女的？」

「從身高和體重看，兩者都有可能，還有靴子的大小。可惜，下雨的關係沒能採到完整的足跡，不過他們還在努力。」

「所以基本上你什麼也不知道。」我回頭去找袋子，掩藏住另一波眼淚，埋頭翻找梳子。「伊森可能是跟安德魯在一起，也可能是別人，男的或是女的，可是等你們追蹤他的足跡穿過樹林，他早就不見了。」

「我知道聽起來像是什麼也不知道，」盧卡斯說，靠了過來。「可是——」

我向後轉，拿梳子比著盧卡斯。「可是什麼?那些狗聞了老半天找不到味道，因為他們拿了不是伊森的睡袋給狗聞。他的老師證實了。睡袋有太多氣味，狗沒辦法確定，所以警長又把狗叫回來從頭開始。他們這次要用小甜甜，不會有污染。」

我不必向盧卡斯解釋小甜甜是什麼，因為就是他在一年前把這隻填充兔子送給伊森當復活節禮物的，而這隻小甜甜現在被塞進一個大夾鏈袋裡，放在餐廳，讓袋子裡充滿了伊森獨一無二的氣味。

我走向水槽，把梳子放在水流下，開始梳頭。我只有不到半小時的時間就會被警長拎到擠滿了電視攝影機的房間裡，我得要懇求某個沒有名字、沒有臉孔的人，他可能是安德魯，也可能不是，求他把兒子還給我。

盧卡斯把一邊髖部靠著流理台，盯著我。「我是說，再放狗出去找只會拖慢我們的速度。我追蹤到的絕對是伊森的足跡，毫無疑問。記得我跟妳說的糖果紙嗎?是妳從一元商店買來冒充糖果的噁心玩意。看。」

他從外套口袋掏出一個透明塑膠袋，我的胃立刻抽了一下。就算我抱著一絲希望狗追錯了氣味到馬路上，這個希望也在看見盧卡斯手中的橙黃雙色條紋紙時破滅了。這是我大量購買的點心，因為便宜，沒有花生。我每天都會往伊森的背包裡塞一個。

「我還找到了這個。」

盧卡斯交給我一個棕色皮袋，我不必翻過來看就知道皮革在底部皸裂，就知道背面有一條對角線的刮痕。這是我曾祖父的舊荷包，他去南肯塔基的荒野探勘時總掛在腰上。我掀開蓋子，裡頭是空的。

「我在這個東西的方圓一百哩內找了兩三次，」盧卡斯說，聲音低沉穩定。「不過我沒找到羅盤。伊森一定是還帶著。」

好大的一聲無聲的哽咽震撼了我的身體，我回頭照鏡子，卻因為眼花看不清。

盧卡斯走到我身後，雙手按住我的肩膀。「凱特，我知道很難，可是這是好消息。」

「好在哪兒？有哪一點好？」

「這表示我們找對了痕跡，表示我們知道他是往哪個方向去的。保持樂觀，因為我們會找到他的。除非找到他，我是不會走的，老麥也一樣。他發誓他會親眼看到伊森被送回家為止。」

我皺眉。「誰是老麥？」

「妳的那位刑警。」

我愣了兩秒鐘才明白盧卡斯說的是麥金塔刑警。「他不是我的刑警。他不是叫布蘭特？」

盧卡斯的寬肩動了動。「我哪知。他叫我叫他老麥。對了，妳可以等一會兒再梳頭髮，老麥跟我想——」

他倏地打住，空氣因為引擎聲而震動。是直升機，我先是這麼想，飛回營區上空了，後來我才發現聲音不一樣。不是直升機，而是一輛大汽車——可能是卡車——馬達聲轟隆巨響。就像電影《玩命關頭》的音效以巨大的喇叭在木屋外播放。

盧卡斯的反應時間比我的快多了。我還看著窗子，想決定是該跑還是面對撞擊，盧卡斯已經跳向門口，拉開門，衝了出去。

「我的媽。」他驚愕的聲音從門廊上傳來，緊接著是撞擊聲，連地板也跟著晃動，我的運動鞋、我的胃也跟著搖晃。我也衝了出去。

史黛芙

失蹤八小時五十四分

我的車子在泥濘的山坡上打滑停住，我推車門，再用肩膀撞，以全身力道去推，但是沒有用。門就是打不開。我剛才滑出了最後一個彎道，撞上警車，把警車撞下了山坡，雲霄飛車似的，結果我的門卡死了。我爬過中控台，從乘客座的門爬出去。

我今天早晨穿的這雙全新的桃紅色包鞋陷入了彷彿焦油般的泥巴裡，我把鞋硬拔了出來，光著腳匆忙深入空地。我面前的陡坡草皮十分危險，有如溜冰場一樣滑溜。我的腳還抓不到地就滑了，我的腳趾用力想抓牢，我掃視山坡兩側的木屋，想找人幫忙。

什麼人都好。

「哈囉？」

我急著見山米，這是一種原始的本能，緊緊攫住我的胸口；我需要摸他、抱他，比他們把他發藍的小肉團從我的肚子裡拉出來，急匆匆把他帶走的那十六分鐘裡更加迫切。我需要知道他沒事，知道他平安，知道他不是某個禽獸從木屋裡劫走的那個小男孩。

那通不明來電在我的螢幕亮起，我想到的是山姆保證會回報消息，想到的是那些語音信箱中我的留言。我想到的是也許是學校的人，被指定來傳達不幸消息的倒楣鬼。然後我聽見了他的聲音——結結巴巴的、令人心跳停止的話語——我還以為是弄錯了。

一想起他的聲音，我就像陷入惡夢裡。仔細聽好了，史黛芙。山米在我這兒。不是山米，我一遍又一遍說。是伊森。

七十二分鐘裡我憂急如焚，以比平常快一半的速度駛過六十哩鄉道，一下子不相信，一下子又恐懼得發冷，還沒有人能勸我別做傻事。山姆不是在開會就是正面對著攝影機，辦公室裡沒人找得到他。喬許和布莉特妮和提米的電話老是轉入語音信箱，山米的老師愛瑪的手機則是響了又響。就連康橋校長阿伯納席博士也不接電話，而她從來沒有一次不接我的電話。

敢報警，那個聲音說，妳兒子就死定了。

我察覺到我的左邊有動靜。一個從頭到腳都是迷彩裝的男人站在山頂上，望著我後方的撞車現場。

「這裡是誰負責？」我朝他的方向大喊。「我需要找負責人。」

「回去。」他說，不是對我，而是對他後面跑在小路上的女人。她有點眼熟——蒼白的皮膚緊繃在寬顴骨上，骯髒的金髮髮根較暗，纖瘦的身體上穿著五年前流行的衣服。伊森的媽。我記不得她的名字。她想要擠到那個男人的前面，但是他太龐大、太強壯了。他用一隻手就輕鬆擋住了她，保護式地擋在她身前。

我開始往他們走，但是我沒走多遠就腳滑了，整個人向前仆倒，膝蓋和雙手按進了泥巴裡。

「你們兩個有看到山米嗎？」我把自己推起來，泥濘的手在牛仔褲上擦。「我需要立刻見到我兒子。孩子們呢？」

山坡的另一邊有騷動，警察從一棟又長又矮的木屋裡魚貫而出，全都舉著槍，漆黑的東西瞄準了我，彷彿我是敵人。我舉高了流著泥巴的手，同時有個一身暗色服裝的大漢叫他們退下。四個字飄下了山坡，在此之前我從來就沒這麼高興聽見過：「市長夫人。」

我不是那種攀關係自抬身價的人。我不會用我的地位來躲掉超速罰單，或是插隊到最前面，或是在市裡最搶手的餐廳訂位。在這一刻之前，我從不亮王牌——你不知道我是誰？——不過現在有人幫我亮了，我簡直是開心死了。

我放下了手。「我需要見我兒子山米，立刻，馬上。他跟他的二年級班到這裡來戶外教學。」

不知過了多久，誰也沒開口，誰也沒移動。只有我敞開的車門不停地叮叮叮叫著，營區一片靜寂，所有人都屏住氣息。我受不了這種沉默，這種沒有反應。

「帶我去找山米——馬上。」

我的話在空地上迴盪，是激切的呼喚和反應，我也知道聽起來像什麼。像是一個過度焦慮的母親失去了控制，像是癮君子恨不得再吸上一口。我從他們的表情上看出來我的歇斯底里幫不上我的忙，他們覺得我瘋了。失控了。正是我的心情寫照。

一個人上前來，是個孩子，剛剛大學畢業，但是他穿著制服，所以我鎖定了他。終於，有個負責人了。

「我兒子呢？」我手忙腳亂爬上山坡，朝他過去，但是每向前兩步，我就又往下滑一步。他兩隻手握著欄杆，俯身朝下大吼：「杭廷頓夫人，妳不能來這裡。這裡是偵查中的犯罪現場。」

這時我只有二十呎遠，近得足以看到他額頭上的三條深紋，其他人手裡的槍，他們抽動的手指。他們是擔心我會做出什麼魯莽的事情來。「你不懂，我今天早上跟某人說話，他說——」

「夫人，請不要再往前走了。」

「就告訴我，他平安嗎？他在哪裡？」

「史黛芙妮。」有個女人的聲音就在我的後方響起。我的名字從她口中說出來既憤怒又尖銳。我轉頭就看到伊森的母親走進空地，濕滑的地面被她的運動鞋踩得吱吱響。一陣微風吹亂了她臉孔四周的頭髮，她的眼睛鎖定了我，眼神一點也不親切。

我一看見她，看見她下陷的眼睛下方深黑的眼圈，就覺得被帶走的孩子不會是山米。這女人的樣子就像個失蹤孩子的母親，不是我。不是山米。

「喔，拜託，凱特。」她後面的男人嘟囔著說。他還沒老到可以當她的父親，不過保護的態度卻像是。她哥哥？情人？他站到她的後面，從她的肩上對我大皺眉頭。

我不理他，全部焦點都放在她的身上。

「拜託，凱特，」我說，聲音嘶啞。「拜託幫我找到山米。」

她以羨慕、以痛恨的眼光盯住我。彷彿我最恐懼的夢魘搶走了她的鋒頭。這個女人是不會幫我的，這一點明擺在眼前。她寧可挖出我的眼珠也不會給我一絲一毫的放心。她瞪著我，我覺得自己化成了石頭。

然後她的表情變了。

「他沒事，」她狠狠地說，「妳的兒子一根毛也沒傷著。」

冷不防間，我們兩個都哭了起來。

凱特

失蹤九小時又六分

「杭廷頓夫人，」警長說，「我實在不懂妳為什麼會過來這裡。」

木屋讓人有幽閉恐懼，擠滿了人，而且散發出雨水、森林、泥土的味道。警長和朵恩、麥金塔刑警——老麥——以及史黛芙妮圍坐在桌邊，盧卡斯跟我窩在另一側，肩碰著肩，緊挨著金屬流理台。空氣充滿了能量，充滿了電流。

史黛芙妮在水槽邊稍微整理了儀容，但還是一團糟。她臉上的妝都糊了，淡褐色、晶亮的污漬抹在臉上。頭髮橫七豎八的，吹整過的鬈髮早已失去了彈性。可是天啊，她真美，她完美的身體的每一個動作都像是編寫過的舞蹈。即使是現在，臉頰上拖著眼影的痕跡，衣服上全是泥巴，她仍然美豔動人。

她瞪著對面的警長，眼睛哭得浮腫。「我幾時能見到山米？」

「我保證，夫人，妳兒子很平安。這邊一完事我就會叫個警員帶妳去見他。在那之前，麻煩妳就回答問題，好嗎？妳為什麼大老遠過來這裡？學校應該會向家長說明孩子們今天稍後就會回家，他們會明確告知家長不要到這裡來接孩子。」

警長把椅子推得跟桌子距離很遠，幾乎是抵著牆壁。他的長腿也離桌子很遠，靴子在腳踝處交叉。

史黛芙妮兩手拍在桌上，身體向前探，聲音拔高到歇斯底里的音階，就像剛才在草皮上一樣。「學校裡的人我一個也找不到，根本就沒有人接電話，而且他們也不回我的留言。」

「那妳為什麼過來？」

「因為另一通電話。他叫我不准報警，而我不知道能怎麼辦。我必須親眼看到山米平安。」

我真的非常非常努力要體諒史黛芙妮。假如她以為失蹤的是她的兒子，那她就仍在震驚之中。如果我是那個穿她那雙名牌包鞋的人（有人去泥巴地裡拔了出來，沖洗好了，才交給她），那我也是會直到親眼看見兒子才能放下心來。

可是我也需要她不要再瞎鬧，浪費寶貴的時間了。就快中午了，也就是說伊森失蹤超過九小時了。我想爬上桌子，抓著史黛芙妮的肩搖晃，叫她滾回家去。

然後我注意到老麥的臉。他臉皮緊繃，全身肌肉不動就把頭轉向了史黛芙妮。他的撲克臉毫無破綻，只有眼睛因為新的興趣、因為迫切而發亮。我瞥了一眼盧卡斯，他也一樣。

「什麼電話？」警長說，跟我們其他人一樣失去了耐性。

「我今天早上接到的。」史黛芙妮似乎鎮定了一點，即使她還不夠開門見山。她掃視過桌邊的每張臉孔。「打電話的人說山米在他們手上，所以我才會跑來這裡，親眼看看是不是真的。」

房間一片死寂。史黛芙妮把我們大家都嚇傻了。

警長清喉嚨。「妳是說妳今天早晨接到一通電話，有人宣稱綁架了妳的兒子山米？」

山米，就是那個不止一次罵伊森是「愛哭的魯蛇」的孩子。那個這學期開學後沒多久邀請班上的每一個孩子去參加他的生日派對，唯獨不邀請伊森的孩子。

「對，」她說，「他說山米在他手上。我不知道該怎麼辦。我先生不接電話，別的人也不接，我什麼也不能做。所以就盡快趕來這裡了。」

「妳報警了嗎？」

「沒有。他叫我不准報警。他說我敢報警他就殺了山米。」

我的心臟逆火，隨即百米衝刺。我還不能去細想她的話，不能細想那表示我的兒子會怎麼樣，所以我把心思轉得遠遠的，反而是抓緊了盧卡斯的手肘。「我不懂。他們也帶走了山米？」

「不！」史黛芙妮在椅子上轉身，柔韌的身體繃得像根弦，隨時會彈跳起來。她的大拇指朝肩後戳，指著警長。「他剛才說山米平安無事。我現在就要看到我的兒子。」

警長隔桌怒視朵恩。「打電話到旅館，找那個看顧孩子的人。我要親口親眼確認。」

朵恩用手機撥號，踱到一邊去。我幾乎沒法呼吸，因為我的心臟爆發出全新的、殷切的希望。說不定不是山米在鎮對面的旅館裡，而是伊森。說不定這一整個煎熬弄了半天只是一個天大的烏龍。

朵恩對著電話複述警長的命令，警長則轉而注意史黛芙妮。「從頭開始說。從妳的手機響起的那一秒——那是幾點幾分？——一直說到現在。說得越詳盡越好。」

「呃，我在家裡，打電話給別的學生家長，然後——」

「那是幾點？」

「十點剛過。十點五分吧？一定不會超過多久。」

警長鼓勵她說下去，朝她點了個頭。

「我那時在天井裡，手機響了。我以為是學校終於打來了，因為山姆叫我要留意他們的來電。我接了，雖然我不知道是誰打來的。」

「是誰打的？」至少有三個人異口同聲問。我是其中之一。

史黛芙妮聳聳肩。「來電號碼沒有顯示。螢幕上說是不明來電。」

老麥越過桌面，掌心朝上。「我能看看妳的手機嗎？」

她從牛仔褲口袋裡抽出手機，鍵入密碼，再交給老麥。

「繼續說，」警長命令道，「對方說了什麼？」

「起先我聽見很怪異的嗶嗶聲，像電子的聲音，接著是人的聲音。他說山米在我這裡。」

「就這樣？只說了山米在我這裡？」

「嗯，先是嗶嗶聲，然後他就問接電話的是不是我——」

「妳確定是個男人？」

「確定。」她頓住，旋即皺眉。「嗯，也許是。聲音扭曲了，像是那種可以讓你的聲音無法辨識的應用程式，所以我沒辦法百分之百肯定。可是聲音真的很低沉，我才會直接假設是男性。」

「而他叫了妳的名字？」

「對。他說是史黛芙．杭廷頓嗎？我說是，他就說：仔細聽好了，山米在我這裡。」

「十點零二分打的，」老麥宣布，「通話時間是六分四十三秒。」他拿著手機朝警長比劃。「你有人能追蹤電話的嗎？」

「恐怕是拋棄式的，不過值得一試。走運的話，可以查到地點。等朵恩打完電話，交給她，她會送去科技課。」

史黛芙妮激動了起來。「你們要拿走我的手機？」

「夫人，妳的手機是兒童綁架案的證物。」

「可萬一他再打來呢？」

就在這時，手機像是通靈了，在老麥的手裡活了過來，鈴聲響起，螢幕也亮了起來，一首熟悉的旋律在空中飄揚，是馬文．蓋的《來滾床單吧》。

史黛芙妮的臉頰立刻酡紅，伸手去搶手機。「是我先生，我給他留了一百通留言，我相信他一定是急瘋了。」她接聽時雙手顫抖。「不是他，不是山米，是另一個孩子。」

最後幾個字——另一個孩子——就像耳光一樣真實。我整個人都在抽動。從我遇見這個女人的那一天開始，那是伊森上幼稚園的頭一天，我就跟她不對盤；她就是太他媽的有特權了。

「他的名字是伊森。」我咬牙切齒地說。

她瞄向我這邊，瞄了兩次才定住不動，接著她的眉毛驚愕地揚起。「沒有，我還沒看到他，」她對著手機說，「可是警長辦公室的人正在聯絡老師。一等確認是他我就發簡訊給你。」短短一頓，接著她把手機遞給警長。「他要跟你說話。」

「跟他說我稍後再打給他。目前——」

「你知道這是亞特蘭大市長吧。」

警長的脖子變得很紅，但是他仍控制住音調。「就算是我親愛的阿嬷從天堂打來的我也不管。有個小男孩失蹤了，而妳的情資可以帶我們找到他。好了，把電話掛了，讓我們回頭辦正事。」

她瞪著他，大大的眼睛裡有羞辱，但她向先生喃喃說等會兒再打給他。

警長甚至沒等她掛斷。「對方打來確認是妳，跟妳說山米在他手上之後，他又說了什麼？」

她結束電話，把手機放回口袋裡。「嗯，我們來來回回說了幾句。我愣住了，你可以想像得到，過了一會兒我才明白是怎麼回事。我是說，他的話實在是太突如其來了，我一開始沒辦法相信。我以為是誰在開病態的玩笑。」

「那等妳聽懂了他的意思呢？」警長俯身，以拳頭推過去一本筆記簿。目光像雷射一樣鎖定她，連一秒鐘都沒有離開過她的臉龐。我們這些人都屏住呼吸。這是警長的主場，我們都只是觀眾。

「然後我就跳進汽車裡像瘋婆子一樣飆來這裡了。」

「我的意思是，妳說了什麼？」

「喔，我放聲尖叫，我只記得這個。我絞盡腦汁想猜出他是誰，誰會做這種事。我哀求他，跟他說我會照他的吩咐做，他要什麼都可以，就是別傷害我兒子。」

「他跟妳要錢嗎？」

「沒有。其實，他特別聲明不是為了錢。」

「那他的要求是什麼？」

「他一直往山姆的身上帶，說什麼要保留市中心的貝爾大樓。他不肯再詳盡說明，不過他說山姆會懂的。」

「妳先生，山米的父親。」

「對，可是很顯然他是針對山姆的市長身分。」

「他還說了什麼嗎？」

「我不記得了。」

「還有別的聲音嗎？背景聲音？」

她掃視室內的眾人，心慌意亂，端詳著每一張臉，像在找支援。我們都沒理她，我們是站在警長這邊的。可惡，我們要她回答問題。

「我……我覺得沒有，」她為自己辯護似地說。她看著警長，眉頭擰在一塊。「我說過，我很慌亂。我一直在猜會是誰。我做了各種瘋狂的指控，跟他們說我什麼都給他們，只要能讓山米回來。」

「妳覺得會是誰？」

「貝爾大樓的業主，無論是誰，或是鄰居，某個保護文物的瘋子，很氣憤開發商要接管市中心了。山姆的對手，或是他的下屬。天知道。山姆一宣布參選市長就冒出了一堆瘋子，而我的手機號碼也不是什麼最高機密，誰都查得到。所以有一百萬人可能有嫌疑。」

警長哼了一聲。「伊森失蹤已經九個小時了，我需要妳非常、非常用力地想。」

她眯起眼睛，眼中閃動著自以為是的憤怒。「警長，這九十分鐘來我還以為我們談論的是我的兒子，所以你少給我那副口氣，也用不著你來給我說教。我了解情況的嚴重。我在盡力回答你所有的問題，可是我驚慌失措又坐立不安，你現在這樣逼我並不能讓我更快想起來，所以我建議你稍安勿躁，給我一分鐘。」她把最後一句話說得像威脅，而且顯然就是。話聲在桌子上方懸浮，像一朵烏雲，帶電，充滿壓迫感。

「問到了。」朵恩在角落說話，接著秀出手機上的影片。她把手機放在桌子中央，所有人都向前傾。盧卡斯跟我靠近一點才能看清楚。

第一個畫面是一個穿旅館制服的女性，她對著鏡頭，說出姓名和日期，五月二十一日，接著鏡頭拉開，對著她身旁的小男孩。

他暗色的鬈髮凌亂，有一丁點塌扁，就跟伊森一樣。他的耳朵突出，像兩隻肉把手，也跟伊森一樣。就連他的眼鏡，歪斜混濁，也跟伊森一樣。

但是這個小男孩不是伊森。

是山米。

他微笑，對著鏡頭揮手。「嗨，媽。」

史黛芙妮哭了出來，我也是。她的兒子安全了，她的恐懼只是虛驚一場，而我為了這兩件事恨死她了。

盧卡斯環住我的肩膀，牢牢地把我拉過去，眼淚如強酸似地燒灼著我的臉頰。我並不想尖酸刻薄，我也盡量不要，可是我忍不住。老麥的視線與我在史黛芙妮的頭頂上相遇，他的撲克臉消失了，擰緊眉頭，露出明明白白的憐憫，害我的眼淚更控制不住。

警長要求老麥送史黛芙妮去旅館，讓她跟她的兒子團緊，盧卡斯把我抱得更緊。

老麥點頭，卻沒有站起來，反倒在椅子上欠動，坐立不安。不耐煩。「再一個問題，」他對史黛芙妮說，「這個人說了什麼讓妳相信他？」

她抬頭，彷彿對這個問題很意外。「抱歉。你說什麼？」

「是什麼讓妳相信是山米？」

「喔，他的聲音。」

「誰的，打電話的人？」

「不，是那個小男孩。」她頓住，給了我痛苦的一瞥，立刻回頭注意老麥。「嗯，我猜是個小男孩。聲音仍然是扭曲的，可是絕對跟第一個不一樣。更高、更模糊。」

「他說了什麼？」這句話是我問的，卻是每個人都想問的，我只是動作更快。

史黛芙妮的目光鑽入了我的眼裡，而我從她低頭的樣子知道答案不妙。我後頸的寒毛倒豎。

她的眼睛充滿了淚水，然後我也一樣。

她眨眨眼，別開了臉。「他說：媽咪，救命。」

史黛芙

失蹤九小時二十八分

我駕著撞壞的休旅車趕到戴斯酒店時，記者已經風聞了情況了。一群群的記者躲在入口的遮篷下，因為瞬間大雨，唯有遮篷下是乾燥的。我從乘客座下車，拔腳就跑。

一個穿雨衣的男人看見了我，擋住我的去路，阻礙了我進門。我給了他一個「免談」的表情，他卻當作是好玩的遊戲。我一靠近，他就把麥克風往我的臉上推。

「杭廷頓夫人，可以請您說說那個學校戶外教學失蹤的亞特蘭大孩子嗎？」

我繞向右，他亦步亦趨。「不予置評。」

「根據您先生的聲明，警方懷疑是預謀犯罪。您知道綁匪可能是誰嗎？」

我強忍著才沒有惡狠狠瞪著持電視攝影機的那個人，但是我全身是泥巴，剛剛還在頭髮裡發現一隻蜘蛛，所以此時此刻我討厭他的程度就跟討厭每一個擋住了我跟我兒子見面的混蛋一樣。

「我說了，不予置評。」

我跨向左，他仍跟著。

他又試一次。「據我所知您的兒子山米也是其中一名學生。他有沒有告訴您他聽見或是看見什麼不尋常的事情？」

「你是在唬爛吧？」記者嘻嘻笑，被我的回答和我暴躁的語氣逗笑了。他並沒指望從我這裡問到什麼，而且坦白說，我也不準備要回答他，可是這兩個小時來我的神經繃到了極點，我的耐性也是。「任何長眼珠的人都知道我還沒看見山米，都是因為你跟你的攝影師後衛。所以你們若不立刻讓開，我就讓你們因為騷擾罪被逮捕。」

他們沒讓步，但在我走過時也沒阻攔我。玻璃門打開來，放出一陣空氣，我衝了進去。櫃檯後的中年男子滿懷興味地打量我，兩眼爬梳過我的全身，倒沒停留在曲線玲瓏的部位，而是停留在喬治亞的黏土上。我一邊衣袖上有泥痕，牛仔褲上有土塊，我嶄新的麂皮馬諾洛鞋濕透了，從此毀了。我的樣子像是一身名牌的泥巴摔角手。

「我要找亞特蘭大的孩子，」我跟他說，而他的眼睛一下子就盯上了我的。「昆恩女士在等我。」

他把下巴朝我後方的走廊一抬。「往裡面走，左轉。門上寫著『員工專用』，不過直接進去吧，就算妳敲門他們也聽不見。」

一點也沒錯，我從這兒都能聽見騷亂聲，高亢的尖叫和笑聲只有興奮的小鬼頭才製造得出來，間或夾雜著一名成人的慘叫。我謝過他，匆匆步上走廊。

員工休息室人滿為患——有的孩子在白色桌面上塗色，有的趴在靠牆的三人皮沙發上，有的繞著成人轉圈，而戰敗的成人已經放棄管訓他們了。另一頭的流理台上擺著三盒甜甜圈，盒子早被拆爛了，旁邊是半加侖的甜冰茶。

我一眼就看到窗邊那個鬈髮男孩，他背對著我，緊盯著茱麗葉，一個早熟的金髮碧眼女孩子。他們在爭辯在金礦裡爬了幾階。她在教訓他，反過來由她高高在上地說教，但是我沒在聽她說話，我在想從這個角度看，山米跟伊森的長相確實是一模一樣。

整個世界縮小了，只剩下一個念頭，而這念頭有如一領死寂的披風，覆蓋住室內的一片喧鬧。很可能是山米。原本應該是他的。恐怖的七十分鐘裡，我不知道消失在夜色中的是山米或是伊森。

我不是那種會失控的母親，也從來不會在大庭廣眾下失態。可是他轉過頭來看著我，我看到了兒子的臉龐，安心的感覺實在是太強大了。我的膝蓋發軟，兩腿一彎，就跌在了污穢的油氈地板上。動物的哀叫聲刺破了寂靜，我驚愕地發覺聲音是我發出來的。

一個接一個，室內的每個人都轉過頭來。山米推開了一具具的身體，表情落在困惑與尷尬之間。他只見過我這樣子崩潰一次，四年前，我父親死於心臟病，在他打到第十七洞之前。我跟自己說山米沒事——他沒事——但我似乎就是沒辦法不哭。

「妳怎麼會來？」他說，「妳為什麼這麼髒？」

我一把將他抱進懷裡，他的頭髮纏住了我的手指，我前後搖晃他。我知道我令人側目，我知道我害得孩子們疑惑害怕。他們聚集過來，張口結舌，不自在地吃吃笑。他們毫不避忌的瞪視讓我慢慢回到現實。

突然間我只能想到一件事。

「來。」我說，全身哆嗦地站起來。

山米困惑地看著我。「我們要去哪裡？」

「回家，」我說，對他，也對著室內的人，對著孩子們和愛瑪老師，她不太敢直視我，而且我的語氣也在說看誰敢阻止我。「我要帶我兒子回家。」

我沒有從擠在遮篷下的記者海之中殺出一條路來，而是帶著山米從後面偷溜，叫了一輛計程車，是一輛四門的舊日產，座椅和地墊都破破舊舊。皮膚粗糙的司機聽見我說要去哪裡後不敢相信他那麼走運，他甚至在跟我要三百五十元車資時向我道歉。六十哩路開這麼高的價錢形同打劫，但我根本不還價。在看到我和車子之間隔著那堵記者人牆之後，再多一倍的車資我也會照付。

我的手機擺在我們之間，螢幕朝上，文風不動，漆黑不明。最後警方還是讓我留著手機，但我得發誓要隨時充電，絕不關機。知道他們在監聽我的電話，感覺怪怪的，他們會聽到山姆打來的電話，我的女性朋友打來的，我的美髮師打來提醒我週四的預約。這是必要步驟，他們說，等著綁匪再聯繫。等著，而不是如果，只是我不知道他們憑什麼如此確定——經驗或是希望。無論何者，等著手機響動就像是活在老大哥在看著你的場景中——你不知道會發生什麼事，只知道一定不是好事。每次手機震動或啁啾，我的身體就會充滿恐懼。

山米坐在另一邊，踢著腳，盯著窗外的風景飛逝，肩膀鬆弛，像在搭雲霄飛車。我知道他需要解釋，但問題是我還沒法子決定該告訴他多少。我在營區聽到他們的對話，讀出了他們陰沉的表情。警方並不認為他們會找到活著的伊森。

司機猛地左轉，彎進了一條雙線道的小鄉道。

「你大概在奇怪我為什麼會到飯店去，慌慌張張又渾身是泥巴。」我轉向山米說。

他動了動肩膀。「不知道，大概吧。」

山米式的對，可是我嚇到了，不敢問。

我的目光回到司機的後腦勺上，他也在後照鏡中發現了我的視線，立刻就挪開了眼睛，大拇指隨著喇叭傳出的流行歌曲打拍子，但是明天報紙上刊登出誇大我的話的報導機會有多高？可能很高。我壓低聲音，小心選詞用字。

「今天早上我接到一通電話，有個人說你在他手上。是個壞人，可能就是那個帶走伊森的人。」我叫自己冷靜下來，卻沒有用。我的雙手仍在流汗，踩著濕透鞋子的腳也一樣，我在座椅上擦手。「我找不到你父親或是學校的人，我不知道該怎麼辦。所以我就開車到營地去親眼看一看。」

終於，山米轉過臉來看著我。他的眼睛被鏡片放大了，讓他瞪大的眼睛格外的圓。凌亂的劉海下的額頭皺了起來。

「甜心，你聽懂我在說什麼嗎？我以為是你失蹤了，不是伊森。」我用手去按著他的後腦勺，撫平一綹不聽話的鬈髮。「所以我才會來這裡。所以我才會這麼狼狽。」

「喔。」他的聲音猶豫。「可是壞人沒有帶走我。」

我眨回又湧出的眼淚。「對，感謝上帝他沒有，可是這是我一生中最可怕的事情。甚至比醫生告訴我你得提早七個星期從我的肚子裡出來那次還要可怕。」

山米很清楚這個故事，知道我去做例行產檢，卻好幾天沒出院，知道醫生把他從我的肚子裡拉出來，全身泛青，哭都不哭一聲。這個故事有圓滿的結局，跟今天的差不多。我想告訴他伊森最後也會有快樂的結局，可是我不想說謊。說實話，我已經在做最壞的打算了。

「可是他為什麼要帶走伊森啊？」

我搖頭。「我不知道。警察也不知道。我們覺得是因為他想要什麼。」

「他是要錢嗎？伊森的爸媽沒有錢。他連iPhone都沒有。」只是陳述事實，不帶責難。

我自己默默想：要是蘋果手機就是你看人的標準，那也許我們給你太多了。

但是理論上山米沒說錯。我見過伊森上學，來來回回就是那幾套凱馬特百貨的特價衣服，不是太短就是太緊太小——只有週末去他父親家之後的星期一光鮮亮麗。那時他的牛仔褲就是名牌的，時尚的馬球衫折痕仍在。即使如此，我也不覺得安德魯的經濟寬裕。十次有九次，那種愛現又浮誇的人的財力絕對小於他們表現出來的樣子，也因此讓我更加擔心伊森。萬一那個人打電話來要贖金呢？

「甜心，你知道這件事有多嚴重嗎？有壞人抓走了伊森，而警察認為他其實要抓的人是你。我告訴你不是要害你擔心，或是為自己的安全害怕。你父親跟我會保護你，直到警察查出這件事是誰做的。」

山米消化這個消息，沉默了一會兒。「他們會找到伊森嗎？」

「希望會。他們非常非常努力在找他，他們想出了一切可能的辦法。」他點頭，像是已經知道了。「對。他們問了我們一大堆問題。像是之前誰在礦坑裡。我們在營地有沒有看到什麼人。這一類的。」

我把玩著他的一綹頭髮。山米一向就不怎麼健談，但一旦話匣子打開了，往往就關不上。我已經學會了要享受這樣的時光。「那你是怎麼跟他們說的？」

「嗯，有一個人身上有一百萬個刺青，其中一個是一條紅黑色的蛇，好像爬在他的脖子上。他滿奇怪的。」一條罕見又無拘無束的資訊之河。

「你跟警察說了嗎？」

「有啊，他們也覺得他的刺青很怪。喔，還有大家都不喜歡巴士司機，他的味道像臭襪子。」

我對山米的指責並不怎麼重視。以洗不掉的顏料來裝飾脖子並不能代表一個人的好壞，只除了他們有極高的忍痛力，做決定的能力也令人存疑。但是一個蛇刺青絕對會讓一群八歲大的孩子特別注意。

「那木屋呢？有人看見或是聽見什麼嗎？」

他以又大又乾的眼睛看著我。「失火了，媽。米雅．戴維斯先醒的，然後她就大聲尖叫，差點叫破我的耳膜。愛瑪老師叫我們跑到外面去，在椅子那邊集合，我們就聽她的話。費雪先生到後面去踢土滅火，可是火太大了。我們都可以看到火焰衝到屋頂上面。」

「一定很可怕。」

又一個聳肩，只有一邊肩膀動了動，是不怎麼熱衷的大概吧。「其實很無聊。我們站在那裡好久好久，費雪先生跑來跑去找人幫忙。等到他回來，火已經小很多了，他拿滅火器把火滅掉了。」

「那愛瑪老師在哪裡？她在做什麼？」

「女生嚇死了，她在讓大家冷靜下來。」

「那伊森在哪裡？」

「他是最後一個出來的，因為他想拿背包，雖然愛瑪老師說不要拿。然後他就哭了起來，跟那些女生一樣。」

「他一直都跟你們在一起？」

「大概吧。後來愛瑪老師找不到他，大家就猜他是跑去看石頭之類的。」山米兩邊的嘴角都往下撇，他說起伊森時往往都是這種表情。「他是怪胎。」

怪胎、愛哭鬼、愛告狀。這些話是山米說起伊森時常用的標籤。有沒有可能你就是對另一個人過敏？因為我實在想不出還有什麼別的說法能解釋，一碰上伊森，山米的細胞層次就會起什麼變化。皮膚發紅，血管中湧入毒液，就像伊森的嘴唇碰到花生。只要扯上一丁點伊森，山米就會惡毒尖刻得整個人沸騰起來。

「甜心，有人抓走了伊森。你難道不替他害怕嗎？」

「搞不好是他爸。愛瑪老師說的。」

一股惱怒讓我的胸口發熱。愛瑪老師在想什麼啊？哪種老師會對孩子說這種話？

「可是無論是誰抓走伊森的，他本來是要抓你的，記得嗎？」我給山米時間去理解，我也看出了他明白了自己的錯誤。他的眼睛因恍然而瞪大，充滿了新的興味。「伊森真的有很大的危險。」

「喔。」

「我知道你們兩個一直都不是好朋友，可是我真的希望你從今天開始都只說伊森的好話。你覺得你能做到嗎？」

山米緊緊抿著唇，拔著椅墊上一根鬆脫的線頭。我兒子以沉默來表示他的叛逆。

我命令自己不吭聲，乖乖管住舌頭，而不是去責罵他，或對著他搖手指。我母親總愛說什麼來著？如果說不出好話，那最好是根本不要開口。我告訴自己這是山米的策略，他的沉默根植於禮貌，而不是恚恨，但我知道我是在自欺欺人。

「媽？」

我含笑看著他。「什麼事，甜心？」

「我們回家以後，可以去『福來雞』吃午餐嗎？」

史黛芙

失蹤十一小時二十八分

計程車駛入我們的塔西多公園社區，已經快兩點了。司機駛過塞滿信件的石製郵箱和寬敞的草皮，每片草皮的正中央都有一幢價值數百萬的房子，宛如巨柱。對我而言，奢華指的是一間閣樓，俯瞰著中央公園，而不是這些龐大的磚頭和泥灰，可是亞特蘭大人卻極愛他們的建築面積。

「這麼多人是誰啊？」山米說，在座椅上傾身。

「記者。」

整整二十四個排列在大門旁的街道上，舉著攝影機和放大鏡頭。他們的廂型車停在他們後面的人行道上，衛星碟不停旋轉，彷彿迎著陽光的向日葵。他們一看見我們，就衝向計程車，狗仔隊似的，高聲提問，照相機抵著車窗。我們的車子開進入大門，山米怯生生地朝他們揮手，但是我低著頭，不肯讓他們拍大特寫。四年來，我也習慣了偶爾的媒體注意，但是這一次卻讓我有幽閉恐懼症，是我不想要的跟拍。我的肺部閉鎖起來，直到我們安全地進了門的另一邊。

我正在付車資，媽就衝了出來。

「親愛的，」她說，打開了山米那邊的車門，把他拖出來擁抱。他幾乎消失在她的懷裡。

「老天，我真高興看到你。你沒事吧？你沒怎麼樣吧？我一直隔著大老遠在感應你的能量——你能感覺得到嗎？」

無論他說了什麼都被她的軀體吞沒了。我謝了司機，下了車。

我不認得的兩個人等在前門邊，幸好山姆剛才發簡訊給我，他雇用了兩名保全來保護我們，因為我們房子的大柵門是遙控的。一道周長十呎的籬笆。監視器瞄準了土地上的每個角落。不會有人直接站到我家門口，而那些會這麼做的人通常也不會是來借杯糖的。

「歡迎回來，杭廷頓夫人，」又高又黑的那個說。另一個較矮較壯。兩人穿相同的制服，子夜藍布料繃在壯實的身體上，胸口上方有同樣的標誌。「我是蓋瑞，這位是迪亞哥。我們必須請您和山米盡快進屋子裡。」

我沒有發問，也沒有爭辯。我匆匆把媽和山米趕進屋子裡，鎖上門，啟動了警報器。等我向後轉就看到山米跑上樓，渾然忘記半小時前抱怨肚子餓。我想把他叫下來吃三明治，想想又作罷。他咕嚕作響的胃遲早會讓他下樓來的。

「妳還好嗎？」媽問，表情因擔憂而扭曲，即使我發過兩則簡訊給她了。一次是在營地，簡短幾個字卻花了六次才傳送出去，然後是在回家途中比較長的一通。「妳的車呢？」

「在達洛尼加的修車廠，需要修理。我出了個小車禍，不過我沒事。嗯，不只沒事，而是好多了。謝謝妳。」我露出顫巍巍的笑容，讓她知道我是真心的。站在我自家的玄關裡，知道有兩名保全在周圍巡邏，讓我真的因為安心而哭出來。現在我只需要山姆，他答應我會回家吃晚餐。

「我一直在看電視等最新消息，」媽說，「可是他們說的也不多。有個孩子失蹤了，派出了搜救隊伍，別走開隨時會送上最新消息。就這樣。他們連孩子的名字都沒提。」

「他們是有意含糊其詞的。警長取消了記者會，他命令我除了山姆和警察之外不要跟任何人說話。他是擔心一旦綁匪知道他抓錯了孩子不知會做出什麼事來。可萬一他早就知道了呢？萬一這就是他到現在還沒打電話來的原因呢？」我查看手機上的時間——沒有來電。「已經四個小時了。」

「網路上有人說是有內鬼，」媽說，「說老師從一開始就涉案，是她把孩子交給一支吉普賽樂團的。」

「胡說八道。北喬治亞森林裡根本就沒有什麼吉普賽樂團在遊蕩。」

「我想恰當的說法是愛爾蘭旅者，親愛的，妳要是問我啊，那些人的饒舌歌唱得有夠差。我遇見過的幾個倒是很不賴。對了，我並沒有說傳言是真的，我只是說我聽到的。」

忽然有轟隆聲傳到樓下來，就像是蒸汽火車頭接近了，我的寒毛跟著震動，門把也嘎嘎響。媽抬頭看天花板。「怎麼回事？」

我曾是那種誓言不會讓電玩越過門檻的母親。男孩子就應該跑跑跳跳、去游泳、去外面玩，而不是坐在黑黑的房間裡，眼睛盯著電視，手裡握著遊戲桿。但是三年前，山米在一場格外暴力的足球賽中折斷了腳，只能坐輪椅，等著紅腫消退。第二天結束前，腦筋有點沒拴緊的我把我的信用卡交給「百思買」一個留鬍子的嬉皮，讓他揚揚得意地把一堆電子用品放進我的後車廂。那個Xbox很快就變成了山米的最愛。

「聽聲音是戰爭機器。」現在我已經對他的電玩音效很熟悉了。

我把毀了的鞋子踢掉，扭動腳趾，在地板上留下了一片乾掉的黏土。

「唉，他是需要找點事做。發生這種事讓他心裡很難過，知道嗎？」

我思索著那些我不想說的話。諸如我是不知道，而且她也不可能知道。諸如我沒心情聽她的那套以退為進的育兒經。如果山米覺得難過，那他掩飾得可真是高明極了。

「神靈跟我說山米覺得是他的責任。」媽仍在她的靈媒圈裡，她的表情嚴肅得不得了。「阻滯他的能量之路的是內疚。」

「唉，他當然是覺得內疚。綁匪想抓的是他，不是伊森。」

她嘆氣，重重的一口氣充滿了失望。「甜心，妳沒在注意聽。」

我翻個白眼，心裡想難怪我妹要全家搬到美國的另一邊去，都是我們母親的新世紀無稽之談害的。神靈跟她說話。她在感應他的能量。她為什麼就不能跟一般的外婆一樣，織茶壺保溫套，蓋著被子說床邊故事？坦白說，我真不知道我父親是如何忍受她的。

「有話就說，媽。」

「山米知道更多事，只是他不願意說。他知道的不只他跟妳說的那一些。」

我的氣惱加上這一天殘存的恐怖，釀出了一缸苦澀。我喃喃說要洗澡，轉身就上樓了，但是經過山米的房間，裡頭的電玩聲震天響，我忽而明白了我為什麼這麼生氣。

不是因為我不相信她，而是因為我信。

那晚，晚餐時間出現的不是山姆，而是喬許。山姆的幕僚長，挑錯時間搞失聯的那個，他也恰巧是山姆的遠親。他的臉比山姆的圓，皺紋更多，在我下樓來時正貼著窗玻璃，而矗立他身後的是那兩名板著臉的保全。

我打開門，招手讓喬許進來。

喬許的祖父在家族不同分支的人口中，可以是天才、是無賴、是聖人、是騙子或是傻子。但有一點每一個杭廷頓都同意，就是奈德娶錯了人——不是喬許的祖母，而是奈德的第二位太太毛琳，她本是他的行政助理，打字能力很可疑，但是身材卻像是花花公子女郎。奈德究竟是何時和她勾搭上的？是在他的元配飽受癌症折磨之時，或是在她的棺木送入奧克蘭墓園的家族墳地之後，這個話題仍然是聖誕節和家庭聚會時的爭論焦點。

但總之，奈德是一頭栽了進去，而毛琳在他丟進抽屜裡的婚戒失去光澤之前就已經和他同床共枕了。杭廷頓家族就如同任何一個南方家族一樣，對於不認同的事物是不吝於指教的，而他們的責難也使得奈德和三個手足間生了嫌隙，包括山姆的祖父。奈德賣掉了家族企業的股份，把縱貫東岸的房地產投資組合變現，得到的錢他和毛琳這輩子都花不完，所以他們花得更兇。他們購置度假屋、賽馬、遊艇、汽車、飛機，但是閃亮的新玩具卻吸引了存心不良的人，奈德上了當，做了一連串草率的投資，不到十年間，他和毛琳的豪奢生活就結束了。毛琳另擇新木而棲，奈德沒多久就過世了，他的女兒——就是喬許的母親，是獨生女，被巴納德學院退學——從此一貧如洗。

我說這些的用意是想說明儘管喬許和山姆是親戚，但兩人成長的世界截然不同。山姆頂著杭廷頓的姓名，靠著信託基金，過得一帆風順；而喬許住在貧民窟裡，窩在只有一間臥室的公寓裡，上的是公立學校，搭大眾交通，後來一路辛苦念完公立大學，再拿到商學碩士。山姆一向佩服喬許是莫瑞爾家三代以來第一個白手起家的人。後來山姆決定要競選市長，第一個就雇用了喬許。

「你怎麼一副鬼樣子，」我這時跟他說。在玄關的自然光下，他的臉浮腫，皮膚比平常蒼白，只有雙眼下是深深的兩團黑。「出了什麼事？」

喬許譏誚地哼了哼。「沒出什麼事，只不過是在我去偏遠森林看我妹的時候亞特蘭大有個孩子失蹤了。要不是丹尼斯餐廳某個大卡車司機有晶體管收音機，我現在還坐在我妹家的前廊上看著草長高呢。」

喬許的妹妹就不是個自立自強的人了。她的中學成績年年拿D，畢業後找到的工作不是端盤子就是刷地板，卻總沒長性，連第一張支票都沒拿到就被開除了。據我所知，她是靠失業補助和食物券過日子的，喬許去南喬治亞看她就會塞幾百塊現金給她，而且這種次數還不少。

「我要到市中心去，不過我想先過來看看妳和山米的情況。你們還好吧？」

喬許雖然也愛我先生跟我，可他對山米特別不一樣。這兩人常常一塊消失，不是去攀岩，就是去玩雷射槍戰，不然就是去阿爾法勒特的賽道飆卡丁車。喬許說跟山米約會讓他保持年輕，但是山姆說喬許天生就愛找刺激。我有時會擔心他會把我的兒子也教成那樣，可山米回家來總是情緒高昂，我也狠不下心來限制他們相處的時光。再說了，喬許是絕對不會讓山米受傷的。

「我們沒事，謝謝。」我們沒事嗎？我這麼說更多是說給我自己聽的，而不是他。「山米跟我都沒事。嗯，只要他們抓到是誰做的，我們就會沒事。你跟山姆談過了嗎？」

喬許搖頭。「他整個下午都忙著跟警察開會。現在還沒查出主謀來，也就是說警方完全不知道該去哪裡找那個孩子。」他靠近一點，橡皮底鞋子踩在玄關地板上寂靜無聲。「我知道妳一點也不想談這件事，可是妳能把那通電話簡短重複一遍嗎？」

我頓住，凝聚力量來複述事件，感覺像重複了一百次。我一字一字複述電話，把我能記得的都告訴了喬許，而我也又被帶了回去，回到最緊張的時刻，回到那個男人從手機傳過來的聲音，以及我瘋了似地飆車到達洛尼加。回到我在山姆的語音信箱中留下歇斯底里的訊息，在我不知道我們的兒子是生是死之時。驚慌又在我的胸口浮現，嗆住了我，害得我無法呼吸。

「妳確定打電話的人是男的？」

「聲音扭曲了，所以我不能確定，可是聽起來非常低沉。太低沉了，我覺得不像是女人的。而且在我忙著聽懂他在說什麼的時候，有很長的一段時間，我心慌得語無倫次，可是他的聲音卻始終沒有拉高或變尖過，甚至在他叫我閉嘴注意聽的時候也一樣。從頭到尾就是低沉鎮定的聲音。」

喬許搖頭。「他說他何時會再打嗎？」

「沒有。只說了那句會發生什麼就要看山姆了。他說不准拆毀貝爾大樓，而山姆會知道原因。」

喬許的額頭皺了起來，眼睛瞇成一條線。「為什麼？」

「我不知道。我根本就不知道貝爾大樓的事。」

「那是市中心的瑪麗耶塔重劃區的一棟建築，難看死了，我真想不通怎麼會有人想要保留下來。妳跟山姆說了嗎？」

瑪麗耶塔是水族館附近的一條街，自從山姆的辦公室為了重新規劃整條街區而招標開始，這裡就成了媒體的焦點。山姆籌劃的是一個領先能源與環境設計認證的綜合用途開發區，包括大眾運輸、零售、綠地、公寓。這是他競選連任的基石。

而現在卻導致了綁架。

我點頭。「只說了幾句，可是他在的地方一屋子都是人。他真正說的話只有一句：我們今晚再談。」我瞧了瞧後面，再瞧瞧樓梯，確定媽跟山米沒有溜到玄關來偷聽。聽電玩的聲音，他們還在樓上，可我還是壓低了聲音。「喬許，到底是怎麼回事？山姆的市政出了問題嗎？」

「我不知道……」

我瞪著他，難以置信，他的躊躇只是害得我的驚慌更升高。喬許自稱是市政上的幕後巫師。是許多人，包含山姆在內，說他會當選的原因。「你不知道是什麼意思？」

「山姆跟妳說過有內鬼嗎？」

「沒有。」我搖頭，向後一步。「什麼內鬼？」

「有人在向尼克．克雷蒙斯通風報信。他的媒體計畫、他的社區拓展，甚至是他的競選海報都跟我們即將公開的一模一樣。我們要做的每一件事他都知道，就在我們做之前，屢試不爽。」

尼克是山姆的對手，來路不明，競選時只主打一個賣點：他不像山姆是個環保狂。

「誰在給他通報？」

「我們還在查，而且得在他徹底破壞我們的競選之前找出來。就說今天早晨吧，我們只領先了四點五個百分點。」

這個消息挺有意思的，暫時壓制了我的憂慮。山姆第一次競選時，從八名候選人中脫穎而出，得票數驚人，所以頭兩個月他得意地都得了大頭症。這一次只有他和尼克，無論山姆和喬許是多麼希望能再一次大勝，恐怕他們的希望是要落空了。尼克奇襲了他們，而且手段並不光明磊落。

然後我想到了一件事，胳臂上冒出一片雞皮疙瘩。「你覺得綁架案和這個內鬼有關嗎？」

「有可能。我不知道。我需要先跟山姆談過才能下結論。」喬許查看手錶，伸手到口袋去掏鑰匙。「天啊，真是糟糕透了。我們週四在福克斯還有募款會，本週每一天都有捐款人午餐會，選舉還有一百八十天，而菲利普斯局長卻要求全面封鎖媒體，正好是我們最不該做的事情。要是我們不趕緊從這一團泥淖中脫身，尼克．克雷蒙斯就會把我們整死。」

「你要吃點東西嗎？我可以幫你弄個三明治。」

「謝了，可是山姆在等，我來這裡的路上吃了漢堡。」喬許拍拍肚子，自從山姆當選後他的肚子就大了不少，健身時間不夠，再加上晚餐在辦公室吃太多速食。「嘿，聽著，等這件事了結之後，妳覺得我帶山米到艾許維爾消失個兩天怎麼樣？我老是說要帶他去泛舟，而妳和山姆也可以休個假。」

我微笑了。「山米會興奮死，我也一樣。」

「幫我抱抱他，好嗎？真高興你們都沒事。」他吻了我的臉頰一下就走出門了。

凱特

失蹤十三小時五十六分

伊森還包尿布，而安德魯去出差的某個週末，伊姬來陪我。

安德魯跟我又吵了架，我的皮膚仍因為我們互相叫囂的那些氣話而刺痛，他就已經推著行李箱出門了。這是發生在我們的關係來到臨界點之前，在我們說的話能噎死人之前，在不可避免的結局感覺上還能避開的時候。伊姬來幫我剖析我們的關係，就像高中解剖蚯蚓，用各種角度研究牠一樣。我要她拿著解剖刀指著某一點說：這裡。這裡是可以修復的地方。

我一邊喝葡萄酒一邊哀嘆，伊森則在我們腳邊玩，一抹午後的陽光斜照在他的鬈髮上，像螺旋形的火。伊姬帶著禮物來，是一套舊式的字母積木，而伊森正拿著積木堆出一座歪歪斜斜的高塔。他把最後一塊放上去，伊姬的腳趾輕推了積木塔一下，整座塔就翻倒了。伊森皺起了眉頭，卻沒有哭。伊姬想補救她的笨拙，伊森卻把她的手推開，小臉寫滿了果決。

但是他並沒有再堆出一座塔來，反而在地毯上排了個一字長蛇陣，而且完全按照字母順序。沒有一塊積木出錯，沒有一個字母顛倒。伊姬驚愕極了，一個十三個月大的幼兒居然辦得到，但是我記得我只想哭，因為就在那時我想到：我永遠也沒辦法理解我兒子的腦袋在想什麼。伊森雖然是我生的，他的血管中雖然也流著我的DNA，但是他的頭腦是美麗的、卓越的意外，裡頭的想法我怎麼也猜不透，連理解都沒辦法。我在生理上或許是他的母親，但是在那一刻我從來沒感覺跟我的兒子距離那麼遠過。

從來沒有，除了現在。

現在我站在柯羅斯比營的小木屋的門廊上，把我為伊森帶的那袋衣服緊緊抱在胸前。四周的森林蕭蕭颯颯，隨著我的眼淚而改變顏色——從黃綠色到翡翠綠到深橄欖綠。除了幾個掉隊的人之外，營地空蕩蕩的，狗吠聲、直升機聲、吆喝聲早已消散，只剩下鳥鳴聲。人人都走了，只剩我們。

「好了嗎？」

我被老麥的聲音嚇到，從門廊幾呎外傳來的。

我搖頭。「我還需要一下子。」

他點頭，一邊髖骨靠著欄杆，靠得很舒服，像是一點也不著急。

早先警長的團隊收拾器材，把案子帶到城鎮的另一邊去辦，去一間有牆壁、有隔間、有Wi-Fi的地方去，我感覺這樣子不對。即使在史黛芙妮出現，用那通六分鐘的神秘電話在營地投下震撼彈之後，我也沒辦法想到要離開。現在離開——沒有伊森，沒有答案——感覺太沉重，像在道別。

「一定有更多線索，一定有什麼是我們漏掉了。」我有次看文章說人人都有第六感，我們只是不知道要如何運用。我的視線搜尋著樹林，活像林子裡藏著答案。我兒子和我之間有一種地心引力般的拉力，他就在某處，我很肯定。

老麥俯身拂掉褲管上的棘刺，原本筆挺的長褲毀了，好幾處撕裂，覆著一條條的橘色黏土。他的頭髮裡卡了一根樹枝，但是我跟他還沒熟到能動手幫他拔出來。

「我們雖然要離開這裡，但並不表示我們放棄了，也不是說全部的人都會走。」他一根手指朝我的肩後戳點，越過了木屋，指著後方的樹林。「聯調局的人還留著，現在就在樹林裡追蹤我們追過的痕跡。要是我們遺漏了哪裡，他們會找到的。」

我點頭，想要相信他。起風了，把一束頭髮吹過我的臉，也爬上了我的背脊，雖然有陽光，我的背還是佈滿了雞皮疙瘩。盧卡斯會說就像有人走過我的墳墓，我忍不住瑟縮。我的墳墓，我的，不是伊森的。

「萬一他回來呢？」我說，「萬一有人找到了他，而我卻在六十哩外的亞特蘭大？」

我已經這麼問過了，先是問警長，然後是老麥和盧卡斯，問了好多遍。警長已經走了，他的團隊也差不多。只有聯邦調查局的人還留著，在梳理我們遺漏的地方。就連盧卡斯都覺得該走了，不過他會陪我回家，騎他的重機跟著我們，而不是北上返回田納西。

老麥給我的答案跟先前一樣。「那盧卡斯或是我就會帶妳回來。」

盧卡斯從空地對面的飯廳衝出來，身上還是來時的那套衣服，牛仔褲和靴子和褪色的橘色棒球帽。他的皮夾克被攥在手裡。他停在門廊邊緣，戴上太陽眼鏡，再走入明亮的陽光下。就在這兩個小時之內，天空變亮了，變成一片蔚藍。

該走了。老麥一挺身，離開了欄杆。「東西都帶了嗎？」

我低頭瞪著手上的塑膠袋。這些就是我兒子剩下的東西，空的羅盤荷包和老麥在我家指示我收拾的東西。換洗衣物，伊森的牙刷，一副備用眼鏡。唯一不見的是他的填充兔子，警長留下來給狗聞。他一告訴我，我就衝到外面去吐在灌木叢裡，因為我知道他指的是尋屍犬。

老麥帶頭下了階梯，我跟在後面，這時口袋裡的手機響了。通往空地的小徑是幾個難得有訊號的地方。我停下來掏手機，一見螢幕上跳出來的字就倒抽了一大口涼氣。

不明來電。

我身上的每根毛髮都豎起了。綁匪打給史黛芙妮時，隱藏了他的姓名。她的螢幕上也是「不明來電」。

老麥看到我沒跟上，就又折返。「是哪裡不對？」

我把螢幕轉給他看。

我的耳朵裡隆隆響，宏亮得害我幾乎沒聽到第二聲鈴響。

「用擴音。」他靠過來，近得我們幾乎是胸貼胸。我的手機夾在我們之間，躺在我的手掌上，螢幕朝天。「我也要聽。」

我點頭，然後用發抖的雙手接了電話。「喂？」

並沒有史黛芙妮描述的詭異喀喀聲，也沒有扭曲到無法辨認的聲音。只是一個低沉的男性嗓音，居然還有點耳熟。「嗨，請問是凱特．簡金斯嗎？」

我看著老麥，我覺得他連呼吸都停了。他點點下巴，權充點頭。

我的聲音高亢尖銳。「對，我就是。」

「凱特，我是山姆．杭廷頓，山米的父親。」

呼吸一下子衝了出來，被……什麼，安心？失望？驅逐了出來。我整個身體都在發抖，喘得像是剛衝刺到懸崖的邊緣。

山姆．杭廷頓跟我沒有說過話，也從沒在學校裡遇見過。除了在電視上看到他，我對這個人一無所知，但現在我知道我是在哪裡聽過他的聲音了。

我是山姆．杭廷頓，我批准以下訊息。

「杭廷頓市長。」我勉強說出話來。

老麥退後了一步，伸手抹了抹頭髮，轉向盧卡斯，示意他到山腳下等。

「拜託，叫我山姆。今天發生了這樣的事，妳跟我不是外人了。我們應該要直呼名字。我可以叫妳凱特嗎？」

「當然。」

「好極了。妳知道，凱特，我花了很多時間思量應該要跟妳說什麼。我是說，這種情況並沒有什麼標準程序。帶走妳兒子的人其實要的是我的兒子，伊森受害是因為跟我和我的家庭有關的事情。我唯一能想到的話就是對不起，真的，我真的很抱歉伊森發生了這種事。」

他的話感動了我，但我也說不上來是為什麼。或許是因為出乎我的意料，或是因為他的語氣好真摯。無論如何，都比他太太在幾個小時前跟我說的話要有人味多了。

「謝謝你。這對我意義重大。」

「我不是為了選舉在開空頭支票。綁匪無論是誰，鎖定的都是我的兒子，我的家人。現在這件案子變成了我的私事，我會全力營救妳的兒子，就像營救我自己的兒子一樣。我會查出這個禽獸，要他付出代價。除非把他關進了牢裡，否則我是不會停手的。」

突然間，我明白這個男人為什麼會當上市長了。為什麼大家會把他們的福祉、他們的生活和生計交給他。我不關心政治，也從不相信政客，然而我卻連一秒鐘都沒懷疑過他說的每一個字。

「妳正要回亞特蘭大嗎？」

「對。嗯，差不多……」我嘆口氣，一想到要放棄這個地方眼睛就刺痛。「把他一個人丟在這裡，感覺就是不對。」

「妳並沒有丟下他，而且也沒有人放棄了。沒有人。事實上，我們正加倍人力搜尋妳兒子。我已經撥出了更多基金和人力到這個案子裡，需要的話我也會叫國民兵來。我是用我的手機打給妳的，只要妳有問題，只要妳需要什麼，即使是半夜想找人說說話，妳都打給我，好嗎？我一掛上電話就會把號碼傳給妳。」

我點頭，因為我忽然說不出話來。史黛芙妮的怪異舉止，山姆的真誠，鬼祟的森林，和我空洞的臂彎。全都太沉重了。我無助地看著老麥，他把手機接過去，說了那些我希望我能說的話，說我很感激山姆的支持，說我很感謝他的費心和這通電話，說我等著他的最新消息。

然後老麥掛斷了電話，把手機還給我，而再來就沒有事可做了。

該走了。

史黛芙

失蹤二十八小時三十七分

我週六早上一個人醒來。

山姆早就起床了，通常也不是什麼稀罕的事，只要他不是超過三點才上床。他也一句話都不說，既不為遲了八小時才回家吃晚餐解釋，也不道歉，但是從我們的做愛——猛烈，急迫，絕望——我知道這一天過得非常辛苦。

儘管早晨安安靜靜的，我的心裡卻很吵。我查看了手機上的時間，略微計算。剛過七點，也就是說伊森失蹤超過二十八小時了。對一個失蹤的孩子來說簡直就是一輩子。我會知道是因為昨晚我大半在搜尋數據，閱讀網路上每一篇恐怖的故事。有個六個月大的嬰兒從搖籃裡消失，一個推車裡的幼兒在主題公園裡不見，一名小二生放學走路回家途中消失。全都如石沉大海。每年失蹤的兒童高達八十萬，大多數的失蹤兒童都沒辦法在幾週、幾月、幾年內尋獲——除非是屍體。

我翻身轉向床頭几，按鍵收起窗帘，厚厚的布料能將白天變成最濃的黑夜；窗帘向上捲，露出了明亮的春天早晨。陽光潑灑進來，在牆上畫出一片金黃，愉快的色調實在不適合搜尋失蹤孩子的第二天。我掀開被子，下了床。

到浴室的路上，我瞥見後院有動靜。是山姆，手機緊貼著耳朵，沿著泳池踱步。沒有人——即使是喬許——會在週六早晨七點打電話給市長，除非是噩耗。

我溜到陽台上，山姆的聲音飄上來。

「你說過不會有問題的，你保證過，保證這個案子乾乾淨淨的。」

那就不是伊森的事了，是別的事情。

我舉步要進去，但是山姆的聲調反而讓我更靠近欄杆。

「唉，他當然是跟市府做生意，我一半的捐款人多多少少都是，因為他們就住在這裡。他們自己的生意在這裡。但那不是他們會捐款的理由。他們會捐款是因為他們想要讓自己的名字列在就職舞會的邀請帖上，而不是因為他們要回扣。就算他們想要，我也在簽署第一份文件之前就表明態度了。」

這句話只對了一半。事關市政，山姆或許沒有答應他的捐款人回扣，但是他把可能的捐款人帶進我們的社交圈，再要求我把他們迷得團團轉，在這件事情上他是毫不猶豫的。我讓他們談他們的家人，他們的嗜好，他們最愛的度假地點。我聽他們的笑話呵呵笑，假裝對他們的跑車、山中別墅、大型動物狩獵紀念品佩服不已。等到山姆要求他們把支票簿掏出來時，他們就會多寫幾個零。魚鉤，魚線，鉛墜一併吞下。合作無間。

結果我並不像我自己以為的那樣和我父親不同。

可是用金錢來交換利益？山姆太精明、太慎重。不會的。

不過，他似乎不是非常擔心鄰居，更別提那些在大柵門外紮營的記者。萬一有人翻過十呎高的籬笆呢？萬一他就躲在後院灌木叢後面，偷聽山姆的電話呢？也許我應該要叫山姆進屋來講。

「等等，等等，倒回去。誰在問問題？」答案無論是什麼，山姆都不喜歡。他霍地轉身，肩膀僵硬挺直，肩胛骨頂著白色棉襯衫。「幹。幹。幹。要是傳出去了，你知道會怎麼樣嗎？我們離選舉只差半年了，現在不是鬧醜聞的時候。」

他的話像閃電擊中了我，我的每一吋皮膚都佈滿雞皮疙瘩，儘管天氣暖和。我的心思倒回昨晚喬許說的話上，他不情願地透露了他們的辦公室有內鬼，而且市政府裡的事很可能和伊森失蹤有關。

山姆一轉身就朝門走。「給我兩小時跟喬許商量。瑪麗耶塔案是他辦的，他比我更了解細節。我會立刻打給你……」山姆進了屋子聲音也變小了。

瑪麗耶塔街，貝爾大樓的所在，而現在，顯然也是醜聞的出生地。

我匆忙進屋去著裝。

山米起床了，房門開著，無孔不入的電玩聲響斷斷續續傳進走廊。我在他的門口稍停，對著黑暗眨眼。厚重的窗簾放了下來，阻擋住自然光，把他的房間變成了洞穴。牆上的平板電視不時送出閃光。

「吔，」山米嘶聲說，我也在這時發現他在床上，雙手向上拋，慶祝勝利，控制器並不在手上。

我的視線飛向他的遊戲椅，瞥見了從椅子後面探出來的腳趾，指甲上還有龜裂的橘色指甲油。「媽，妳在做什麼？」

她的頭從椅子邊露出來，一臉笑容。「山米教我怎麼打獸族。」她回頭盯著電視，兩隻大拇指猛敲控制器。「再來呢，親愛的？」

山米一躍而起，跑到電視前，指著螢幕左側。「跟著東姆，他跟德耳塔隊在找獸族的來源。上樓梯，可是要小心，因為──小心！」他跳上跳下，而螢幕也迸裂出另一次壯觀的爆炸。

「怎麼回事？」媽說，「我該去哪裡？」

山米轉向她，眼鏡歪斜，咧嘴而笑。「妳死了。」

「什麼？唉，不公平。我都還沒過關呢。」

他搶走她手上的控制器，按了重玩，再把控制器還給她，同時連番下令：找到獸族，殺死牠們，別又被殺了。

「要不要吃早餐？」我建議，但這時媽又把一隻獸族打成了碎屑，祖孫兩人似乎都不急著丟下遊戲。

「等一下。」山米說，眼睛仍盯著螢幕。

「等一下。」媽也跟著說。

我就由著他們去跟怪物廝殺吧。

接下來一個小時左右我都在廚房裡，啜飲咖啡，瀏覽ajc.com頻道，搜尋伊森的消息，傾聽山姆在書房裡的動靜。不同的聲音穿過了木頭對開門——門緊閉著，為了隱私，而這是極少見的情況。聽聲音又是一場會議。

我在本地的NBC子公司網站停住，有名一臉嚴肅的女士站在一處入口，我認出那是柯羅斯比營。一支麥克風伸在她唇蜜過多的嘴唇底下。

「調查局正在請社會大眾提供一名亞特蘭大的小二男生的下落，他就在達洛尼加這裡的柯羅斯比營地的木屋失蹤了。警方形容他是個四呎高的白人男孩，約莫九十磅重，暗色頭髮，淡褐色眼睛，失蹤時身穿紅色格紋睡褲、黑色長袖T恤，衣服上有『別吵醒野獸』的字樣。有線索的人士請打螢幕下方的這支電話。」

記者說個不停，大意是有個守夜祈禱社團計畫今晚在達洛尼加的市中心為孩子祈禱，但我只半個耳朵在聽，我太忙著想凱特了。

我想像她在城的另一邊縮在電視機前，看著同一個記者列出她兒子的基本形貌，沮喪得哭泣。或是站在達洛尼加的森林邊緣，高聲大喊兒子的名字。我在想她是否整夜來回踱步，而時鐘滴答，她的理性也隨之消失，而我們其他人則睡得打呼，渾然不覺她的午夜魔魘。我在想伊森是不是在哪裡，害怕得不知所措，想念他的母親，抑或是他的屍體在誰也不知道的地方腐爛。想到這裡，我的心臟害怕得狂跳，充滿了憐憫。

一隻手按住我的肩膀，捏了捏，嚇了我好大一跳。「妳還好吧？」

是山姆，洗過澡修過臉，一身筆挺的卡其褲和扣領襯衫，是上班的打扮，即使今天是週六，而且不到八點。山姆總把日子過得像是隨時有人在看。我輕拍了他的手一下，他走開去，留下一陣鬍後水和衣服上漿的味道。

「我沒事，只是在想伊森。」

他繞過中島，從櫥櫃裡拿出一只杯子，滑到咖啡機下。「我注意到了。我至少跟妳說了一分鐘的話，妳連一個字也沒聽見吧？」他按鍵，咖啡機就動了起來，研磨咖啡豆，聲音很響。

我等著噪音停止。「喔，你說了什麼？」

「我問妳有沒有消息。」

「電視上沒有。」我拿起旁邊流理台上的手機，查看螢幕，即使我知道什麼也沒有。來電鈴聲調到最大，而且手機始終在我的左右。「綁匪也沒有。」

「天啊，真是一團亂。」山姆兩隻手肘都架在流理台上，晨光在他後面照耀。大家經常說他是「亞特蘭大金童」，儘管他的膚色屬於地中海人，這種說法也並沒有錯。即使是現在，快奔四十的人了，他的美仍讓我目眩。

但是他的說法恐怕是本世紀最輕描淡寫的一個。

「今天早晨的《亞特蘭大憲法報》的文章有兩千則留言，」我說，把高腳凳往後推，去冰箱拿優格。我給了他一罐，但是他搖頭拒絕。「那些陰謀論簡直讓人不敢相信。有人暗示伊森是被外星人綁走的，不然就是被人蛇集團給偷渡到墨西哥了。不過大多數的人覺得是騙局，是經心策劃來博取關注的。」

「關注什麼？」

「當然是讓你連任啊。他們認為是你為了拉高選票謀劃的綁架案，等孩子安全了，你就會獨攬大功。選民都喜歡英雄。」

山姆挺直了身體，從面前的抽屜找湯匙。「胡說八道。叫那些人去看看民調，我領先七個百分點。我還缺鎂光燈嗎？」

「四點五。」

他遞出湯匙，但我伸手去接，他卻不放手。

「民調，」我說，「差距降到四點五了。喬許昨晚過來時跟我說的。」

「又是一個荒謬的謠言。」山姆放開了湯匙，但是深蹙的眉頭卻沒有解開。他從口袋掏出手機，拇指飛快打字。「靠——」他喃喃說，而我知道喬許並沒說錯。

「他也跟我說了有內鬼，還有伊森的事可能跟內鬼有關。」

山姆抬起頭來。「怎麼個有關法？」

「我不知道。你昨晚沒跟喬許談這件事嗎？」

「我還沒見到喬許。他從他妹那邊趕回來的路上發過簡訊，可是我們一直沒見上面。你們還談了什麼？」

「主要是那通電話。他說貝爾大樓是瑪麗耶塔街的一處房產。」

山姆點頭確認。「而且就在正中間。除了夷平之外，沒有別的辦法。」

「綁匪說你敢他就會殺了伊森。」

「不，他說他會殺了山米。等他想通他抓錯了人，誰知道他會做出什麼事來。那是說，如果他還沒想通的話。」

我沉坐到高腳凳上，優格被拋到了腦後。「早上的那通電話跟這件事有關嗎？我聽到什麼醜聞。」

「妳聽到了啊。」山姆深吸一口氣，胸膛鼓起，再嘆氣，有咖啡和牙膏的味道。「說來話長，不過有個記者在四處打聽，詢問跟瑪麗耶塔開發案有關，相當具爆炸力的問題。沒有一個是真的，可是我需要控制住情況，以免一發不可收拾。今天我會很忙。那位刑警幾時會再來？」

就是我在營地見到的那名刑警，警長以指控的口吻對我連珠砲似地訊問時，他只是冷冷看著我。他問了我電話的事，一遍又一遍，好似重複就能夠雕鑿出一個全新的解釋，釐清那六分半鐘裡說的話是什麼意思。而也是他昨天深夜打給我，要求今天下午再來一輪訊問。

「兩點。你會在嗎？」

山姆的手機響了，他蹙眉看著螢幕。是簡訊。

「山姆，你聽到了嗎？我真的很想要你跟那位刑警談。我需要支持。」

他沒反應，大拇指在敲回信。

「山姆。」

他抬起眼，表情恍神，身體微顫，像是喝了三杯咖啡。「警察會找到這個傢伙的，寶貝。除非是把抓走伊森的人關進牢裡，他們是不會歇手的。」

我想要相信的，真的，可是這不是他的競選活動。山姆並不是在誓言要剷除犯罪，或是鋪好馬路的坑洞。我們都知道這個承諾可能不是他能做到的。

「好，可我說的不是這個。兩點你會在家嗎？」

「什麼？喔，會啊。」

我滿確定他根本就不知道回答的是什麼問題，我想再問一次，可他已經走開了。

午餐剛過我的手機就響了，我正忙著沖洗頭髮上的泡沫。我擦掉眼睛上的水，把頭探出玻璃門，盡量不要把水直接滴在螢幕上。我希望那個綁匪打來，我又不希望是他打來的。一看見是愛瑪，我鬆了好大一口氣，緊接著就覺得惱怒。她這會兒才打來，我用慌亂的訊息塞爆她的語音信箱已經是整整二十四小時前的事了。

我關掉了水，擦乾手，就在轉入語音信箱之前接了電話。「嗨，愛瑪。」

「喔，我的天，史黛芙，真高興我找到妳了。拜託告訴我妳有好消息。」

我走出淋浴間，用毛巾裹住身體，把手機夾在濕淋淋的肩膀和更濕的耳朵之間。「可惜沒有。我知道的不比妳多。伊森完全沒有消息。」

「耶穌啊，上帝啊。」她的聲音比平常高了整整八度。「我的天我的天我的天。我都快生病了，真的生病。從我轉過頭看到伊森不見了開始，我就一直在嘔吐。」

我認識的愛瑪是很穩妥的一個人，平靜得帶著禪味，再十萬火急的事發生也面不改色，比如說傑米・羅森的父親在早晨送孩子上學時動脈瘤破裂而倒地猝死。她把孩子們都控制住，在他的頭還沒撞上水泥地之前就撥了一一九。我從沒聽過她拉高嗓門，更別說哀泣和嘔吐了。

不過話說回來，伊森是在她的監護下失蹤的。她怎能不責怪自己呢？

「我聽到有個警察說是綁架。妳有聽說嗎？」

「沒有。」我走進臥室，溜到陽台上呼吸一點新鮮空氣。今天陽光燦爛，不會太濕，也不會太熱，是那種亞特蘭大市民會花在戶外、在露台上或是到公園的下午。而不是窩在家裡。我沉坐在屋簷下的沙發上，縮起腳，臉不紅氣不喘地說謊。「我什麼也沒聽說。」

愛瑪發出嗆到的聲音，我這才發覺她在哭。「我用聖經發誓，史黛芙。我只轉過去兩秒鐘。火勢很大，孩子們又在尖叫，我是想讓大家都安靜下來。妳也知道我對那些孩子怎麼樣的。」

我哼起了歌來，趕緊收斂，不發出聲音。我確實知道愛瑪是如何對孩子們的，但是我也知道這次的經驗會害她失去工作。無論是不是她的錯都無所謂。發生了這種事，董事會是不會留下她的。

「凱特打算怎麼辦？」愛瑪在說，「她沒有錢付贖金。她欠離婚律師的錢說不定比她一年賺的還多。我真不知道她是怎麼湊齊學費的，更別說贖金了。萬一綁匪要幾百萬呢？她根本沒有那麼多錢。」

「我不知道。」我往後靠著沙發，小心不讓聲調露出馬腳。警方警告過我除了他們或是山姆之外，不得向任何人提起那通電話。愛瑪是絕不可能從我口中知道這件案子並不是為了錢的。「而且她先生也絕對付不出來。其實，有一陣子，我很肯定是他搞的鬼。我甚至跟警長說安德魯是我的頭號嫌疑犯。我是說，除非是星期五，否則他不准到學校去接兒子，所以凱特一定也懷疑他做得出這麼可怕的事情來。萬一綁架的謠言是假的，是想要轉移警方的焦點呢？是有可能的啊。」

她又哭了，我在沙發上不自在地欠動。我不喜歡她透露安德魯接孩子的限制、他們撕破臉的離婚以及凱特的經濟情況。愛瑪跟我不是朋友，假如她跟我談起別的母親都這麼大嘴巴，那麼她還八卦了什麼？又是對誰？如果我之前還對她的謹慎有所懷疑，那我現在也得到答案了。

媽的話突然又鑽進了我的耳朵裡：山米知道的不只他跟妳說的那一些。要我捫心自問的話，這就是我會接這通電話的重大原因。「愛瑪，這次的戶外教學發生了什麼事嗎？我需要知道的事情？」

問題是，總是會有事情。伊森和山米沒辦法在一百碼之內而不互罵或是推擠或是打架。我建議過學校把兩個孩子分開，分配到不同的班級裡，各佔教學大樓的一端，他們卻認為我反應過度。「山米和伊森需要學習忍受彼此。」眼神親切、一頭椒鹽色頭髮的阿伯納席博士這麼跟我說。「把他們分開對他們兩個都沒有幫助。學習和我們不特別喜歡的人共存是一種求生技能，而即使我們把他們換到不同的班級，甚至是不同的大樓，他們也會在遊戲場、在午餐時間、在每一個全校的活動上遇到。最好是把他們放到一個我們能夠監控他們的行為，必要時加以糾正的環境中。」

結果就是沒有一天風平浪靜。

愛瑪嘆氣，既漫長又用力。「喔，史黛芙，這兩個孩子就像油和水，妳也是知道的，可是我跟兩個孩子各別談過了。我們一起坐下來，我們三個，把每件事都說清楚。我以為我控制住情況了，我很肯定我有。他們握手，跟彼此道歉，吵架結束，拋到腦後了。」

愛瑪雖然用意良好，她卻一點也不了解我兒子。要是她了解，她就會知道山米不會把吵架拋到腦後，除非是他吵贏了，而且她的懲罰方式也無法遏止，只會更刺激他的怒火。比方說吧，山米寧可換話題也不會承認他替伊森難過。他那天表現給愛瑪老師看的讓步只不過是做做樣子。

「可是？」

「可是在營地又吵架了。對這兩個來說是很稀鬆平常的事情，他們又推來推去，互相叫罵。有時候實在很難分清是誰在欺負誰。」

「他們為什麼吵架？」

「很顯然是為了他們在礦坑裡找到的石頭。山米指控伊森偷了他的，伊森當然否認，可是根本沒辦法證明誰對誰錯。我要他們把所有的石頭都拿出來，輪流挑選，全部平分。」她擤鼻子，手機窸窣響。「哎，對了，妳有了消息可以馬上就通知我嗎？」

我才不要。我不會打給她，尤其是在這通電話之後。愛瑪若是以為我會再跟她推心置腹，那她才真是有問題了。

「當然。」我說謊。

「謝謝。喔，史黛芙？」

「什麼事？」

「拜託不要跟別人說我跟妳說的安德魯的事。他的接孩子規定。我不應該說的，可是我實在是太難過了。我是說，我看著那個女人的臉說我會照顧好她的兒子，結果……她怪我，知道嗎？她認為全都是我的錯。」

愛瑪哭成了淚人，又嘰哩咕嚕了一些話，我閉緊嘴巴。我知道她在等，等我說些什麼安慰她，但是我無話可說。或許她並沒有做錯，或許根本就不能怪她，可是換作我是凱特，那個被擄走的人換作是我兒子，我絕對也會找個人來責備。

而無論這件事是不是她的錯，她顯然都是最好的替罪羊。

「拜，愛瑪。」我說，掛上了電話。

凱特

失蹤三十二小時又四分

登伍迪馬廄是一處寧靜的飛地，房屋都是百萬豪宅，以一條潺湲小溪與繁忙的維農山路相隔，外圍有茂密的常青樹和一道沉重的鐵柵門，但是柵門只是聊備一格，因為隨時都會打開，任由訪客、快遞進出，每週末還有大批工人過來清理每戶人家的泳池、修剪樹籬。我現在就停在柵門前，按下手上的舊遙控器，屏住呼吸兩秒，柵門就吱嘎作響，慢慢滑開來。

「我們進來了。」我把遙控器還給盧卡斯，他接過來就拋到儀表板上。

「幸好白面小生沒把頻率換掉。」

「他也從來不換鎖。他再怎麼樣也想不到我會敢來這裡。」

我也一樣。盧卡斯也一樣。不過，在我告訴他我的打算時，他並沒有跟我爭。他沒提起禁制令，也沒說我可能會被捕。他沒叫我交給警察處理，或是怪我失心瘋了。他只是伸手去拿鞋子，說他是不可能讓我一個人去的。

老麥跟他的人已經搜索過屋子了，我兒子不在裡面。警長在營地說的話是對的：伊森失蹤時安德魯不在達洛尼加附近。他隔著一片大洋，正在聖馬丁的白沙灘上做日光浴。可我還是來了。

不管老麥說的話，不管證據全都指向別處，我好像就是沒辦法放下我對安德魯絕對涉及這件事的懷疑。

我們行經我以前的鄰居，他們的豪宅有如石雕矗立在半畝大的土地上，庭院純淨光鮮，沒有被小腳踐踏過。人行道上沒有丟下的腳踏車或踏板車，樹下也沒塞著球門和被遺忘的足球。屋主協會規定每樣玩具和運動設備都要收藏到車庫或是後院裡。

「怎麼都沒人？」盧卡斯說，指著面前空蕩的街道。

「足球場、超市，在屋子裡看卡通或是打電玩。這裡的人不是敦親睦鄰那一型的。」

「哼，那還有什麼好玩的。」盧卡斯嘟囔著說。

在盧卡斯的世界裡，這裡的生活確實是一點趣味也沒有。週末去他家，鄰居和朋友川流不息，過來看比賽或是打屁聊天，因為他們知道他的食物櫃裡總是裝滿了點心，冰箱裡也塞滿了啤酒。要是他在馬路上看到朋友，他會搖下車窗，停下來打招呼。

但這裡是登伍迪，這裡的人偏愛後院的陽台而不是前廊上加了厚墊的長椅。鄰居的交流只限於坐在有空調的汽車裡，兩車相會時駕駛互相揮個手。

我在路邊停車，瞪著一幢磚石巨獸。屋頂板變成了深灰色，大門兩旁的灌木該修剪了。半年前我一直叨唸的閣樓窗板仍然是左邊歪斜。我俯身貼近擋風玻璃，歪著頭想看到屋頂。房子跟以前一模一樣，但我卻像是第一次看到。

「那些窗口花壇每一個都值七百五十元，」我說，「還不包括花草，安德魯每年都換四次，花才會永遠是盛開的。從這裡看不到，不過有條水管連接灌溉系統，不必勞煩他澆水。」

盧卡斯冷哼。「我從沒聽過這麼離譜的事。」

可不是嘛。

「看這個地方，每個地方都離譜。植栽過多的院子，那麼多的河石。可是盧卡斯，我發誓，我第一次走過那扇門的時候，真的感覺像中了樂透。我是說，有多少人能從領食物券一步登天到郊區的豪宅？我覺得好幸運，好有福氣喔。」

「妳又沒領過食物券。」

我譏誚地笑了一聲。「對，可是有幾次就快了，而且我也不會拒絕免費的日常用品。不過我的意思應該是，要不是我那麼窮，我就能看穿安德魯的囂張氣焰嗎？因為這棟房子，他的跑車和名牌手錶，不經心地提到他的天文數字生意。我現在看得出那些都只是在作戲——我卻像個害相思病的笨蛋一樣全信了。」

「很多人都會被安德魯的把戲騙到。騙子就是幹這行的啊，他們騙人。」

「可我為什麼特別容易受騙？我很不願意承認是因為他能給我的一切東西，可或許就是這個原因。你就一眼看穿了他。我為什麼不能？」

盧卡斯在座位上轉身面向我，眼神直接，毫不遲疑。咄咄逼人。陸戰隊面對艱難險阻是不會繞道而行的。

「我小時候住在妳母親對面，學會了一件事，就是別人進入我們的生命是有理由的。在我孤單寂寞，需要朋友和良師的時候，妳們搬了過來，而妮可蕾填補了我的真空，而後來她尋找一個人在她走後照顧妳，我也為她填補了那段真空。照我看來，安德魯進入妳的人生是有理由的，而我給妳的建議是不要再自責了，因為妳是有福氣的，妳是贏了樂透。」他頓了頓，靠過來。「大獎就是伊森。」

我的眼淚幾乎是即時的，因為盧卡斯說的對。伊森是大獎。不，他是千金不換的——我母親沒有機會認識的。我的心裡浮升出一股熟悉的哀傷。畢業典禮、我的婚禮、我的獨生子出生，這些時刻你都會渴望有母親在場，但在我的生命中從來沒有比現在更需要她。

「媽在的話一定會把伊森寵上天。」

「現在式，Kitty貓，用現在式。」盧卡斯伸過手來捏了捏我的手。「無論妳媽媽現在在哪裡，她都會把那個孩子寵得無法無天。」

我按了門鈴，一首複雜的旋律在屋內響起。「我承認，這樣有點詭異。」

盧卡斯在我身邊蓄勢以待，像軍人準備要戰鬥。「怎樣，教堂鐘聲大合奏嗎？」

「不是，是在從前是我的家門外按門鈴。」

屋子裡，旋律停止，歸於寂靜。

沒有人聲，沒有足聲，什麼也沒有。

盧卡斯上半身越過欄杆，臉貼著側窗。「看來老麥說對了，沒有人在家。」

「門廳鏡兩邊的壁燈亮著嗎？」

這樣才不用摸黑輸入警報器密碼，安德魯老是這麼說，一面在我們出門時打開壁燈。我覺得那樣子非常浪費能源和金錢。我們有六十秒可以輸入密碼，我都這樣回他。我覺得先花一秒鐘來開燈也來得及。

「對。」盧卡斯說，兩腳堅定地踩在門廊上。「開著。」

「那就是沒人在家。」

只是預防萬一，他舉起拳頭，用力捶門，連彩色玻璃都震得嘎嘎響。

街上不知哪家的狗叫了，但是屋子裡卻仍是一片寂靜。

「再來呢？」他說。

我轉身朝側院走。「再來我們看看裡面。」

「我們要找什麼？」

「不知道。可能什麼也沒有。」

但話說回來，可能什麼都找。

我領頭穿過玉龍草地，步上踏腳石，繞到房屋右側。松針就像一面寒酸的野生地毯，搔著我的腳踝，我真希望穿的是靴子，跟盧卡斯一樣，而不是運動鞋。他跟在我後面，厚鞋底踩得泥土和石頭啪啪響。

我們在書房窗前打住。

「怎麼了？」盧卡斯說，聲音低沉謹慎，讓人心裡毛毛的。

「空的。」我雙手圍在臉的兩邊，瞇眼望著玻璃後。「雕花寫字檯，皮革高背椅，地板上的流蘇波斯地毯——他愛死了那張臭地毯。他是要搬家嗎？」

「沒有紙箱。看。」盧卡斯一根手指輕敲窗櫺。「他的書都還在。」

盧卡斯說的對。書架上滿滿的。

「說不定他是要重新裝潢。」他說。

「可是——」

有個尖銳的青少年聲音嚇得我的心臟都快停了。「嘿，梅道斯太太。」

我猛一轉身——是個光腳的少年，衣服像是剛穿著睡覺，抓著一份有灰塵的報紙，一定是剛從街上拿的。鄰居的孩子。他長高了半呎，還冒出了毛茸茸的鬍子。他知道我已經不住在這裡了嗎？他知道虐待、離婚、禁制令嗎？

我腦筋一轉，想起了他的名字。「嗨，布蘭登，」我說，然後就停住了，不知道下一句該說什麼。想來想去只想出了一句：「你記得我的朋友盧卡斯嗎？」

布蘭登給了盧卡斯一個斜眼。他的體格、他的肌肉、他的軍人氣質……孩子——特別是男孩子——不是覺得盧卡斯令人敬畏，就是令人害怕，而顯然布蘭登是第二類。他退後了一步。「戶外教學好玩嗎？」

「我……」我搖頭。「你說什麼？」

「伊森啊。他不是要去礦坑嗎？他好興奮。他跟梅道斯先生一整個週末都在搭帳篷，他們搞懂怎麼搭了嗎？看起來滿複雜的。」

我啞口無言。對安德魯來說，住一家沒有客房服務的飯店已算是「餐風露宿」。現在他卻有帳篷？幾時有的？

但更重要的是，為什麼？

我轉向盧卡斯，他的眼睛變成一種暴風雨來襲的深灰色，而且對著我瞇成一條線，我知道他也跟我想到了同一件事：露營。

「伊森有跟妳說什麼嗎？」盧卡斯問。

我搖頭，滿腦子都是問題，以及懷疑。伊森為什麼不告訴我他跟他父親要去露營。安德魯為什麼沒說？

我還沒能思考，還沒能說出話來，盧卡斯已經拉著我往停車的地方去了。

史黛芙

失蹤三十五小時三十分

兩點之前幾分鐘，我打開前門讓麥金塔刑警進來。我上次見到他，他全身濕透，沾滿了泥巴，現在他已經清洗過了。他站在我家門階上，襯衫稍微上過漿，暗色長褲，黑色繫帶皮鞋。我不太知道該怎麼說他，只知道他不是粉絲。不是我的，不是我先生的，從官方的立場來說，他是他的上司。我敢說他投的是另一個傢伙。

他低低下巴權充招呼。「杭廷頓太太，抱歉週末還來打擾妳。我知道這是妳最不想在週六下午做的事情。」

山姆從我後面伸出手來跟他握手。「哪兒的話，刑警。只要我們能幫得上忙。」

他另一隻手掛在我肩上。他整個早晨都躲在書房裡，不是在講電話就是在敲鍵盤，而他肯放下筆電和手機來陪我，讓我鬆了好大一口氣。我靠進他懷裡。

刑警的目光掃過周遭環境，一面向我們報告最新進展——沒有線索，沒有伊森的蹤影。這個消息有如灌了鉛的氣球在空中懸浮。三十五個小時了。警方在北喬治亞森林裡搜查，排查我的手機紀錄，尋找線索，已經花了這麼長的時間。我想到了凱特，差點無法呼吸。

山姆示意我們往裡間走，穿過下沉的客廳到用餐區，我擺放了水晶杯和一盤玻璃瓶裝水。我們的左邊是一排落地窗，面對著露台和庭院，泳池在春天的陽光下波光粼粼。刑警卻連瞧都沒瞧上一眼，我們的屁股都還沒碰到厚厚的皮椅，他就提出了第一個問題。「不介意的話，我想先從那通電話開始。」

我伸手拿那瓶聖沛黎洛礦泉水，扭開瓶蓋，嘶的一聲。「好的。你想知道什麼？」

山姆就沒有這麼合作了。他十指交纏，置於桌面，鋼錶從衣袖底下露出來。「真的有必要嗎？史黛芙妮已經說過幾百次了，她已經把記得的事全都告訴你們了。」

「我知道，市長，但是現在是事關一個失蹤男童的安危。」他一隻手肘架在桌上，低頭看著筆記，逐項查看重點。「妳說對方問妳是否是史黛芙．杭廷頓，妳確認後，他說山米在他手上。妳尖叫哀求。他說山姆不准動貝爾大樓。他讓伊森來講電話，他說媽咪救命。我有沒有漏掉什麼？」

我搖頭，即使我感覺天旋地轉。我不覺得他漏掉了什麼，可是他說得實在是太快了，我沒法肯定。

「我只是想要弄清楚為什麼這些話會花上六分鐘四十三秒，而我卻在十秒鐘內就說完了？」刑警的一雙利眼盯住了我，彷彿我是一隻野鼠。

「我……」我吞嚥一口，瞧了瞧山姆。我就是因為這個緣故才怕極了這次的會面，就是這個緣故我的皮膚才一整天都像有螞蟻在爬，我的胃才會打了好幾個結。問題是，我記不得那六分鐘之內說過的每一句話。我答應給他錢，答應他可以利用山姆的權勢，答應會守口如瓶，或是威脅他會讓他的如意算盤全部落空。我喋喋不休，想猜出他要的是什麼，只要能讓山米安全，我什麼都願意交換。

可是六分鐘是很長的時間，太長了。邏輯上，我知道。

我望著對面的刑警。「我已經在營區跟你們說過了，那時還很早，那通電話完全出乎預料。他的話完全沒有道理，我的思緒也不清楚。我愣了一會兒才聽懂他在說什麼。」

他在筆記本上草草記錄，我想從反向看清他寫了些什麼，卻只看得懂六分鐘三個字。想像著他在警局中跟所有的同事圍著會議桌而坐，白板上列出了所有與我的說法扞格之處，我的掌心就變得黏膩。我把手放到大腿上，在牛仔褲上擦拭。

「我以為是有人在開玩笑，某種病態瘋狂的惡作劇。等我終於明白不是，等我終於了解那人的意思，我太忙著猜想誰會做那種事，所以沒怎麼留意時間。」

「史黛芙，」山姆說，一隻手在桌下覆住了我的手。「沒關係。」

「不，有關係。」我知道我的反駁讓我顯得有點內疚，可我也無可奈何。自從接了那通電話，我的心上就像壓著一堆磚頭。那份責任，那種恐怖，對面的刑警的明顯懷疑……我連一秒鐘都受不了了。「我完全慌了手腳。我不知道我說了什麼，我只知道那種情況一點道理也沒有。你倒試試接到電話說你兒子被綁架了，看你會怎麼做。」

刑警不回答，但表情卻變冷硬，我不禁懷疑是否說錯了話。或許他還沒當父親，也或許他很想要當。桌子中央的瓶裝水誰都沒碰。

「而妳很肯定他沒有再打來。」他並不是在發問。

「對，」我說，同時山姆也開口說：「你的部門在監聽史黛芙的手機，所以我很確定你知道他沒有。」我不確定他這麼說是在幫我背書，還是因為他對刑警失去了耐性，或是因為他得回頭去辦讓他關在書房裡的事情。抑或是三者皆是。

麥金塔刑警看著山姆。「我以為他或許會打家用電話，或是你的手機。」

「他沒有。」

「很可能是另一通不明來電。」

「沒有電話了，警官，不然我們會告訴你們的。」山姆的笑容夠友善，但是他的意思很清楚：下一個問題。

刑警回頭盯著我。「妳覺得他為什麼打給妳，而不是山姆？」

又是一個我思量了幾小時的問題，而且我也有了一個現成的答案。「可能是他知道山姆在開會。可能是他知道只有打我的手機他才能夠找到我們兩個其中一個。」

「我還以為身為市長夫人，妳的手機是一般人查不到的。」

我點頭。「我雖然不會四處給別人號碼，但我也沒有那麼保密。我會給商店，給山米的老師，給朋友。學校的通訊錄上也有。有人想查出來也並不是多困難的事。」

刑警的下一個問題是針對山姆的。「我們來談談貝爾大樓。誰會不想要那棟建築拆除？」

「這一點我們已經談過了，警官，很多次。你可以在我的宣誓聲明裡看到，它仍屹立著。」

我想我不應該對山姆的回答感到意外，但我還是意外。山姆昨天大多在市政府裡，除了發簡訊以及匆匆的幾通電話之外，他跟我並沒說什麼話。但警方當然已經詢問過他了。可宣誓聲明？

「只不過綁匪接觸之後就徹底沉默，連個最後時限都沒留下，這是非常不尋常的情況。」他其實是提了個問題，但既然他沒明說，山姆也就不回答。

我的視線在兩個男人之間穿梭。現在是什麼情況？為什麼會互相反彈，敵意幾乎掩藏不住？他們之間有一種無言的緊繃，我一點也不懂。

「其實才一天。」山姆提醒他，而我驀地驚覺他說得對。那通電話是昨天很早時打的，感覺卻像是過了一百萬年。

「不錯，可是伊森失蹤卻不止一天。事實上，在他的老師報告他失蹤時，我們已經損失了最珍貴的第一個小時了。綁匪已經有許多時間拉著他穿過樹林，把他推進汽車後座，揚長而去，我們卻還不曉得他不見了。而他失蹤得越久，能找到他的機率就越小。」

我知道他想說什麼，他是說很可能伊森已經死了。

「坦白說，」刑警說，「我們越來越擔心是有什麼事把綁匪嚇退了。」

山姆差點翻白眼。「院子裡有兩名帶槍人員在巡邏，柵門外的車道兩邊還有不知道多少記者看著。如果做這件事的人曉得用無法追蹤的手機，那他們也會知道要監視屋子。監視我們。」山姆一根指頭晃來晃去。「他當然會被嚇退。」

他的話害我的背從上涼到下，因為恐怕他沒說錯。我想到了可憐的伊森，胃就像被人狠狠揪住。

「我們只是不想漏掉每一種可能，市長。」

「你們開始調查我的辦公室提供的名單了嗎？」山姆說，帶動話題。這是他一個總讓我很欣賞的特點，總是能向前看，在我們這些人仍因為消息而恍惚時，他已經能想到下一步了。

刑警給他的表情我無法判讀。「我們正在交叉比對達洛尼加和穆瑞維爾附近的房地產業主，但到目前為止，什麼也沒有。」

「為什麼查穆瑞維爾？」

「我們接到線報，有個身分不明的男子帶著一個孩子在那裡加油。可能機會渺茫，但不幸的是只有這一條線索。那一區的監視器不多，但我們希望能有突破。」

又一個我讀過的統計數字：每年失蹤的八十萬兒童中，只有一百一十五人是被陌生人綁走的。山姆列給警方的嫌犯名單長得嚇人，從市府員工到家務雜工到鄰居到朋友的朋友，一個也不缺。這麼多的人總會有一個可以讓警方查到伊森的下落吧。

「市長，你許可的話，我們想要監聽你們的電話。」

「哪一支？」

「家裡的和手機都要。」

山姆微笑，那種笑容是那麼的真摯，除了我以外，沒有人知道那是他的政客笑臉，專門用在跟選民握手和親吻嬰兒上的。「我很願意幫忙，警官，但是恐怕礙難從命。這些電話是處理市政公務的。」

刑警絲毫沒有被斥責的樣子。「我相信用不著我來提醒你有個兒童失蹤了。」

「不需要你費心，警官，不過也用不著我來提醒你還有一百八十天就是選舉了。我不會讓我在自己家裡說的每一句話，跟我自己的太太說的，都有人監聽，分析，斷章取義。萬一讓媒體知道了，他們會怎麼大作文章，扭曲我的話，張冠李戴。抱歉，警官，如果你想監聽我們的電話，你得聲請法庭命令。」

「我應該能夠弄到手。」

但是山姆從來就不喜歡接受最後通牒。他向後靠著椅背，一副泰然自若的模樣，其實是騙人的，嘴唇彎出另一抹笑。「等你聲請到了，我們再來談。」

麥金塔刑警從鼻孔裡重重哼了一聲，把鋼筆插進口袋裡，合上了筆記本，等他抬起頭來，他的笑容居然和山姆的一模一樣，真讓人想不透。

而這次的會晤也就到此為止了。我們三個都站了起來，山姆送刑警出去，我則收拾瓶子杯子，全部放到托盤上，準備拿到廚房去，但是刑警突然止步。

「還有一件事。」他停住，等著我抬頭迎視他的目光，而他的語調讓我緊張起來。「妳覺得他為什麼會叫妳史黛芙？」

我挺直腰。「你說什麼？」

「打電話的人。他問妳是不是史黛芙．杭廷頓，而不是史黛芙妮。」麥金塔刑警挺高了多肉的肩膀，再放鬆下來。「我只是好奇有誰叫妳史黛芙。」

他沒有等我回答。這只是個修辭上的提問，大家都知道答案：某個認識我們的人。

山姆站在玄關窗前，看著車道上的刑警。玻璃窗外，刑警向保全揮手道別，坐進了一輛無標誌的汽車。

山姆嘆氣，從窗前轉過來。「那位刑警的態度可真差。」

「所以呢？」換作是我整天在追查強暴犯和綁匪和殺人犯，我也會態度差。

「所以我不喜歡他。我不喜歡他老是咬著那通電話不放，讓人感覺好像是妳做錯了似的。」

或是你，我心裡想。「他似乎是認為你對貝爾大樓知道的比你說的多。」

「我知道的都已經告訴他了。我把計畫、招股說明書、社區說明會的轉錄摘要都給了他。那棟大樓醜死了，對環境也有害，全部都是黴菌和石棉，沒有人想要重新裝修，特別是鄰居。」

「那會是誰想要保留它？」

他聳肩。「我們的拆除計畫唯一的阻礙是幾個瘋子，他們就愛興風作浪。我把他們的名字都給了麥金塔刑警，但是我也建議了他從我的角度來看。保留貝爾大樓會把瑪麗耶塔開發案搞得天翻地覆，預算會被毀，投資人會抽銀根。所以或許並不是什麼想保護大樓的激進分子，而是某個人意在報復。萬一瑪麗耶塔失敗了，我也完了。我的任期也是，至少是別想連任了。不管怎樣，在這個傢伙落網之前，我們都不能讓山米離開家門一步。他仍然有危險，妳也一樣。」

我抬頭看著空洞的樓梯，震天響的電玩聲仍持續往下飄。山姆的話讓我的心臟跳得很沉重，既是因為他的警告，也因為害怕山米會聽見。這棟屋子是一座鋼筋、玻璃、水泥堡壘，不過，我不想要他擔心自己的安危。

「學校今晚要開會，」我說，「山米班上的學生家長會。你要去嗎？」

「不一定。」山姆看錶。「喬許說他半個小時會到，然後我有幾通電話得打。妳覺得妳能自己處理嗎？」

我嘆氣。在亞特蘭大這樣的大都市裡，每天都會有危機，我們又怎能例外呢？「我哪次不能。」

山姆在我的唇上印下漫不經心的一吻就轉向書房了，而我則朝樓上走。走廊上，兩邊臥室都傳來噪音，是媽的房間裡的吹風機跟山米的自動火砲相抗衡。我停在他打開的房門前，看著裡面，一片陰暗，窗簾遮擋著下午的陽光，唯一的光線來自大平面電視，閃動著從夜視鏡看出去的戰爭場景，給房間投下了詭奇的綠光。

山米賴在凌亂床鋪前的電玩椅上，四周丟滿了玩具和髒衣服。光腳邊有一袋吃了一半的爆米花，都灑在地板上了，再旁邊是一堆空的開特力瓶子。女僕幾天前才吸過地，地毯乾乾淨淨的，現在卻像是壓根就沒打掃過。

「嘿，甜心。」

山米嚇了一跳，電玩半途停住，室內陷入安靜。他從椅子邊探出頭，懷疑地看著我，自從昨天我渾身泥巴、半精神錯亂地出現在達洛尼加，他就老是這樣看我。

「幹嘛？」他說。

「關掉一分鐘好嗎？我有話跟你說。」

「可是我快過關了。」

「那就先存檔，你可以等一下再過關。」

「不是這樣玩的啦。要是我沒有殺光全部的初生獸，那我就又要重新開始了。」

我瞪了他一眼。「要嘛就你自己關，要嘛就我來關。」

山米嘆口氣，回頭看著電視，在控制器上按了幾個鍵，然後隨手拋到一堆衣服上，再雙臂抱胸，等待著。

我打開了床頭的檯燈，拉直棉被，坐在他的床腳。「甜心，過來這裡。」他不動，我拍了拍床墊。

他接近床鋪，活像是在走海盜船的跳板，眼被蒙住，手腕和腳踝被綁住，隨時都會被丟進洶湧的大海裡。山米小時候，我沒辦法不抱他，可現在再也沒有自動自發的親吻，在沙發上不請自來的擁抱了。這是怎麼發生的？從幾時開始，坐在我身邊是我得強迫我兒子做的事情？

他一屁股坐在床墊上，謹慎地保持六吋遠，而這種全新的、討厭的缺乏感情打碎了我的心。

我告訴自己這只是一個階段，遲早他會再爬上我的膝蓋，但是目前為止，所有跡象都是朝反方向發展。

「你何不下樓來一會兒？我弄點好吃的東西，我們可以看電影。」

「我不是很餓。」

「什麼？你老是肚子餓。」我一隻手心按著他的額頭。「嗯，沒發燒。那頭痛呢？我看看你的舌頭。我敢說一定有斑點。」

「媽，啊——」他說，但是他忍住一抹笑。

「真的，寶貝。你不能在樓上一整天打電玩。你的屁股會跟凳子黏在一塊，然後呢？我們就得叫你『山米電玩椅』了。」

「是妳一直說妳希望我出生就有聲量鈕的。」

「哈哈，非常好笑，搗蛋鬼。」

說真的，我就愛他這一點——不知羞恥的幽默感，他有辦法能讓我在不想笑的時候哈哈大笑。我想要更多，更多這種時光。

可更要緊的是，我想要答案。媽說的對，山米有事情瞞著我，是他覺得有愧於心的事，而我想我知道是什麼。

「山米，你怎麼會睡在伊森的睡袋裡，而不是你自己的？」

他猛地轉過頭來，抬高下巴，一副保衛自己的模樣。「我不想換，都是潔西卡．詹姆斯啦，都是她開始的啦。」他的聲音在這麼安靜的房間裡實在不必那麼尖銳。

「開始什麼？」

「潔西卡拿了娜歐蜜的睡袋，然後娜歐蜜拿了克蘿伊的，克蘿伊又拿了懷樂莉的，結果我的就放不下了，可是我本來佔了全木屋最好的位置說。伊森比較矮，所以潔西卡就叫我們交換睡袋。」

「那伊森喜歡這種安排嗎？」

山米聳聳肩。「伊森是愛哭鬼。」

看來，我們繞來繞去又繞回原點了。

「愛瑪老師說你們兩個吵架了，是為了什麼事？」

「他說我偷了他的石頭，可是我沒有。是他偷了我的。愛瑪老師叫我們把石頭都放在一堆，輪流挑選，可是那樣不公平。他拿走了我最漂亮的。」

「所以拿走他的睡袋有點在報復？」

「才不是。」他的回答太快太激烈。「我說過了，都是潔西卡啦，不是我。」

「不過，你也沒反對。」

他躺到床上，兩臂橫抱著肚子，我知道這個姿勢，這表示他不想再說了。

我嘆口氣，把他推下床。「該洗澡了，大小子。」

山米抗議，但我還是把他趕進了浴室裡。我打開水，站在一邊監督，他只好脫掉衣服，走進熱水下。等他的頭髮搓出了泡沫我才又回到他的臥室。

照我看，這地方有幾天沒見過陽光了。

我推開了窗帘，厚重的條紋海軍藍天鵝絨遮擋住了所有光線，只有極細的幾束光能照進來。明亮的下午陽光從玻璃後湧入，在雜亂的地毯上塗上一條條的黃顏色。凌亂的床鋪，半空的水瓶和滿地的包裝紙。髒衣服一堆一堆的——兩天來山米都穿著同一件T恤和短褲，居然還能有這麼多髒衣服，真讓人無言。我把洗衣籃從他的衣櫃裡抓出來，動手收拾。

我正從窗帘後把內衣挖出來，電視忽然響了。我挺直腰，看到螢幕角落有個信封亮起，代表有訊息的通用符號。

我皺眉，把洗衣籃放在床上。

我不是那種跟時代脫節的母親。我看報，看深夜新聞，我知道有怪胎躲在他們母親的地下室裡，躲在電腦螢幕之後，誘惑年輕的孩子進聊天室或是更壞的場合。我既不天真無邪也不安於現狀，而且我也絕對不是個沒藥救的樂天派。我在幫山米登入Xbox網站時，把每一個家長控制的項目都提升到最高安全等級。山米打的電玩沒有髒話，儘管他會殲滅一兩隻獸族，卻不會有人類濺血。我限制他和其他人的交流，只讓他和三個同學來往：班、廉恩和諾亞。其他的一概拒絕。

那麼這個GamerJoeATL是誰？

我撿起地板上的控制器，摸索按鍵，努力記起如何操作螢幕。試了幾次之後，訊息嗶的一聲打開來了。

墳墓裡快。

至少不是什麼詭異的歹徒傳送他自拍的私處，我這麼想，但怒火立刻就竄高了。我聰明又鬼祟的兒子想出了一個辦法破解了我的防火牆。那個小王八蛋劫走了我的密碼。我捲動螢幕看朋友的姓名，總共二十四個，大多是像喬這樣的一般玩家，只有三個眼生。等我看到最後一個，我已經火冒三丈。

我把控制器放到五斗櫃上，從牆上拿下了主控台，大步走進我自己的衣物間，塞到最高的架子上。就算山米拖來一張椅子，就算他從車庫裡把梯子弄到樓上來，他也爬不上這麼高。不過話說回來，我已經低估他一次了。我把那玩意埋在一堆毛衣下，一路推到架子的最裡面。我退後打量我的成果，覺得滿意了。除了我之外，不會有人知道在這裡。

我回到山米的房間，他仍在洗澡，起霧的玻璃門後黑乎乎的一團。我靠著洗手台，雙臂抱胸。「山米，你的Xbox為什麼會收到訊息？」

山米的形體在玻璃後愣住。「有嗎？」

「有。而且我很確定你早就知道了。我現在是想要了解原因。我沒有認可過這個叫GamerJoeATL的人，其實，你好友名單上的另外二十多個名字我也都沒有認可過。你要跟我解釋他們是怎麼加入你的好友名單的嗎？」

他用手掌抹亮一塊玻璃，用有罪的大眼睛朝我眨眼。「他說了什麼？」

「什麼墳墓和趕快的。」山米一下子就關掉熱水，打開了門，拽下欄杆上的毛巾。「你給我聽好。你跟我說好了，你只能跟我認可的朋友玩，記得嗎？」

他把毛巾披在肩上，超人似的，再滑行過地磚。

「山繆．約瑟夫．杭廷頓，你立刻給我過來。」我大聲喊，但他已經繞過轉角了。

我不會太激動。我已經施了魔法，讓牆上只剩下幾條電線。我整理好毛巾，跟在後面，步入他的房間，正好聽見他的聲音劃破了空氣。

「媽！」他轉向我，敵意熾烈。「東西呢？我的Xbox呢？」

「我收起來了。」

「妳怎麼能收走，那是我的。」山米的拳頭、整個身體都繃得死緊，臉漲成了豬肝色，胸膛上下起伏，像剛跑完馬拉松。他的眼睛，現在並沒有眼鏡遮掩，閃著淚光。

我沉坐在他的床腳。「你知道我不要你跟我不認可的網上的人來往，可你還是做了，所以我就把它收走了。沒有期限。」

「媽，不行。拜託，我需要它。」

我非常忍耐才沒有翻白眼。「沒有人需要Xbox，山米。說真的，要是我知道電玩會引生出這類行為，我絕對不會買給你。」

山米又抗議一遍，哭聲更響亮更尖銳。

「對不起，甜心，可這是你偷偷摸摸的懲罰，因為你背著你父親跟我做的事。網路安全非常重要。」

山米的眼淚恣意往下流，順著臉頰往下滴，像打開了水龍頭，而且他完全不去擦。這麼多年來，伊森最大的罪就是他是個愛哭鬼，可現在山米自己倒變成他了。

「那很重要。」他哀號道。

「不管做什麼事情都是會有後果的，山米，而你的行為很可能會害你有危險。你很可能會害全家人有危險。」我頓住，因為心頭掠過一個新的問題。萬一這些玩家代號並不是某個孩子的呢？萬一是個歹徒，而他聽到山米和同學說要去達洛尼加？不認識伊森和山米的人很容易就會把他們兩個搞錯。「你有沒有跟網上的朋友說你們班上要去礦坑？」

「沒有。」他用胳臂擦嘴，但是說話時卻不太敢看著我的眼睛。

我在他的床腳轉身，讓我們兩個面對面。「你確定嗎？仔細想一想。你有沒有跟玩這個遊戲的人說過你和全班要去達洛尼加？」

「他們都是同學，他們都知道。而且有一半的人也去了。」希望在他的聲音中浮現，彷彿說出這種答案就可能會讓我改變心意，可能讓他將功折罪。「媽。拜託。」

我不讓步，山米就撒潑了。他頭一仰，雙手抱住肚子，嚎啕大哭。嘴巴發出傷心的哀叫，刺痛了我的心。這不是孩子在哭，這是我從沒聽見過的，是悲號，是能刺穿靈魂的哭喪。

「你是怎麼回事？」

山米從來不哭，我也不懂現在這些眼淚是打哪兒來的。不可能只是因為什麼白痴電玩。

「伊森發生的事不是你的錯。你知道的，對吧？」他沒回答，我伸手揉他的頭髮，扳過他的頭看著我。他用我先生的眼睛看著我，濃濃的睫毛，懇求著。「那個壞人對伊森做的事跟你沒有關係，不是你的錯。」

我的話只讓他哭得更厲害。

「喔，甜心，來。」

我把他拉過來，他雖沒抵抗，但也沒順從。他只是站在我的雙腿間，哭得那顆小心臟都快哭出來了。為了這場荒唐的使性子而在我的胸膛中燃起的熊熊怒火已經煙消雲散了，我的心臟像是有一把刀插住，還左右扭轉。我用毛巾把他仍濕漉漉的身體包住，緊緊摟著他，再輕輕搖晃他，直到他的哭號變成了打嗝。

媽說的對。山米有事情沒告訴我們。

可是木屋裡還有十六個孩子，十六對父母。一定會有人知道什麼。

凱特

失蹤四十一小時

「他奶奶的，」盧卡斯低聲嘟囔。他一眼望進厚厚的地毯，橡木鑲板牆，門廳上方懸吊的枝型大吊燈，是從某座法國老城堡偷來的。「這地方可真高級。」

我第一次步上康橋經典學院石柱成列的台階時，心裡也有同樣的想法。安德魯打定主意要讓兒子進這所學校，因為校方標榜在亞特蘭大他們有最高百分比的學生從常春藤聯盟大學畢業。我們馬路另一邊的公立學校突然就不夠好了。安德魯想要付一年兩萬多的學費，讓兒子能走在神聖的走廊上，跟那些執行長和銀行家、社交名人和信託基金寶貝的孩子並肩而行。我很不願意讓伊森跟那些百分之一的權貴孩子在一起，他已經跟別的孩子非常不同了。那他以後要怎麼融入社會？

「你的網絡就是你的淨值，」安德魯在我表明反對立場後這麼說，引用自一本暢銷的商業書。「作假作久了就變真的了。」安德魯就愛這些俏皮話。

「這邊。」我說，帶著盧卡斯走向東廂的走廊，到最大一間會議室，他們總用這裡來讓可能送孩子入學的家長驚嘆。拋光的櫻桃木桌可以坐得下一群人，互動白板有牆壁那麼大。安德魯看見的時候眼神興奮殷切，但我卻覺得太浮誇了。

可是今晚，盧卡斯跟我不是來讚嘆的，而是來「找資料及支援」的。我唸了那通今晚集合的電郵給盧卡斯聽，他翻了個白眼。

「他們是想甩鍋。」他說。就算那時我不相信他，一看到門口的警衛塞了一張保密協議書到我們手裡，要求我們簽名，我就知道盧卡斯說對了。

走廊盡頭一陣興奮的聲音流瀉到走廊上，男的女的，一個聲音蓋過一個，就像足球員擠成一堆，互相推擠，想讓別人聽見。七嘴八舌，太吵雜了，只聽得出幾個字眼：警察、父親、伊森。我停在地毯上，做個深呼吸，吞下我的緊張。

「裡頭有多少人？」盧卡斯問。

「應該是只有伊森班上的家長，所以是——三十五左右？」

但盧卡斯沒猜錯。房間裡傳來的音量倒像是一堆暴民，所以我在東方地毯上躊躇不前。假如盧卡斯的預料是對的，假如今晚只是做個樣子，目的是讓學校能自保，那我可不想摻和進去。

可話說回來，我除了在家裡來回踱步，等著老麥的最新消息，也沒有別的事可做。老麥去了機場，守在E34登機門前，安德魯的飛機隨時都會降落。在布蘭登宣稱安德魯買了帳篷之後，老麥跟他的人就又去搜索了安德魯的家，卻一無所獲。沒有帳篷，沒有露營設備，連一雙泥濘的鞋子都沒有。

「看不出他想過要露營的跡象，」老麥在搜索完後告訴我，「而且我們每個地方都找了，每個櫃子。地下室和閣樓。如果安德魯有帳篷，他也沒有放在家裡。」

「那他的辦公室呢？」

「我們正在聲請搜索令。在他降落前還沒下來的話，我們會直接從機場到他的辦公室去，說服他用鑰匙開門。」

「你確定他在飛機上？」DL919延誤了十六分鐘，七點四十三分才會降落在哈茨菲爾德。

「確定。機長親口跟我確認，也叫人去親眼證實。我跟搭檔會在登機門攔下安德魯。」

「那個鄰居孩子呢？他跟你說了什麼嗎？」

「沒什麼有用的，不過他母親對妳倒是有很多話說，擅闖私人產業。」禁制令，回頭來咬我了。

「我們不必留下來，知道吧，」盧卡斯說，一手按著我的下背部，既溫暖又令人安心。「我們可以回家去等老麥的電話。」

我搖頭。我不想回家等。我想行動，想搜索，想打架。除了呆呆坐著，滿腦子的無力感，我什麼都願意做。「我們進去吧。」

我們進了門口，人聲變小，最後變成扭捏不安的靜默。五十雙眼睛，可能更多，都瞪著我們，人人的表情都混合著同情和大膽直率的好奇。五十多具身體圍在桌旁，折疊椅靠著四面牆排列。當然是家長，而看其他人那種深藏不露的表情，是他們的律師。他們當然會帶著律師來。我掃視了眾人的臉孔，尋找山姆和史黛芙妮，但是兩人都沒有出席。愛瑪老師也缺席了。

康橋的校長阿伯納席博士把她右邊的兩個人趕起來，我不認得他們——是學校的律師？——再把椅子讓給我和盧卡斯。在一片死寂中，我們繞過桌子，坐了下來。

我們一落坐，阿伯納席博士就轉向我，一臉期待的笑容。「您的先生會來嗎？」

「前夫，」盧卡斯說，「還有，不會，除非他想因違反禁制令而被捕。最少隔兩百呎，那比半個足球場還大。」

阿伯納席博士瞪大了眼睛，只瞪大了一丁點，倒不是因為盧卡斯的開示，而是因為他居然在眾目睽睽之下揭我的家醜。像康橋這種地方，「禁制令」是應該要用雙手擋著嘴巴小小聲說的話，跟「情婦」或「癌症」一樣。有禮貌的人不會隨隨便便脫口而出。盧卡斯當然知道，可他就是這樣，直來直往。

阿伯納席博士在擁擠的房間裡盡可能轉身，碰到了我的椅子和後面的，她把別人推開直到能面對著我。「首先，我想代表康橋經典學院在場的每一個人說，妳兒子的失蹤我們全都極為震驚難過。伊森．梅道斯在本校是備受重視的學生，我們要他盡快回家來，要綁匪受到法律制裁。請妳了解我們正竭盡所能跟相關單位合作。」

我左邊的盧卡斯發出一個聲音，我的詮釋是聽妳在放屁。他並沒鼓勵我控告學校疏失——現下還太早——但是我知道他考慮過，而且坦白說，我也一樣，只是理由截然不同。盧卡斯想到的是錢，給我的銀行帳戶輸血，讓我再也不用擔心生活，但是我只想到要報復。我恨透了這個地方，包括這個仍在等著我回應的灰眼鬈髮女人。

「謝謝。」

她抓起桌上的遙控器，按了個鍵，我們對面的互動白板就亮了起來。伊森的名字出現在康橋的校訓之上：「擁抱多元，培育正直，促進人性尊嚴。」

她的報告漫長謹慎，排練過的。她重複愛瑪老師給警方的證詞，詳列了參與救援的組織名稱，公布了亞特蘭大警局的布蘭特，麥金塔刑警的最新消息。每個主題都附上圖表——照片、標章、彩色表格。康橋就愛這一套，用圖表來表達同情。她說的話對我和盧卡斯來說都不是新聞；事實上，有的早就過時了。比方說，警長的小組在森林裡採得的鞋樣是一個八十四歲的鄰居的，不是綁匪的。但是四周的人仍聽得入神。

她就快說完時，慌亂的史黛芙妮才走進房間——整整晚了十五分鐘。「不好意思，」她以唇語向阿伯納席博士說，而她暫停報告，忙著要去幫史黛芙妮張羅椅子。史黛芙妮搖頭，緊緊貼在門邊的一小塊牆上，滿臉都漲成粉紅色。「我不是有意要打斷的，請繼續。」

她由一個男人陪伴，不是山姆。老鼠色的頭髮，稍微圓潤的下巴，紅通通的臉頰，鼻子卻太細長了。他越過桌面跟阿伯納席博士握手。「喬許．莫瑞爾，市長的幕僚長。」

他抽身後退，眼光落在我身上一秒，立刻就射向室內的其他人。我不認識這個人，但是我知道他這一型的。他是那種總是看著你的肩膀上方，尋找一個更有趣、更有影響力的談話對象。從大家紛紛揮手微笑來看，這裡的人他有一半認得。

也不知過了多久，阿伯納席博士才結束了報告，開放提問。

我的手立刻就伸得老高，她都還沒看我這邊，我已經開口了。「怎麼可能誰都沒聽見什麼或是看到什麼？」

阿伯納席博士沒料到會有此一問，也可能是沒想到會從我的口中蹦出這樣的敵意。她用眼睛找出剛才被趕走、給我們讓位的兩個男人。

我沒給她時間去構思答案。「因為到現在為止我們知道綁匪放火，好讓木屋裡的每個人都出來，利用聲東擊西的手法。我們知道愛瑪老師和孩子們都在空地裡，而艾佛利跑去求救。我們知道伊森是在第三次和第四次點名之間失蹤的。但是我知道我兒子不會自願離開團體，也就是說無論是誰帶走了伊森，都是違背他的意志的。也許綁匪摀住了伊森的嘴巴，不過他一定會又踢又扭，設法逃走。那就一定會有騷動，怎麼會沒有人發覺？」

「我……」她搖頭，動作飛快，耳環跟著亂晃。「警察已經詢問過所有的學生了。妳的意思難道是有人說謊？」

「我只是很難相信每個人都看著同一個方向。空地上有十九個人，而有個孩子就這麼憑空消失了？我就是不知道怎麼可能。怎麼會發生這種事？」

律師們在椅子上坐得更直，機警戒備，誰敢回答就會立刻落馬。誰也不敢。

「而且愛瑪老師呢？她為什麼不來告訴我們她對於事發經過的看法？」

一名律師清了清喉嚨。「昆恩女士不再代表康橋經典學院發言了。她請假到夏季末。」

盧卡斯跟我互望了一眼，他的意思是他早說過了。那個老師完了，他在營地跟我這麼說的，而很顯然，他料中了。「你們開除了她。」我努力想要擠出對那個女人的一絲憐憫之心，卻做不到。她活該失業，不，失業還算是便宜了她。

「這是昆恩女士及董事會的共同決定。」律師說，隨即不再發言。

家長們緊張地東張西望，熱氣不知是從裡間的哪裡冒出來的，凝聚了力量，威脅要全面爆發。悲傷、恐怖、挫敗，都太多了，各種情緒太過糾結。我突然好害怕我會哭出來，而這當然就讓我更生氣。我長長地吸了一口氣，努力壓抑下火焰，召喚力量來讓我鎮定下來。眼淚退下，憤怒卻還在。

「我們在這裡談的是我兒子的性命。如果愛瑪老師或是你們的孩子有什麼線索，如果他們看到什麼或是聽到什麼，就算是最匆促的一瞥，我求求你們。」我兩隻巴掌都拍在桌上，身體前傾。「可能沒有什麼，但也可能很重要，所以，拜託，拜託告訴警察。」

沉默漫長、尖銳、令人不自在，無限延伸，感覺像沒有盡頭。阿伯納席博士對著拳頭咳嗽，她對面的女人坐立不安。我看著盧卡斯，他的表情就跟我的想法一樣黑暗。真他媽的浪費時間。

我伸手去拿皮包，忽然史黛芙妮清了清喉嚨。

「我去接山米時，他嚇壞了。就……徹底封閉。我相信他是因為困惑，不知所措，可是他在家裡的時間越久，他越是回想營地發生的事，他就有越多的話要說。我不知道跟案情有多少關聯，但是我已經都報告給麥金塔刑警了。」

「什麼事情？」陪她進來的男人說。山姆目空一切的幕僚長。

「嗯，像是山米在礦區看到的某些人，他一直忘不掉。」她瞧了瞧我，又迅速別開臉。「我也發現他在網上和某些人交談，大多數是我不認識的，也不允許的。他宣稱是學校的同學，但誰也沒有把握網路另一端的人是誰。我已經把所有事都告訴麥金塔刑警了。」

她定睛看著我的眼睛，嘴唇彎出最小的笑容。我也回以微笑，雖然我不知道是為什麼。這些杭廷頓是怎麼回事啊？他們對我到底是有什麼奇怪的、詭譎的力量？才做了一件好事，我就發現我喜歡他們了——或是以史黛芙妮來說，我至少在想我是不是誤判她了。

但是我們四周的人卻都成了啞巴。

史黛芙妮盯上了一個坐在另一邊的女人。「安潔拉，妳的小柏蓮娜是個觀察力非常敏銳的孩子。山米的生日派對上只有她注意到插花和邀請帖上的一樣。她一定看見了什麼。」

史黛芙妮的話挑開了我心上的一道瘡疤，因為伊森並沒有受邀參加派對。

安潔拉一臉驚恐，居然被點名出來。她的臉頰變成閃亮的櫻桃紅，眼睛看了眾人一圈，並沒有落在誰身上。「柏蓮娜說因為失火了，她什麼也沒聽到。孩子們顯然是慌成了一團，很多人在哭，她說那時情況很混亂。」

史黛芙妮的笑容不見了，我的心也跟著下沉，墜到了我的胃袋底部，咚的一聲。

「可是昨天她說她可能看到了什麼人，」安潔拉又說，「有個人站在森林邊緣。起先她以為是艾佛利，可是他是從另一個方向跑過來的。等柏蓮娜再向後轉，那人已經不見了。」

盧卡斯伸手去拿桌子中央的便條紙。「男的女的？什麼髮色？多高？」

安潔拉兩隻手都舉了起來。「柏蓮娜沒說。」

可是安潔拉的自白帶動了室內的氣氛，家長們一個接一個說了起來。哈爾蕾的母親說她女兒可能聽到了砰的一聲。詹姆斯一直夢到一輛紅色卡車。蕊秋莫名其妙就怕起了有小鬍子的男人。盧卡斯寫得飛快，而我坐在那裡，咬緊牙關，拚命忍住尖叫的衝動。老麥說往往是一個很小的線索，一個似乎散漫、毫無關聯的線索會讓案子有所突破，而這些家長等了四十一個小時——幾乎是整整兩天——才說出他們知道的事情。

我掏出手機，發現了老麥發的簡訊。

飛機剛降落。等它滑行到機門。

我用大拇指敲出回覆。

我們需要再詢問孩子們一次。他們的家長說他們記起了一些事。

兩秒鐘後，他的回覆讓我的手機響了。

明天一早。

我抬頭發現史黛芙妮盯著我。

「提供賞金呢？」她脫口而出，所有人都轉向了她。「我是說給提供線報的人。我們發起捐款，設一條熱線電話，提供現金給那些能夠提供破案線索的人？」

阿伯納席博士小心保持著空白的表情。「嗯，這倒是個值得一試的方法……」

「我認為這對於學校是個很好的公關機會，我們不只是一所學校，更是一個社區，我們照顧自己人。我相信你能擬出最妥當的文案來，羅德，你是行銷委員會的。你覺得呢？」

一個在我後方的男人清了清喉嚨。「我自己沒辦法做決定，我需要先跟其他的委員談過。」

史黛芙妮朝他甜甜一笑。「我了解，我也並不是要你立刻就辦。我的意思是學校投入多少金額都能讓我們這些家長了解我們應該捐獻多少。我想你們會請其他家長捐款吧，不是嗎？我相信在場不是只有我一個人急於有所貢獻。」她咬著嘴唇，沿著一長排臉孔一張張看下去，一直等到他們點頭同意才挪開視線。

「這次會議之後我們會再開會商量。」阿伯納席博士喃喃說。

接著轉到別的話題，但我只有半邊耳朵在聽。我的全身都像神經末梢悸動個不停。剛才是發生了什麼事？史黛芙妮是湊巧說服了董事會拿出賞金來，還是她脅迫他們拿出錢來？那些乖乖點頭的家長，也是被史黛芙妮施了巫毒法術了嗎？她要嘛就是個徹頭徹尾的老實人，要嘛就實在是太有手腕了。

就在這時她的視線隔著桌子鎖定了我，她的眼睛閃動著滿意的光芒，我也就知道了答案。

史黛芙

失蹤五十四小時又九分

週日，是奇蹟吧，我比平常起得晚。一定是因為這兩天的混亂擔憂，我睡得很死，差不多快九點才醒，而一醒來我立刻查看手機。四十七則簡訊，郵箱裡有上千封。山姆老怪我不清除，可是何必呢？簡訊大概都是別的家長傳來的，詢問伊森的消息，好在一邊喝酒一邊八卦的時候說三道四；而郵箱裡的垃圾郵件得花上我幾天的工夫才清理得完。

但重點是，沒有新的電話。

我把自己從溫暖的被窩裡拖下床，進了浴室，思緒回到昨晚。阿伯納席博士真是好大的膽子，把我們叫去只為了一個小時的資訊型廣告，卻打著支持伊森的旗號。她不是去「提供消息和支持的」，她是去掩飾自己的過錯的，學校的過錯。不過起碼她現在拿出了一萬元的遮羞費——她昨晚在電郵中承諾的賞金。在我上床之前，金額已經多了三倍，多虧了那些我打電話過去，答應慷慨解囊的家長。

我關掉了熱水，擦乾身體，套上昨天的牛仔褲，換上一件乾淨的T恤。我一面梳理濕頭髮，一面對鏡打量自己的臉。浮腫的臉頰，充血的眼睛，蠟黃下垂的皮膚。我知道伊森失蹤從官方立場來說並不是我的悲劇，可感覺卻是我的。綁匪打的是我的手機，他的本意是要擄走我的孩子。我關上燈，往走廊去。

山米仍窩在跟昨晚同樣的位置上——在他的床上鬧情緒。他的大腿上架著一個iPad。從喇叭傳出來的聲音是海綿寶寶。

「早安，甜心。睡得好嗎？」

他緊緊抿著唇，兇巴巴地瞪眼。

「餓了嗎？吃過沒有？」

毫無回應。

我的頭顱深處開始了一種悶悶的刺痛。等一會兒我得跟山米談一談如何控制怒氣而不顯得粗魯，但是現在我沒心情跟他促膝長談，我得先喝杯咖啡。我丟下耍脾氣的兒子，朝樓下走。

山姆的書房傳來了熟悉的男性聲音，我經過時忍不住猜想他們有沒有離開過書房。昨晚我回家時發現律師來了，幾小時後我上床就寢他們還沒走。我折回玄關窗查看他們在車道上的汽車，一輛暗色寶馬和一輛四四方方的藍色休旅車，還停在跟昨晚一樣的位置上。喬許的車子卻不在。

我看到媽在露台的沙發上，光腳架在咖啡桌上，拿我的筆電在看什麼。我一跨出門她就抬起頭來。「保溫屜裡有煎餅，冰箱有現切的草莓。山米吃過了——山姆我就不知道了。他還沒從書房裡出來。」

「也沒出來喝咖啡？」

「沒。起碼我沒看到。」

我沉坐在她旁邊，心裡想這可讓我不只一點點擔心了。山姆是為了伊森在開會，抑或是瑪麗耶塔案的情況真有那麼危急？醜聞，山姆昨天在電話中是這麼說的。他是在跟誰說話？喬許又跑哪兒去了？

「謝謝妳今天早上照顧山米。他顯然還是不想跟我說話。」

媽合上了筆電。「喔，他會沒事的。他在這方面跟妳可像了——頑固。」

「我？妳是不是把我跟愛蜜莉亞弄錯了。」

我妹妹生來就很有個性，還有鋼鐵般的意志。她會回嘴，她在牆上塗鴉，她會罵人，拿指甲抓人。她可以當「利他能」的廣告童星，但最後她卻長成了一名悠哉悠哉的女人。頑固的從來就不是我。

媽笑了。「弄錯的人不是我，親愛的。是妳。喔，當然，妳是那個好姊姊。如果妳做錯了什麼，這種事也不是很常見，我只需要說我對妳很失望就行了。這樣的懲罰就夠了。」

這個故事我都會背了。我是那個很好養的孩子，是讓他們練手的，好讓他們應付我那個調皮叛逆、混世魔王的妹妹。我父母不打孩子，直到愛蜜莉亞出現，但就算打也管不好她。媽老開玩笑說，她要是知道愛蜜莉亞後來會變得這麼好，那她以前就可以少操一點心了。

我指了指筆電。「可以嗎？」我昨晚把山米的違紀和 Xbox 登入身分驗證資訊傳給了麥金塔刑警，但因為我沒收到回音，所以我想我要自己來仔細看看那些名字。

她把筆電交給我。「然後妳就一直哭一直哭，而我會恭喜自己當媽媽當得比那些來找我的女人強多了。我就不懂她們為什麼老是那麼慌慌張張、那麼焦躁不安、那麼無助，老是散發出嘔吐物的臭味和絕望。」她對我微笑，一邊眉毛往上翹。「後來，妳妹妹愛蜜莉亞出生了。」

我啟動筆電，鍵入密碼：<3SamJosX2。我不管什麼都用這一個密碼。這又是一個我不能太氣山米的理由。我讓他輕輕鬆鬆就能破解我薄如蟬翼的防火牆。

「那妳是說山米的這種行為是遺傳來的？抱歉，媽，我可不信。他早先的反應跟他的DNA一點關係也沒有。說真的，我覺得他因為發生的事而受到創傷，被抓走的本來應該是他。」我打開了我的網路瀏覽器，點開xbox.com。

「我同意。我就是這個意思，山米的個性像妳。妳老讓情緒駕御，尤其是在妳覺得丟臉的時候。山米也有一樣的問題。」

我從螢幕上抬起頭來，這下子有興趣了。「我不知道山米有沒有跟妳說，可是他用了伊森的睡袋，所以那些狗才花了那麼久還找不到氣味，牠們被弄糊塗了。」

媽皺眉，若有所思。「那就難怪他的脈輪會堵塞得那麼嚴重了。」她一隻手在頭頂劃圈，像在製作光環。「徹底堵死了。我想幫他清理，可是他不肯乖乖坐著不動，除非是他在打電玩。當事人積極參與的話，這種事才會最有效。」

「那，妳跟他談過嗎？他相信妳那些能量治療的胡說八道。如果妳跟他說他的脈輪堵塞了，他會要妳幫他打通的。」

「我試過。他說他沒時間。」

我翻個白眼。「他現在的時間可多了。」

「我覺得堵塞他的部分原因是這棟屋子的能量。別往心裡去，可是說到邪祟能量，這個地方到處都是。它們把所有的好能量都吸乾了，一切的平衡都推翻了。」

「那就使出妳的巫術啊，把魔鬼都驅逐出去。」

「不是魔鬼，是邪祟，親愛的。而且我是有能力清除的，只是我真正想要做的是把山米帶到我家一陣子，住到這件亂七八糟的事情都解決了為止。」

她一句話還沒說完我就在搖頭了。「無論是誰抓走伊森都還逍遙法外，所以現在才會有十二台監視器對準了屋子，還有兩名武裝保全在院子裡晝夜巡邏。跟陌生人回來綁走山米這種真實的威脅比起來，那些邪祟能量根本不值得一提。」把這句說出口害我全身哆嗦。

「妳為什麼這麼確定是個陌生人？」媽說。

又一個記憶扎著我。打到我手機的那個人，他問我是不是史黛芙。我很肯定我並沒有把這件事告訴我媽。「妳不覺得？」

「我已經告訴妳了，甜心。邪祟能量到處都是，這些事情都是互相關聯的。」她把腳從咖啡桌上放下來，站了起來。「要是妳不需要我在這裡，那我要去打開海鹽跟乾鼠尾草了。我要作法來清理這棟屋子的能量印記，或許再順便施個保護咒之類的。」

上次媽給這棟屋子作法是在六年前我們搬進來時，整個味道就像是「死之華」的演唱會，山姆還一直奇怪他為什麼突然想吃披薩。但是從大局看，又有何妨？最起碼可以讓她忙上個兩小時。

「那妳就去吧。」我說，回頭看筆電。

媽上樓去拿皮包和車鑰匙，我登入了Xbox Live帳戶，我鍵入我的名字和密碼，可我按了確認之後，明亮的紅色字母躍入螢幕。

你的帳戶或密碼不正確。

我再打一次，<3SamJosX2，這一次打得慢得多。結果還是一樣。

然後我想通了：山米不僅竊用了我的密碼，他還更換了他自己的。那個小王八蛋把我封擋住了。

我用力合上筆電，往桌上一推就大步上樓。我沒敲門，我沒有在走廊就宣告我來了，我就這麼直闖了進去。

「山繆．杭廷頓，你的麻煩大——」

我停在厚厚的羊毛地毯上，一股不安之情讓我的心口涼了下來。我轉了個一百八十度，突然想起了山米兩歲那年九月某個晴朗的下午，我才離開他不到一分鐘，只是去幫他把水杯加滿，從水果缽裡拔根香蕉，從頭到尾我都清清楚楚地看見他，盤腿坐在客廳地板上，玩他的玩具車。但是那些育兒書籍上說的都是真的——只需要一兩秒的工夫。在我來說只是把空牛奶盒丟進車庫門邊的回收桶裡，等我再回來，山米不見了。消失了。

起初我還以為他是在玩躲貓貓，我也就跟著玩。我大聲叫他，大聲自問他是跑到哪裡去了。我找了最明顯的躲藏處，以為我會發現一個眉開眼笑的山米蹲在餐桌下，或是藏在窗帘後吃吃笑。但那些地方都找不到他。我查看了屋子裡的每個房間、院子、街道邊的人行道。等我回到屋子裡，我慌了手腳。

我用家用電話打給山姆，用手機報了警。永無止境的十六分鐘之後，警察來敲我家的門，我已經歇斯底里，滿腦子都是恐怖的畫面，不是山米搖搖晃晃走進了北區大道的早晨車流中，就是面朝下漂浮在某個鄰居的泳池裡。我給了警察一張最近的相片，連相框一起，他們四散開來，分頭尋找。山姆的車子緊急煞停在車道的那一刻，我找到了他，窩在一籃剛洗好的毛巾裡睡得正香。

但這一次不一樣。

這一次我沒出聲喊他，我沒去查看他可能會在的地方——我的房間、地下室、走廊對面媽的房間。一股茉莉花香鑽入了我的鼻子，我知道他去了哪裡。

打開的窗子外頭。

我整個上半身都伸出了窗外，發現山米並沒有四肢大張倒在地面上，我大大地鬆了一口氣。我目測樓下到地面的距離——整整二十幾呎——對一個八歲大的孩子來說摔下去毫無生機，尤其是像山米這樣又小又瘦的。

「山米！」我拉開嗓門大喊，聲音在街上迴盪。記者聽見了我，全都衝向大門，鏡頭在陽光下閃著光。「有人看見我兒子山米嗎？」

回答我的問題的是十來部相機的喀嚓聲。

我掃視庭院，尋找身影，任何的動靜，但除了兩隻松鼠攪動了一棵樹的樹枝之外，什麼也沒有。

「山米！」

蓋瑞小跑步過來，裝備在腰間彈跳。他停在巨大的木蘭樹下，四處尋找我的聲音。

「在上面。」我揮動雙臂讓他看見我。「你看到山米嗎？」

「他不在裡面？」

「去找院子好嗎？我這就下來。」

我從窗台上推身而起，衝出了房間，撞上了走廊上的媽。她正要出門——一手拿鑰匙，皮包拎在肩上，戴著一副古老的太陽眼鏡。她一看見我慌張的狀態就瞪大眼睛。「怎麼了？出了什麼事？」

「我想山米從窗戶跳出去了。」

她倒抽一口氣，一手按著胸口。「什麼？為什麼呢？」

「去找山姆，你們兩個找房子裡面。我去找保全。」

我奔向樓梯，衝出了門。

就跟這條街上的大多數房屋一樣，我們的也是坐落在一大片土地的後面三分之一的地方，在一面緩坡的頂端。總佔地四分之三畝，大部分是草皮，種滿了茂密的灌木和樹木；十呎高的水泥柱加鐵欄杆圍牆是為了防止外人進入的，但同樣也讓裡面的人出不去。唯一的出口就是車道的大柵門，眼前被記者堵得密不通風。

可他是怎麼從窗子爬出去的？

我的視線落在那棵巨大的木蘭樹上，它的枝椏覆蓋了院子的整個左面。這是我跟山姆買下這片土地的一個原因，因為它光澤深綠的樹葉以及每年春天都開得像天鵝絨小碟那麼大的白花。我們繞著這棵樹設計庭院，選定的房屋的位置讓它的粗枝可以像巨大的手指般伸向樓上窗戶。

但是我研究這棵樹不是為了它的美，我是在上上下下打量樹冠，測量最外面的樹枝與山米窗戶之間的距離。他會不會是抓著一根樹枝飛躍過去的？有可能，可是那些樹枝是支撐不住他的體重的。就算他抓著了樹枝，他也得像泰山一樣盪過去，摔在堅硬的喬治亞黏土上。

「杭廷頓夫人——」有人在大柵門外喊。我光著腳衝下山坡。圍牆外的人像牛群似的擠在那裡，一片人海帶著照相機，記錄下我的每一個動作。

「我在找我兒子，」我說，喘個不停。我太清楚對準了我的頭的鏡頭，喀嚓不停的按快門聲，以全彩高解析的畫質捕捉住我慌亂的臉。「你們有人看到他嗎？我想他是從樓上窗戶爬出來的。」

瞬間記者們都七嘴八舌地爭相發問，我努力想聽懂卻沒辦法。太多人同時搶著說話了。

我指著一個記者，是名金髮高挑的女性，一身藍白色洋裝。「妳。妳有沒有看到他？」她把麥克風從柵門欄杆中塞進來。「杭廷頓夫人，謠傳說從達洛尼加的柯羅斯比營失蹤的是你的兒子山姆二世，妳能不能——」

「妳有沒有看到一個男孩子從二樓窗戶跳下來，有沒有？」

女人朝我眨眨眼，卻什麼也沒說。

她的同事提出一連串的問題，但是我轉身就跑，全速衝回屋子。兩個保全我都沒看到，所以我轉向右，沿著小徑到後院去。我腳下的護根黏答答的，卻比底下的土壤要柔軟得多了，經陽光烘烤過的黏土會比水泥地還硬。我使盡了全力光著腳跑，泥土和小枝硌著我的腳底。

我順著小路跑到了後院，繞過泳池，雙眼掠過清澈的池水，一顆心提到嗓子眼。我在想我的山米，掉下來撞到了頭，而他的身體就在池底載浮載沉。但是我只看到水池裡的自動清掃機。

我停在露台的邊緣，搜尋院子找動靜，掃視與鄰居接壤的灌木叢，看有沒有細瘦的四肢閃過。什麼也沒有。

「山——米——」我尖聲喊。

院子裡能躲人的地方只有那麼多。蹲在固定式烤肉架後方，躲在戶外壁爐和柴堆之間，躲進沿著車庫排列的垃圾桶裡，爬到木蘭樹上。我能想到的地方全都找遍了。

我正在露台上，只見蓋瑞小跑步從車庫後面繞過來，厚厚的胸膛吃力地起伏。「找到了嗎？」

「沒有，他不在這裡。」我兩隻手都插進了頭髮裡，轉了個圈，心亂如麻。

蓋瑞用袖子擦額頭。「妳確定他不在屋裡？」

屋裡傳來的騷動聲讓我的脈搏飆高，我猝然轉身，看到山姆從滑動門跑出來，視線落在我身上，赤裸裸的恐懼害得我血管裡的血液瞬間結冰。「你找了哪兒？」他問了一個我們兩個都想問的問題。

「院子裡沒有人。」蓋瑞說。

我的胃抽筋。「大門那邊的記者也沒看到他。」

「去查監視器。」山姆說。感謝上帝，屋子和院子的重要位置架設了幾十台監視器，這是身為市長的一個額外好處。雖然我一向討厭有人監視我的一舉一動，現在我卻滿心感激。只要山米經過院子，就會被拍到，我們就會知道他往哪裡去，是一個人或是被拽著走的。

蓋瑞小跑步進屋，閃避我的母親，她就站在露台的另一頭，一手摀著嘴。

「迪亞哥呢？」山姆說。

我搖頭，表示沒看見他。恐懼榨乾了我肺裡的空氣。「我的天啊，山姆。萬一他——」

「不是他。」

我不知道山姆說的「他」是誰——我們的兒子或是迪亞哥或是綁匪——但山姆的語氣很篤定，所以我沒跟他辯。

他掏出口袋裡的手機，按了幾個鍵，拿到耳朵邊聽。讓人呼吸不過來的一陣沉默之後，他說：「達諾，我需要你幫忙。我兒子不見了。」

冷不防間，我回到了營地，在泥濘的野外踉蹌下車，哭喊著兒子。我當時只想到那可怕的兩小時是虛驚一場——太早的兩天，太遙遠的一百哩。這一次卻是真的，那一刻又復活了過來，真實得令人惴慄。你沒辦法在三天之內躲過悲劇兩次。

「他不見多久了？」

淚水刺痛了我的眼睛。我把他丟在房間裡生悶氣是在九點之前，現在快九點半了。夠他跑進西裴西斯渡口路或是較繁忙的北區大道了，夠他被推進廂型車裡，被送到鄰州的半途中了。

我俯身，雙手抱住膝蓋，努力不要吐出來。

「史黛芙。山米不見多久了？」

噁心感在我的胃裡閃閃爍爍，我往上瞧。「半小時，可能再多一點。」

山姆向警察局長複述我的話，隨即開始連珠砲似地下指令。「方圓十哩內的巡邏車都叫來，要他們以我們家為中心，向外擴大搜索。四呎高，深色鬈髮，戴眼鏡，失蹤前穿的是白色T恤和黑色籃球短褲。我們認為他是步行，但不能確定。」

警笛從遙遠的某處響起，越來越近。

我的心怦怦跳，耳朵裡像有液體翻滾，而我的心裡只有一個想法。

他不見了。山米不見了。

凱特

失蹤五十五小時二十三分

我在跑步穿過營地後面的森林。

林子比我印象中還要茂密，野蠻不受管束。高大的樹木緊緊挨著難纏的灌木，枝椏互相糾纏，又刺又扎——我硬生生擠過去。荊棘刺著我，勾扯我的衣服、頭髮、皮膚，又長又頑固的手指像骷髏的爪子一樣朝我抓來。我左撲右擋，奮力前進，然後加快步伐，在糾結的樹木中穿梭。我在尋找，卻不知道要找什麼。

我衝出灌木叢，來到一處空地。這裡的氣溫比較涼，樹林深邃陌生。我站在中央，轉了個圈，讓肺部填滿了甜美、飄揚的香味。我想弄清我身在何方，卻沒辦法。我迷路了，然而我卻一點也不害怕。我沉坐在蕾絲似的蕨類上，等待著。

在我頭頂某處，高高的樹冠層上，有一隻鳥在唱歌。

「嗨，媽。」

我一個轉身，就看到了他。我的伊森，站在一棵巨大的杜鵑花下。樹枝上掛滿了橘色的花朵，枝椏拱衛著他，像一道拱門。我看著他的鬈髮、歪斜的眼鏡、單薄的身量，骨感的肩膀，輕盈又自在的喜樂充滿了我的胸口，像羽毛一樣。

「找到你了。」我笑著說。

他微笑。「我回來了。」

「我一直到處找你。」

「我知道。」伊森踏進空地，光著腳，但是睡褲卻一塵不染。全身上下沒有一處污泥。「我一直都在這裡。」

我看著兒子穿過林下植被，而有個很重要的地方是我應該要記住的。某句很關鍵的話是我需要說的。可惜我就是想不出來。我用力捏我下臂的肌肉，想要喚醒自己，可是我卻被困在這個夢裡。

「哪裡？」

伊森歪著頭，直接向我走來。眼鏡閃動著混濁的陽光。「什麼哪裡？」

「你在哪裡，甜心？」

「媽。我已經說過了，我就在這裡。」他一根手指觸著我的胸口中央。「我會一直在這裡。」

我睜開眼睛，而他不見了。

有人用指節敲我汽車的乘客座窗戶。是老麥，隔著玻璃盯著我。我開了門鎖，他坐進來。他剛盥洗過，香皂和鬍後水混合著兩杯星巴克的味道。兩杯咖啡他一隻巨掌就抓住了。

我打電話要求要見他，老麥就建議到警局附近的煎餅屋，但是我無法面對一餐廳說說笑笑，把食物往嘴裡塞，活像今天又是星期天早晨的客人。我也受不了警局，裡頭全是警察，見過太多，也知道太多。我們最後選定了這裡，人比較少的一家連鎖商場的停車場角落，就在二八五公路外。

「妳沒事吧？我大概敲了有三次。」他用另一隻手把門輕輕關上。像他這麼魁梧的人，動作還真是輕柔。

我甩掉殘餘的夢。「我沒事，只是累了。我睡得不太好。」

我不好。自從老麥來敲我家的門之後，我幾乎沒有合過眼。每次好不容易要睡了，各種雜夢就會把我帶回營地，在漫無止境的樹林裡尋找伊森。我不知道哪種情況更糟，是總處於身心俱疲的狀態，或是醒來發現自己陷在惡夢裡。

今天是第三天，理性讓我知道這代表什麼。失蹤三天表示伊森的屍體躺在某處的陰溝裡，或是在沼澤底部滑動，被吞進某種生物的肚子裡。三天了，現在我的腦子只有一個想法：他死了他死了他死了。

老麥把一杯咖啡給我。「我不知道妳喝什麼，就幫妳點了卡布其諾，可以吧？」

咖啡味害我的胃翻騰。「很好，謝謝你。」

他把杯子架在膝蓋上。「我們在安德魯家找不到帳篷的原因是他退還了，我們和REI查對過，他們證實了。他差不多是在兩個星期前拿回了退款。」

我搖頭，不是因為我不相信，而是因為我不想相信。「可是安德魯討厭露營，他討厭戶外。如果他不是在計畫什麼，何必買帳篷呢？」

「他宣稱你們離婚害他覺得跟兒子疏遠了，所以他想找一個父子倆可以一起做的活動。顯然，伊森並不熱愛。」

我的眼睛刺痛，但是我太生氣了，太失望了，哭不出來。我花了許多時間說服自己相信伊森是和安德魯在一起，這是各種可能中最不危險的，安德魯起碼虎毒不食子。我能熬過這三天就是懷抱著伊森可能是在他父親那裡的渺茫希望，而我還不打算要放手。

我把咖啡放在中控台上。「你不像我那麼了解安德魯。他的心思縝密，那通打給史黛芙妮的電話，假裝是綁匪的？為了故佈疑陣，他絕對做得出來。他就是那麼鬼鬼祟祟的一個人。」

「我們偵訊了他一整晚，凱特。我們還派人盯梢，以防萬一，可是我不認為他是犯人。」

沮喪加劇，像颶風的波濤拍打著海岸似地拍打我。

「我們仍然在梳理線報。大部分都是瘋話和假線索，像是在穆瑞維爾看到小男孩在汽車後座的那個，其實是一個男孩跟爺爺去釣魚。可是有位女士打過來說有個人在她甘斯維爾家後方的樹林裡形跡可疑，那裡距離達洛尼加只有二十哩左右，而且就在穆瑞維爾的一個角落。」他歎口氣，我打起精神。「我們在仔細搜查那個地區，包括雷尼爾湖四周的民宅和度假屋。」

我一想到湖水，綿延不絕的湖岸，心裡就咯噔了一下。那座湖邊一定有幾千棟房屋，也就是說挨家挨戶詢問得花上一輩子。「那別的學生跟家長呢？你跟他們談過了嗎？」

「我們正在再次詢問每一個人，可是得花上一兩天的時間才能全部問完，如果有新線索也還需要更多的時間證實。我已經申請了更多人力來幫助我們盡快整理線索，但即便如此還是需要時間。」

我們最缺的就是時間。伊森被擄走已經超過五十五小時了，而每一分鐘都像是戰鼓在我的腦子裡敲。他還有多少時間？

突然間，咖啡味讓我受不了，我打開車窗呼吸外頭的空氣——廢氣和速食。「昨晚在學校裡，史黛芙妮提到什麼山米的網路朋友，她說已經跟你說了。」

老麥點頭。「那是我今天的工作之一，不過別抱太大的希望。如果山米說的是實話，代號都是屬於同學的，最後可能也是死胡同。坦白說，我們最大的機會是打給杭廷頓太太的那通電話，特別是提到貝爾大樓的那段。我的調查重心就擺在這上面，在市長身上。」

我難以掩飾驚訝之情。我想到了山姆打到營地的電話，史黛芙妮昨晚提議提供賞金，我就覺得想吐。「你覺得這件事跟市長有關？」

「未必，不過我們知道擄走伊森的人其實要的是山米，為了逼杭廷頓市長俯首聽命。那通電話是我們最好的線索。」

「可是你們又沒辦法追蹤電話，而且他也沒有再打。」

老麥一邊肩膀聳了聳。「所以我才要從別的地方著手。」

我陷入沉默。打從老麥出現在我家門口開始，他就沒錯過一通電話，沒略過一則簡訊，沒跳過一次最新消息，而這些都是二十四小時不停的。想到他可能保留了什麼，我好像臉上挨了一耳光。

「唉喲，凱特，別那個樣子看我。我們談的可是市長啊。我不會憑空指控他，即使是在妳面前。一等我有具體的東西可以報告，我會立馬告訴妳，但是目前，先給我留點餘地。」

我越過中控台瞪著老麥，心中奇怪怎麼會有人想做他這種工作，尤其是在一個像亞特蘭大的城市裡，每一天都是新一輪的邪惡和悲劇。他是怎麼能坐在辦公室裡面對另一宗的命案，另一個失蹤的孩子？他怎麼受得了？

「為什麼？」這是各種疑問融會於一的問題。為什麼做這份工作？為什麼不多跟我說市長的事？為什麼對一個素未謀面的男孩子這麼盡心盡力？我鎖定了最後一個問題，目前是最迫切的。「你為什麼接這件案子？為什麼是伊森？」

「因為我發過誓要保護民眾，而且我句句發自真心。」

「你的誓言包括把我一路送到達洛尼加，穿著一身漂亮衣服在樹林裡跋涉嗎？包括吃喝睡覺都在辦公室裡解決？因為我看過了你發給我的簡訊和郵件的時間，你睡得不會比我多，而我想知道為什麼。你不認識我，也從來沒見過伊森。」

「說實話嗎？」他怯怯地聳個肩。「星期五晚上我去妳家的時候，妳說妳沒有人可以打電話，我就覺得太不公平了，尤其是在安德魯那樣子對妳之後。對，我去敲妳家門之前讀過妳的檔案。我看見了攻擊的照片，我知道他對妳做了什麼。」他在座位上欠動。「但是最主要是我也不知道為什麼伊森失蹤會讓我晚上睡不著，我也不在乎。幹這一行我學到了一件事，就是不要問為什麼。有些案子就是會比別的案子更讓你揪心，遇上這種案子，你直接揪回去就對了。」

停車場裡車輛來來往往，音響低鳴，羅倫斯維爾高速公路呼嘯的車流——全都消失了。老麥的話不是我想聽的答案，卻正是我需要聽的。

他整個人轉過來看著我。「聽著，如果妳到現在還不明白的話，這件案子是我的第一優先。不對，修正，伊森是我的第一優先，而且我跟妳保證，凱特，我會找到他的。就算只剩最後一口氣，我也會找到他，並且把抓走他的人渣送進監獄裡。」

我沒有理由相信他，這個人我幾乎不認識，可是我卻相信。我百分之百肯定這個人會言出必行，把我的兒子帶回家來，我也同樣肯定他沒說出口的話是即使只是他的屍體。一想到這裡，我的心跳就卡住了，我忽然想到還有很多事要求他。

「好。可是我需要你再答應我一件事。」

他不情願地點頭。

「等你找到伊森……」我的聲音岔開，然後完全發不出聲來。

「凱特。」他的聲音很輕柔親切，可是我舉手阻止了他。我需要說這句話，我需要把它弄出我的腦子裡，弄出我的心裡。

「等你找到他，如果他不……不好……」我緊緊閉上眼睛，擠出兩行熱淚來。我哭了，又哭了，真不知道我的眼淚幾時會流乾。我睜開眼睛，聚焦在老麥模糊的臉孔上。「無論怎麼樣，請你不要打電話告訴我。我的心臟承受不了。我需要你當著我的面告訴我，而且我需要你委婉一點。」我伸出手，握住他堅硬如石的手腕。「拜託，老麥，答應我你會委婉一點。」

「我答應，」他說，而且為了保險起見，他又說了一次。「我答應妳，凱特。妳有我的承諾。」

史黛芙

失蹤五十五小時三十四分

「怎麼會這麼久？」我在廚房裡踱步，全身發抖，不是因為空調，而是因為恐懼。媽站在洗碗槽前，把六只玻璃杯裝滿濾淨水。「山米的能量很強。」

「是神靈告訴妳的嗎？」

話說得既尖酸刻薄又懷抱希望，兩者都不是我有意的。自從媽把心理醫師的沙發換成了塔羅牌和水晶球以來，這是我頭一次理解她這個行當的吸引人之處。為什麼會有人把辛苦賺來的錢送給某個自稱專家的人，讓他們來戳刺他們最深沉最隱密的想法。媽的話鑽進我的胸口，擠捏我的心臟，因為那正是我想聽到的話：無論山米在何處，他都安全無恙。

然而理性卻讓我知道她的巫術只是一場騙局。

「對不起，只是……在我相信之前我需要一點證據。」

「證據不見得是肉眼可以看得見的。有時候是在這裡——」她捶了捶胸口。「——一陣輕輕的顫慄，告訴妳最後會圓滿收場。」

「怎麼可能？山米從二樓的窗戶消失了。我不知道他去了哪裡，誰帶走了他。如果妳想讓我相信的話，就得比一陣輕輕的顫慄還要再具體一樣，母親。」

前門打開了，省得我們還要繼續辯論，比起彼落的說話聲傳進了屋子。

我繞過轉角到玄關，山姆後面跟著兩名警員，以及一個我假設是便衣刑警的人，但是山姆介紹他是《亞特蘭大憲法報》的記者。他又高又瘦，而且太過殷勤，用一種幾近飄飄然的笑臉打量屋子。他緊盯著細部不放，像在編目錄，供他已經在腦子裡起草的文章之用。

「杭廷頓夫人，真是無上的榮幸。」記者為了跟我握手，幾乎絆到自己的腳；他的手握起來又軟又滑溜，彷彿橡皮。「真的。不過我當然很遺憾是在這樣的情況下見面的。」

「你看見山米了嗎？」我沒工夫客套。

「是的，夫人。他從臥室窗爬出來，就像這些先生說的，像一個太陽馬戲團的空中飛人，然後從屋子的側面跑了。不過我差點沒發現他，因為我們都在談那輛卡車。」

「什麼卡車？」我瞧了瞧我先生，左右由兩名警員護衛。三個人一臉有興趣卻並不意外的表情。這番話主要是複述給我聽的。

「一輛加大馬力的F-150，黑色窗戶，超大輪胎，像是車展裡的新車，但一定是開過十多次了。我們都開玩笑說要是駕駛是想來行竊的，我們這麼多記者拿著照相機站在這裡，那他一定是有史以來最蠢的強盜了。」

一名警員接口詢問：「先生，你怎麼知道駕駛是男性？」

記者轉身面對他，挑高一邊肩膀。「我不知道啊。我說了，黑色窗戶。可是我從沒看過有女人開那種卡車。」

警員咕噥了一聲。「你們看到車牌了嗎？」

記者搖頭。「只知道是喬治亞的。」

我因為既憤怒又失望而血液輕顫。這傢伙是哪門子的半調子記者啊？

「那是哪個郡的？」警察問。

「不，是喬治亞州大學的喬治亞，有牛頭犬在上頭的，紅黑色的那種。肯定是不會有郡名的。」

詢問又持續了一會兒，但警員一發現記者顯然沒有什麼可說了，就把他送了出去。

「卡車不是鄰居的，這一點可以確定，」山姆向第二位警員說，而且他沒說錯。我們的鄰居開的是進口休旅車，而不是加大馬力的皮卡。這些林蔭街道上有許多園藝和維修泳池的卡車，但並不全都是皮卡，就算有，車身也都漆著商標。「我們來看看監視器拍到什麼。」

「蓋瑞在底下。」我說，指的是地下室裡間的斗室，我們都戲稱為「任務控制中心」。

我們匆匆下樓，穿過長廊，到那處幾乎完全被一排排的硬體設施吞沒的高功能空間。電纜網路、視聽設備、太陽能及地熱控制閘、回收水灌溉系統、屋頂的光電板——都是從這些機器操控的。山姆裝設這一切東西時，我還戲謔地問他是否私下是太空總署的臥底。

我們擠在蓋瑞身後，坐在挨著牆的那張桌子前，從他的肩膀瞪著四面螢幕，每面螢幕都分成四格，每一個出入口、每一排窗戶、泳池和露台區，以及幾段的院子。二十幾雙電眼記錄下我們的一舉一動。

「我從前面開始，」蓋瑞說，扭頭一瞥。「因為杭廷頓夫人說山米是從窗戶爬出去的，我從早晨九點二十三分開始回溯，差不多是她從窗口大喊的時候。」他敲了敲一面螢幕，是屋子右前側的部分定格，再往回看，直到他找到他想找的東西。「我在這裡找到他，九點十一分。」

我查看手錶。九點十一幾乎是一個小時前了。

蓋瑞按下播放，我屏住呼吸，看著山米的窗後出現模糊的一團，他扳開窗戶兩邊的鎖，再一個流利的動作，我認出是他的胳臂在扳把手。房屋正面的窗戶打開，他堅定的臉出現了。他的頭轉來轉去，接著解開了讓窗子不會被風吹得亂搖的鐵桿。

「我的天啊。」我好想伸手到螢幕裡，為他這麼魯莽掐死他，因為我知道下一幕是什麼。我知道他會怎麼做。「他打算盪出去，跳到飛簷上。」

前門上方的屋頂是斜的，可以躲人。距離山米的窗戶足足有六呎遠，太遠了，他跳不過去的。

蓋瑞點頭，彷彿這是一道測驗題，而我給出了正確答案。「看。」

螢幕上，山米爬到了窗台上，雙手抓住窗框，雙腳一蹬就盪了出去，身體懸浮在地面以上二十呎，有如世上最危險的攀爬架。恐懼讓我全身的每一根毛髮都倒豎起來，我倒抽冷氣，一把抓住山姆的胳臂。他的二頭肌繃得像一片水泥。

山米的第一跳太低，細瘦的腿在空中用力踩跨，兩手險些就鬆開了窗框，幸好窗框把他盪了回來，這次他用腳趾去蹬，比上次更出力。窗框帶著他盪了出去，砰地撞上牆板，他一鬆手就墜了幾呎遠，落在飛簷上，像個特技演員，雙手亂揮，保持平衡。但他腳下一滑，就從傾斜的屋頂上往下溜，雪松瓦片飛了起來，我一手掩口，以免尖叫出來。就在山米快從側面摔出去之前，他一隻腳踩進排水槽裡，及時止住了下墜的衝力。

好長的一刻，我看見的只有他發白的指關節，死命抓住黃銅排水槽。一秒鐘後，手就不見了。

「耶穌基督。」山姆嘟囔著說。

蓋瑞伸手拿滑鼠。「右側的監視器拍到了他。」

知道了山米並沒有摔下去，我的神經也安頓了下來。他跳下去了，並沒有跌斷脖子。我逼著自己吸氣、吐氣，壓抑住漸漸變強的歇斯底里。他沒摔死，這是好消息。

蓋瑞敲了敲左邊的螢幕。「他在這裡。」

山米走的就是我跑的那條路，他的運動鞋踢起了泥土和護根，隨後消失在螢幕之外。

蓋瑞指著另一個螢幕。「然後是這裡。」

從螢幕下方跑過的模糊一團只是山米的下半部。他繞過了泳池邊緣，衝向院子的後方，突然間我知道他是要去哪裡。上個星期，一個園丁用我連一半都聽不懂的西班牙語把我哄進院子的右後方，那裡的圍牆有個洞，只足以讓一隻動物鑽過——或是一個小男生。

我看著山米消失在樹木間，我的口好乾。我查看監視畫面的時間——九點十六分。

「他這是要去哪裡？」山姆說，就在我的後面。

「不知道。」我說。

「朋友家？」

我搖頭。「他們都不住在步行可達的範圍裡，就算是，現在也不是一九五〇年代。我們不能讓山米就這麼大搖大擺走在街上，沒有人陪伴，尤其是外面還有個綁匪。」

蓋瑞戳著螢幕上我們最後看見兒子身影的地方。「這個孩子可是吃了秤砣鐵了心了。他非常清楚要往哪兒走。」

「對，到圍牆上的一個洞去。」

「然後再去哪裡？」山姆的語氣不耐，也引燃了我的脾氣。

「都怪他在從二十呎高的窗戶往下跳之前沒跟我說一聲。」我不客氣地說。

「妳覺得他的背包裡裝了什麼？」媽說，幾乎像在聊天。

山姆和我互看了一眼，他也沒注意到。我們兩個都忙著盯著我們的兒子從二十呎高的突架上往外飛，沒注意到他背上揹著什麼。

「讓我看。」山姆說。

蓋瑞倒轉第一個畫面，按了播放，果不其然。其實不是背包，只是去年夏天山米在凱文．梅西的生日派對上的擊球練習中得到的一個塑膠抽繩包。我認出了那個NIKE的符號，記得我當時還覺得這個主意挺好的，在運動袋裡裝滿了糖蜜爆米花和泡泡糖以及其他運動相關的贈品。現在山米臨時拿來掛在肩上，從他奔跑時袋子彈跳的樣子來看，裡頭的東西並不多。

「能看到街上的車輛嗎？」山姆對蓋瑞說，告訴了他那輛改裝皮卡。「屋子正面的記者覺得它一直開過去很奇怪，但也不夠奇怪到讓人想去記下它的車牌。」

蓋瑞過濾著監視畫面，山姆轉向我。「開始打電話。先從住得最近的開始打。那個爬出窗戶的孩子有個目的地。」

「我說了，沒有最近的。廉恩是最近的，山姆去找他的話得穿過西裴西斯渡口路。我很肯定他會迷路。阿爾貢森林的馬路就像迷宮，他只坐在車子後座看過。」

「打就對了。」

我的心臟漏跳了不止一拍，既因為他危險的語氣，也因為想到山米在巴克海德大道上鑽來鑽去躲車子。即使是週日早晨西裴西斯渡口路都像瘋人院，川流不息的汽車趕著去教堂，沒有人會留意某個孤伶伶的孩子想要衝向對街。

我捲動手機，尋找廉恩．拉爾克母親的電話。

「有了。」蓋瑞忽然說，而我的視線急急射向螢幕。

我瞪著的是前院的草皮和車道，從屋頂高度俯拍的，角度不足以清楚拍到街道，尤其又被記者的汽車和電視台轉播車遮住，但是有一段卻足以讓我們看見，一輛黑窗皮卡從車道大柵門的對面滑行而過。蓋瑞適時按了暫停，然後忙著弄控制台，而山姆指導他如何使用放大的功能。我做個深呼吸，吸到肺都會痛，再一口氣吐出來，等待著。

「看來只拍到部分。」蓋瑞在便利貼上寫上了號碼。

大家異口同聲說了起來，聲音實在是太多了，每個人都拉高嗓門，幾乎錯過了最重要的一句話。

迪亞哥低沉的聲音從走廊傳來。「杭廷頓先生，杭廷頓太太！」

「在這裡。」山姆高聲喊。

我在椅子上踅身。

迪亞哥出現在門口，臉上滴著汗，胸膛不停起伏，像剛從阿拉巴馬跑來。他往後伸手，給後面的東西用力一扯，他就出現了。

我桀驁不馴的逃家兒子。

凱特

失蹤五十五小時四十二分

老麥離開後，我坐在車子裡看著停車場裡人們經過，講電話的，推著裝滿食物的推車的，掏摸鑰匙的，渾然不覺伊森的苦難。能怪他們嗎？他們不認識他，不認識我。我看著他們，這些陌生人忙著星期天早上的事情，而我則在嫉妒和恚恨兩種情緒間擺盪。

我查看了儀表板上的時鐘——十點十二分。這一天在我的面前伸展，像一條漫長沒有色彩的路，迢遙無盡，空空洞洞。老麥的氣味仍殘留在車裡，香皂和鬍後水和咖啡，而我回想他的話，特別是那些他不肯說的。那通電話，市中心的大樓，對市長的要求。老麥說他的調查重點放在這裡。也許，我也應該要。

我把手機從中控台拿起來，打了「亞特蘭大貝爾大樓」幾個字，等待搜尋結果。

谷歌說貝爾大樓已風華不再。一九二〇年代本是電話交換中心，如今已荒廢，因為某年夏天漏水，淹了上面的兩層樓。住戶四散，業主將保險金花在巴克海德另一幢更華美的房子上，大樓就成了有礙健康的公共危險，每一吋都佈滿了黴菌。亞特蘭大市決定拆除，沒有人惋惜，特別是業主。去年市府付給他大筆金錢，預備將此地納入什麼俗氣的瑪麗耶塔街開發案。

我往下看，找到了一些圖片，寒酸破爛。毫不起眼的三層樓，沒有特色的窗子，剝落的白漆下是污穢的磚頭。誰會想要保留它？這棟樓有什麼值錢的地方可以拿一個小男孩的生命相抵？我一點也不懂。

我回到上面的搜尋欄。老麥叫我別去看新聞和網路，盧卡斯也是一樣的看法，他說那就像是在你被診斷出癌症之後問「網路醫生」你還能活多久。

我不顧他們的警告，敲了「伊森．梅道斯失蹤」，手指遲疑了一兩秒，就按了確定，屏住呼吸。

螢幕出現了幾十則的新聞，連接到本地的和全國的報紙，訪問了執法單位與其他的「專家」，晨間新聞和CNN的短片。我點開了WXIA，那是NBC本地的分公司，但是報導並沒有什麼新意。伊森從達洛尼加的兩天一夜旅行中失蹤，警方懷疑案件並不單純，未經證實的傳聞說是綁架，有謠傳說某人追查到一名計程車司機。沒人提到山米或是杭廷頓夫婦，不過傳言成真也只是早晚的事情。

我往下看，跳到下一頁。螢幕的更下方有條搜尋結果吸引了我的目光，害我的心臟猛地停頓。

查塔胡奇國家森林發現兒童屍骸。

我的全身有如火爐，眼淚立刻流了出來。查塔胡奇國家森林在喬治亞的東北部，從田納西以降，涵蓋六個郡，其中就有蘭普金郡，而且邊界就在達洛尼加之前。

我雙手發抖，按了連結，一名滿臉妝容的女記者填滿了我的螢幕。

「北喬治亞的健行客今晨發現了一具男孩的屍體。這些觀光客沿著達克利湖健行，發現了兒童屍骸。州警與當地警方已抵達現場，但目前為止仍未正式辨認……」

她接下來的話我都聽不見，因為我哭得太大聲，我哭得胸口像有火燒，全身抽搐。一具屍體，一具男孩的屍體。在達洛尼加北邊的樹林中。那裡還可能會有幾個失蹤的孩子？

我打給老麥，抽抽咽咽說出了那些字眼。健行客。屍體。男孩。我的聲音拔高，不停哭號，老麥不得不用吼的。

「妳聽到了嗎？不是他。」

他的話解開了我胸口的結，但是我的呼吸仍然是又抖又痛。「不是？你確定？」

「確定。這個男孩年紀比較大，而且他的屍體已經在那兒一陣子了。至少一週。」

「喔，感謝主，感謝主感謝主感謝主感謝主。我看了那個新聞，我就……」我把額頭靠在方向盤上，再說一遍。「感謝主。」

他讓我先鎮定下來。「我還以為妳不會看新聞呢。」他的語氣很有耐心，即使他說的話帶著責備。他叫我別上網時，也說了別看新聞。

「我知道，我只是覺得好無助。我想做點事情，可是又沒有事情給我做。我只能坐在這裡等，我都快發瘋了。」

「我知道讓妳坐著等消息是很為難妳，相信我，我知道，可還是回家去。多少休息一下，照顧好自己。妳能做的事就是這樣，為妳自己，也為伊森。」

我顫巍巍地點頭，儘管他看不見。「好。」

「一有消息我就會跟妳聯絡，我保證。」

我們掛斷了，而這個早晨的情緒波動也逐漸匯聚，流入了一個悲傷的黑洞裡。恐懼、傷心、想念兒子，我又哭了起來。我放任自己好好哭了一場，然後我照老麥的建議做。我發動引擎，開車回家。

史黛芙

失蹤五十五小時五十一分

我咚地一聲跪了下來，磕到了骨頭，我一把就把兒子抓了過來，摟在懷裡。山姆從另一邊上前來，伸臂抱住我們倆的肩膀，是我們的全家擁抱。「山米山米」，我們是這麼稱呼的。

但是在最初的那種心中的大石頭落地的釋然之後，緊接而來的就是生氣。不，不是生氣，是暴怒。暴怒把我像熾烈的小行星般擲回地球，各種問題在我的心裡炸裂開來。山米為什麼要逃家？他要去哪裡？到底是什麼十萬火急的事情才讓他爬窗子，閃過保全和監視器，躲過交通和天知道的其他危險？

「你在想什麼？你把我嚇死了。」我退開身，雙手緊握住他的肩膀，搖晃他，直搖到他的牙齒打架，眼鏡飛了出去，落在地磚上。「我還以為你被他抓走了。你聽懂我跟你說的話嗎？我以為綁匪來把你擄走了。」

我心裡隱約有一絲理智告訴我我失控了，可我似乎什麼也顧不得了。

山米的頭晃來晃去，但是他沒有哭。他緊緊閉著嘴巴，眼睛卻瞪得老大。我嚇到他了，這一點明擺在眼前，而我突然間很慶幸那位高大健壯的保全就站在他後面。我從來沒打過孩子，一次也沒有，但是我現在卻得叫自己忍耐。我想要擁抱他，再掐死他，再擁抱他，而同時我的腦子不斷敲打出他在這裡，他回來了，他還活著。

「我在松樹谷找到他的。」迪亞哥說，仍在門口喘氣。

松樹谷距離這裡一哩遠，要穿過不止一條熙來攘往的馬路。

「你是要去廉恩家？」

山米縮了縮，我就當作是了。

「為什麼？」他不回答，我搶下他的背包，拉開來。我看到了那個東西，我知道它在裡面，在背包底部，沾著食物碎屑和糖果紙，但是我一點也不懂。「你的Xbox遙控器？你冒著生命危險，害你父親跟我差點心臟病發作，就為了玩他媽的電玩？」

髒話脫口而出，我沒能阻止，不過我也不想阻止。我被憤怒吞噬了，生吞活剝了。我為了遏制憤怒，喉嚨繃得死緊。

「山米，你到底在想什麼？」我又用力搖了他，這次他哭了出來。

山姆一掌按在我的肩胛骨之間。「我們大家都先緩一緩，重新來過，好嗎？像這樣子是得不到答案的。」

他的話劃破了我狂怒的迷霧，我了解了他話中的用意：冷靜下來，先別說話，還有外人在場。這是杭廷頓的詛咒——總是有人看著我們，聽著我們，批評我們，即使是在最隱密的自己家裡。

我緊緊閉上嘴巴，但是兩隻手仍出汗發抖。

在我身後，山姆開始大加讚揚室內的人，感謝他們的服務，為我們引起的麻煩致歉。他和他們握手，提議要送他們出去，彷彿他們是過來小酌一杯的客人。無論在他的市長表象下醞釀著什麼情緒，他永遠是親切迷人，殷勤多禮的。再也找不到更完美的政治人物了。

但我不是公僕，我也不再有那個力氣假裝了。我顫巍巍地站了起來，抓住山米的胳臂，一言不發，把他往屋裡拖。保全讓路給我們通過。

「媽咪——」山米哀鳴著被我拖上樓，而這一聲喚就如鉗子般夾住了我的心。他有幾年不叫我媽咪了，即使是去年秋天他切除了扁桃腺醒過來之後。我等著他的下一句，道歉，也許，或是解釋。他張口吸氣，呼吸不是很順暢，像是哭得太久抽抽搭搭的，但是他什麼也沒說。

我們走上了玄關，我一根手指朝客廳戳點。

「進去坐在沙發上，一根手指頭都不准動。」

山米低頭看著胳臂，仍被我的手用力抓著，我的指尖襯著他的T恤顏色顯得雪白。我放開了手，他頭一低就急急忙忙走開了。

「妳打算怎麼辦？」媽就在我身後說。我轉過去，她把他的眼鏡交給我。

「我會盡力忍住不掐死我的獨生子。」我的聲音發抖，不是出於我特意注入的幽默，而是出於憤怒。

「同情和憤怒是可以共存的，知道吧。坐好，仔細聽山米的心聲，並且給予尊重。他並不是總能找到妥當的話說，但是如果妳給他空間，他會讓妳知道他為什麼那麼做的。」

我翻個白眼。「母親，拜託。」

山米就在我命令他去的地方，坐在沙發的正中央，背抵著椅背，所以雙腳懸空，垂在毛茸茸的地毯上方。他的嗚咽聲變大了，也淩亂了，對著大腿一把鼻涕一把淚的。我沉坐在沙發尾端的扶手椅上，一腳架在咖啡桌上，想著樓上保險箱裡的那一小瓶贊安諾，是去年眉額拉提手術剩下的。等這件事結束之後，我要吞個兩錠，睡上一星期。

山米慚愧的眼神從他的大腿溜上了我的，隨即迅速溜開。

我們就這麼沉默地坐了許久，聽著山姆又一輪的感謝，送每個人出門。門嗒的一聲關上，山米嚇得縮了縮，而山姆每朝我們邁近一步，山米就越往我的椅臂上靠。

「嗯，我一直在想，而且我覺得我懂了。」山姆的聲音平靜得出奇，語氣幾乎是友善的，只不過他的下巴緊繃，修長的手指交握，擺在一側，握得死緊。「你叫了 Uber，是吧？一輛 Yukon XL 休旅車會過來帶你去六旗樂園？」

這是山姆一個比較讓人氣得牙癢的技巧，用一堆自命不凡的屁話來遮掩他的憤怒。山米抬起頭來，額頭困惑地皺了起來。

「沒有。」這是他在樓梯上吐出媽咪兩字之後說的第一句話。

山姆雙手向上拋，再落到大腿上。「那是為什麼？說來聽聽。你母親跟我擔心死了。你的藉口是什麼？你是要去哪裡？」

蔓延開來的沉默像永無止境。這種沉默就如裹屍布般包住你，讓空氣變得濃濁僵硬。山米緊抿著唇，低頭瞪著膝蓋。

「說啊，山米。我想沒有孩子會吊掛在二十呎高的窗戶上卻沒有一個好理由，所以告訴我們啊。到底是有什麼重要的事讓你差一點送掉性命？」

山米的頭倏地抬了起來，臉上寫著不服氣。「又沒有那麼難。」

這句話說錯了。山姆失控了——他的耐性、他的脾氣、他的外交手腕全都粉碎了。「你可能會摔斷脖子，你可能會死。」山姆吐出一串髒話，臉色漲紫，已在發作邊緣。「回答問題。你母親跟我有權知道你要去哪裡。」

山米吸了兩口氣，我看不出他是在忙著編謊或是鼓足勇氣。眼淚從他的下巴滴到大腿上，他抬眼鎖住我的目光，默默求助。我伸手到小几上，拋了盒面紙給他。

「我需要用廉恩的 Xbox 一下。」他說，不理會面紙。

我按住太陽穴，慢慢按摩。

「你是在開玩笑嗎？」山姆高聲吼。「你是真的打算坐在這裡，跟我說你冒著生命危險，把你母親跟我嚇掉半條命，就只為了什麼白痴電玩？我們報了警！我們不知道動員了多少人在找你。你可能是忘了，不過外頭有個綁匪還沒有落網，而他真正想要從達洛尼加擄走的人是你，不是伊森，是你。」山姆就此打住，呼吸沉重，彷彿是想要羈勒住自己，可等他再開口，他的聲音仍然激動。「知不知道你讓人覺得你有多不在乎？有多自私？」

可這時山米的小臉被淚水沾滿了，他雙臂抱頭，對著膝蓋哭。「你們不知道啦，」他在一聲哭號的最後說，「那很重要。」

我把他的Xbox沒收之後，他說的也是這句話。

山姆猛吸一口氣，正要開口，但我一手按住了他的膝蓋，不很婉轉地要他讓我試一試。我換到沙發上，伸出胳臂摟住了山米的肩膀。

「山米，」我開了口，卻帶著怒氣。我把語調換成比較嚴肅的。「山米，看著我，拜託。」

他從雙臂間向上看。

「你父親跟我真的很想要了解你，可是我需要你知道我們為什麼這麼生氣。你不見了，我們到處都找不到你，我們以為是綁匪來把你抓走了。我們以為他把你抓走了。」

山米又把臉埋了起來，用兩隻手背擦淚，先用一隻，再換一隻。「喔。」

「喔？就這樣？山米，你可以做得更好。」我抽了兩張面紙，幫他擦臉。在泥巴和鼻涕下，他的臉頰佈滿了火紅的抓痕。「我需要你告訴我們你為什麼要逃跑。是什麼事那麼重要？」

「我不想說。」

「為什麼？」

他的嘴唇顫抖，然後又來了，沒完沒了的眼淚。「因為……」

「因為什麼？」

「就因為嘛。」

「我今天什麼事也沒有，山米。我們可以耗一整天。因為什麼？」

「因為我覺得你們會生氣。我覺得你們會討厭我。」

我的胸口收緊，一手捧住他的下巴，讓他的臉對著我。我等著他淚汪汪的眼睛看著我。「我是你的母親，我無論如何都會愛你。知道嗎？」

山米點頭，緊緊閉上眼睛。

「那就幫我了解。告訴我你是想要做什麼。」

「我想要道歉。」他的表情既傷心又生氣。「我想跟他說對不起。」

我兒子要道歉的不守規矩的事情可多了。盜用我的密碼，從二樓窗戶跳出去，逃家，說謊。但很顯然這個道歉不是給我的。「給誰道歉？」

「伊森。」

「你為什麼需要跟伊森道歉？」

山米用手背擦掉眼淚，再在T恤上擦乾。「為了逼他換睡袋，雖然我知道他的是全新的。為了害他哭。很多事情。」

「可是為什麼呢？你為什麼要拿他的睡袋？」

「我不知道。他的木乃伊睡袋比我的好多了，而且他一副那是世界上最棒的東西的樣子。我不知道我為什麼會那麼生氣，可是我就是很生氣。」

「所以你昨天跟我說，是潔西卡跟那些女生叫你們交換的，你是在說謊？」

整整五分鐘山米才點頭。

「喔，山米。」

我兒子是個惡霸。這是我第一次允許這句話出現在我的腦子裡，我第一次讓自己徹底承認這種可能性，假如我捫心自問，我會說我有許多次都盡量不往這方面想。我見過他在伊森附近的行為，聽過愛瑪老師支吾其詞，不敢直接說出來，而今天的事證實了。山米是個惡霸，而必須由我和山姆來教育他。

山米的聲音變得自衛。「爸也這樣啊。他說他會幫亞特蘭大市弄到更多火車，就算沒有錢也一樣。他一天到晚在說謊。」

「那不一樣，」山姆說，「那叫競選承諾，是我想要做的事，不是我保證做到的事。」

「那為什麼叫承諾？」山米說，而山姆沒回答。山米看著我，我也沒回答。理論上來說，山米沒說錯。空泛的承諾就不是承諾，而是謊言。

「阿嬤說我的能量不會變乾淨，除非我說了對不起，我想說，可是我爬不到屋頂上。我在樓梯上有好幾次想要說，可是他一直跑掉，現在我的能量全都亂七八糟了。」

「他到底在說什麼啊？」山姆霍地站起來，開始在地毯邊緣踱步。

我揮揮手要他閉嘴，心底起了一點點的騷動。昨晚山米在樓上叫媽跟蹤一些獸族。

「你想告訴誰？」

「伊森。可是我老是在樓梯上就死掉了。」

我的心臟猛跳了一下，彷彿山米以前在我的肚子裡亂踢，又重又快。「電玩裡的樓梯？」

山米點頭。「他在那裡。他從我前面直接跑過去，跑到屋頂上。」

有可能嗎？伊森有可能坐在某個房間裡，忙著跟獸族戰鬥，而警方卻在北喬治亞森林裡像無頭蒼蠅似地搜索？我盡力回想山米的朋友名單上的玩家代號，努力回想有哪一個可能是伊森，卻想不出來。一切都太模糊了。

「什麼時候？你什麼時候看到他的？」

「昨天。喬也說他在墳墓看到他。記得嗎？是妳跟我說的。」

GamerJoeATL的留言在我心裡浮現。在墳墓裡快。

「廉恩要幫我找到黎明之鎚，那我就可以殺掉那些獸族，進到下一關。它藏在台階旁邊的草叢裡，可是那邊有一挺重機槍，我過不去。廉恩要教我怎麼過。」

「有人要告訴我他究竟是在說什麼嗎？」

我叫山姆安靜，心裡想的不是山米的話，墳墓或是獸族或是重機槍，而是更要緊的事情：我兒子可能找到伊森了。

「你能弄給我們看嗎？」

凱特

失蹤五十五小時五十三分

我回家了，直接上床，伊森的床。我把他破舊的恐龍被拉上來蓋住臉，吸入我兒子的味道。布料要多久就沒有他的味道了？

我上樓時吞下的贊安諾發揮了藥效，我的感官變得遲鈍，腦子也模糊了，迷糊得像一碗豌豆湯，但我還是又吞了一顆。藥丸融化成苦澀的一團，我苦著臉吞下去，等待著第二波的藥效讓我的血流平緩下來。我沒跟盧卡斯說我吃藥，這是安德魯上次打我之後急診醫師塞進我手裡的，我把剩下的全吃了，不過我懷疑盧卡斯早知道了。我看過他覺得我沒在看的時候盯著我，就像在我們的婚姻的最後幾年他盯著安德魯看一樣。盧卡斯在緊盯我的一舉一動，記錄線索，留意跡象，怕我做出什麼危險的事情來。要是伊森不快點回來，我可能會。

有人敲門，盧卡斯探進了頭來。「嘿，妳醒了嗎？」

「沒有。走開。」

他走了進來，門吱呀一聲，他的襪子在地毯上刷拂過。我從被子一角往外看，他就矗立在我面前。「我做了早餐。」

「我不餓。」

他的視線落在伊森床頭几上的處方藥瓶上。「妳得要有體力。」

「幹嘛？」話說得呆板、死氣沉沉，而不是依照我的意思說得憤怒挑釁。我要體力幹嘛？等老麥來告訴我壞消息時我才能哭天搶地，來個大崩潰？說實話，我倒寧願那是最後一擊，最後的一齣小悲劇，把我推過深淵。

「妳說得對，最好是在床上浪費時間。有何不可呢？安德魯也能把伊森照顧得跟妳一樣好。」

我所知道的盧卡斯最會這一套了，以退為進，欲擒故縱，帶著我從他的觀點看事情。我十六歲的那年夏天他也說了類似的話，那時我母親因為卵巢癌過世，而我也彷彿跟著她一塊走了。盧卡斯黏在我身邊，送我去醫院，去安寧病房，去葬儀社，去墓地。「現在妳的機會來了，」他低聲說，看著他們把她放進墓穴裡。「妳要的話，我會把妳推下去。」

我的反應是給了他的肋骨一拐子，但也讓他得到了他想要的東西：一抹笑。現在他的話擊穿了我的贊安諾迷霧，我嘆口氣，坐了起來。「你是混蛋，你知道嗎？」

盧卡斯嘻嘻笑。「我也愛妳。」他伸手給我，把我拉下床。

到了樓下，盧卡斯催著我入座，擺放盤子。他在盤子裡裝滿了我吃不完的食物，炒蛋培根煎餅，煎餅上放了厚厚的奶油，澆了太多糖漿。我看著他在小小的空間中移動，撞到櫥櫃，像個困在娃娃屋裡的巨人，我的眼睛不由得感到刺痛。如果伊森不回來，如果我後半輩子得一個人住在這棟屋子裡，那我要盧卡斯永遠不要走。

他正把最後一點牛奶倒完，我的手機響了。

不是壞消息，我告訴自己。老麥保證過的。

然而。

我瞪著螢幕，身體深處開始震動，擴散到皮膚上，像音叉似的。我的腦子裡充滿了等量的希望與恐懼。

然後螢幕閃出一個名字：安德魯・梅道斯。

立時一陣寬心，但寬心卻被恐懼浸泡了。安德魯是不該打來的，而且他也不會冒險違反禁制令，除非他有重要的事要說。我用發抖的拇指滑過螢幕。

「告訴那個討厭鬼我報警了，」盧卡斯說，重重放下我的盤子。「禁制令也包括打電話，混球。」

我舉手要他安靜。「安德魯？出了什麼事？」

安德魯說的話卻被盧卡斯的大嗓門淹沒了，他雙手圍在嘴邊，臉對著手機。「警察來了，死白痴。」

「盧卡斯，閉嘴。我沒力氣再吵架，好嗎？拜託閉嘴。」我從他旁邊擠過去，往樓梯走，一次跨兩階，衝進了臥室裡。「安德魯，你在哪裡？出了什麼事？」

「看來盧卡斯還是一點也沒變。」

他粗暴的話讓我立刻就變成了刺蝟，那麼多的指控和責怪。「你就是為了這個打來的嗎，來抱怨盧卡斯？」

「不是。不過妳可以叫他不用報警了。我整晚在警察局裡，其中一個到現在都還在監視我，而且一點也不想遮掩。現在那個傢伙已經把我摸透了，從我常去的加油站到我牛仔褲上的標籤。」

我沉坐在床上。「你去了哪裡？」我知道他去了哪裡，我只是想聽他自己說出來。

「去度假。不在國內。我一聽說伊森的事就趕回來了。」

他的回答果然是典型的安德魯。不道歉，不解釋。安德魯從來不為他自己做的事道歉。不為他的辱罵，不為他的凌虐，不為任何事。他從來就沒有錯。

「你為什麼打電話來？」

「因為警察什麼也不跟我說，而我不知道還能怎麼辦。我快瘋了，凱特。真的快急瘋了。」

我眨眼看著雜亂的房間，望進了歪扭的檯燈，我床頭几上的那摞書翻倒在地板上，地毯上的污漬，是伊森打翻了我的一杯紅酒。我記得那時很生氣，為了已經有做不完的事卻又多了一樁得處理的苦差事而氣得冒煙。我閉上眼睛，希望能回到過去；有太多的事我會做不同的處理，就從這一刻開始。

「拜託，凱特。」安德魯的聲音中透漏出一絲絕望，比我聽過的都要真誠。「無論妳對我有什麼看法，無論我們把關係弄得有多差，我還是伊森的父親。」

有一件事是我永遠也無法改變的，那就是我和安德魯孕育出伊森的那一夜。無論後來發生了什麼，拋開那些尖叫爭吵眼淚，安德魯說對了一件事：他仍然是伊森的父親。

「他們在搜索一處湖泊，安德魯。湖泊。老麥說了什麼度假屋和民宅，可是我想到的只有那些水。伊森連在游泳池都游不到對面，更別說是那一大片湖水了，那個湖每年夏天都會把幾十個孩子吸進去。每次我閉上眼睛，我都看到他在水底跟別的屍體一塊漂浮。」

說出這些話幾乎是一種解脫。擔憂一直在我的腦子裡來回彈跳，一次比一次快，一聲比一聲響，持續不懈，而盧卡斯是不會想聽的。安德魯是唯一一個能了解的人，一等我說出湖泊兩個字，他立刻就會想到同一件事。

但安德魯念茲在茲的卻是另外兩個字。「老麥是誰？」

我縮了縮。「麥金塔刑警。就是他到我家來告訴我伊森失蹤的。他一直在告訴我最新的進展。」

我打起精神準備面對火力攻擊。每次有別的男人的名字從我的口中冒出來，就一定會有槍林彈雨。結婚這麼多年來，只要有男人往我這邊看一眼，安德魯就會指控他是在覬覦我，而我也故意賣弄風騷。投射是最糟糕的一種混淆視聽的手段，把他自己做的每一件事都怪罪於我，多多少少讓我覺得問題是出在我身上，而不是他荒謬的嫉妒心。離開安德魯才半年，我的技術已經生鏽了。即使在安德魯對我動手之時他就喪失了一切的權利，即使老麥除了專業和親切之外對我完全沒有別的念頭，我仍覺得我做錯了事。我仍因為提到別的男人的名字而內疚。

但是安德魯卻讓我意外，直接略過我的回答。「要命，湖泊？」他吐出顫巍巍的一口長氣。「為什麼沒有人告訴我？」

我有太多的話可以說。因為你的骨子裡就是好鬥。因為你是嫌疑犯。我緊抿著嘴，一句話也沒說。

「可是他們是在湖邊搜尋吧？不是湖裡。我是說，他們沒有理由認為……」他的話沒說完，被男人想要忍住眼淚時的高調門吱嘎聲斬斷了。他頓了頓，穩住自己，再對著手機吐氣，漫長沉重的一聲嘆息。「聽著，我有東西要給妳。上次伊森到我家來做的。他……不見了，我覺得應該要交給妳。要是我放在妳家台階上，盧卡斯會一看到我就賞我一個過肩摔嗎？」

「你在外面？」

「如果盧卡斯沒在聽的話。」他開玩笑說，卻沒笑果。我們都知道要是安德魯敢走上我家的步道，盧卡斯絕對不會對他客氣。他已經把半個迪卡爾布郡的警局都輸入了緊急撥號，而且他剛才吼叫的威脅也絕對不是在放話而已。安德魯不能靠近這棟屋子，可是無論他有什麼要給我，我都急著想要。

手機的另一端響起了汽車引擎發動聲，緊接著是沙沙聲，好像是他在換檔。

我從床上站起來，到處找鞋子。「你能放到郵箱裡嗎？」

「我剛剛放了。拜，凱特。再聯絡。」

史黛芙

失蹤五十六小時三十一分

我把Xbox重新接上電線，打開電視，把控制器交給山米。

「首先我要找到黎明之鎚，幹掉重機槍。」他嚴肅地說，比起他在樓下的那陣嚎啕來，恢復得真驚人。他在遊戲椅上坐定，準備廝殺，以紅腫的眼睛盯著螢幕，但肩膀卻因專注而挺立。「我要一會兒才能到那裡。」

山姆跟我並肩坐在床上，一腳抖動，連帶我的身體也跟著晃。媽則在我們身後，在門口盤桓。

「到哪裡？」山姆的聲音暴躁，他的表情告訴我他仍不確定這是否是山米要的把戲想要讓自己逃過責罰，而坦白說，我也一樣。山米的玩家代號跟實際的伊森接觸上能有多少機率？

「去墳墓。」山米說。

「喬說他在那裡看到伊森。」我幫著說明。

「難道不能在開始遊戲以前就看到他是不是在網上嗎？」山姆問，果然是那個講究實際的政治人物。既然有更快速、更簡便的方法，何必浪費時間精力呢？尤其是現在，每一分鐘都至關重要。

Xbox Live的標誌出現在螢幕上，山米登入。「我應該可以查查朋友名單。」

「我以為你跟伊森不是朋友。」我說。

「Xbox的朋友又不一定是真正的朋友，只是跟你一起玩遊戲的人。」山米讓螢幕上出現了一長串的玩家名單。

媽靠過來，直接站在山米的後面，閉著眼睛，兩隻手心朝上，嘴巴默唸著禱詞。能量從遠處癒合，而這一次，並沒有讓我生氣。要是她能夠跟伊森有什麼潛意識的接觸，要是她能紓解他的恐懼，傳遞給他一些她的力量，那，只管請便。

「他在線上！」山米從椅子上跳起來，衝向螢幕，跳起來指著頂端的一個玩家。MadIQ158。我的心興奮地咚的一聲，我朝山姆的方向伸手。「打給警察。」

其實山姆已經提早一步了，手機已經貼著耳朵，警察局長的電話早已在快速撥號中了。

螢幕轉換成幾十名重裝人物，在世界末日後的景色中移動。「哪一個是伊森？」

「他快到屋頂上了。我需要找到黎明之鎚，殺掉全部的獸族，才能到那裡。等等。」

我抓緊了床墊邊緣，看著我兒子在一個黑暗、反烏托邦的世界中閃躲古怪兇狠的生物，而同時山姆將我們的發現告訴菲利普斯局長。音效和山姆的聲音遮蓋了我隆隆作響的耳朵。

「伊森的能量很強，」媽說，眼睛仍閉著，而我也並沒有壓抑從她的話中感覺到的希望之火。畢竟，她對山米就說對了，或許她對伊森也一樣。「我收到許多矛盾的情緒，但是沒有生理上的痛苦。」

山米的戰士在草叢中找到武器，樣子更像是未來派的雷射槍，能把擋住他去路的障礙全部蒸發。等他清除了障礙之後，他爬上一處石梯，進入了一處由闇黑密閉的房間組成的迷宮。

「我們到屋頂了，」他說，聲音高昂興奮。「開始尋找MadIQ158。」

說是屋頂卻更像是地牢，一個個低懸的空間密如蛛網，由一條中央走廊連接，其他部分就是遼闊的天空。到處都是生物，人類和不像人類的都有。山米領先他們一步，左搖右擺，再向左，以巨大的爆炸殺死他們。電視喇叭震天響，火砲聲不絕於耳。

我向前傾，屏氣凝神。有太多要看了——人類和異形和炸裂的屍塊。我的腦袋有如得了過動症，沒辦法專注盯著某一處。

冷不防間，山米從椅子上跳了起來。「他在那裡！我就說嘛。他就在那裡。看。」他指著一個蹲伏在螢幕下方的重裝男子，正在和一個像來自冥界的敵人交火。小小的字母浮升在他的頭上：MadIQ158。

「你怎麼知道是他？」媽在我身邊說，「而不是某個有同樣別名的人？」

「不能有兩個人有同樣的玩家代號。」山米的答案帶著一種錯不了的你是白痴喔的語氣。

「如果已經有人用了，你就得選別的。」

「你能跟他說話嗎？」我說，指的是伊森。「問他在哪裡，他好不好？」

「可以啊。我來傳訊息給他。」

「那就快。」山姆說，我抓緊了他的胳臂，他的皮膚和肌肉都繃得好緊。如果這是真的，如果螢幕上的人真的是伊森，那警方當然能夠追蹤到他。Xbox一定會有它自己的網址吧，就跟電腦一樣。一定有什麼辦法的。

山米換到另一個螢幕，按鍵傳送訊息。「我應該說什麼？」

「問他在哪裡？」山姆說，「跟誰在一起。叫他說得越詳細越好，我們才能找到他。」

山米準備打字，卻沒有鍵盤，所以動作很慢，山姆在第二個字還沒打之前就失去了耐性，一躍而起，從兒子手上搶走了控制器。

但是山姆的速度也不比兒子快多少。沒有鍵盤，他只能靠幾個按鈕來找字母，上下左右捲動，輸入需要的字母。他至少弄了一分鐘，但結果也只有你在哪？好嗎？幾個字。他按了確認，立刻就又開始下一個訊息，兩隻大拇指敲著操縱桿。

「他不見了。」山米大喊。

我的視線立刻轉回到電視螢幕上。在MadIQ158的名字旁有一行字：下線。兩秒鐘之前。

山米聳聳肩。「不知道。他沒死，只是不玩了。」

「他去哪裡了？」

不過山姆的手仍沒停。

我向後坐，屏住呼吸，看著他的訊息成形：誰抓了你？救援來了。

外頭的低沉轟隆聲讓我們警覺到有車子駛上了車道。山姆的頭和肩膀同時抬高，宛如被線牽著的木偶；他的頭朝窗戶歪，彷彿是被磁鐵吸引了過去。我也看窗外，是喬許。

山姆把操縱桿還給山米。「繼續找伊森。他一上線就告訴我。」

「山姆，別走。」我從床上跳下來，滑向左側，擋在山姆和走廊之間。「我們現在正有個家庭危機。」

「伊森不是我眼前處理的唯一一個危機。」他一手按著我的肩膀——表示支持，懇求——再把我推開。

我轉身要爭辯，但是他已經走了。

凱特

失蹤五十六小時五十八分

我下樓來發現了一張便條，貼在前門的內側。去商店，馬上回來。——盧。我把腳套進運動鞋裡，打開門鎖，跨了出去。

站在門階上，馬路安安靜靜的，左鄰右舍都關著門。我的鄰居仍然因為昨晚的歡鬧而在沉睡休息，大多數會睡到下午才起床，然後他們的噪音就會一直響到深夜，但這個時候，只有鳥叫聲和幾哩外的高速公路低沉的嗡鳴聲。

一個小時之前不知什麼時候烏雲捲了過來，低低地壓著天空，帶進了濕氣很重的空氣，黏著我的皮膚，黏著我的肺，把郵箱裡的東西都弄得濕答答的。我翻尋了潮濕的信件——帳單、一疊折價券、銀行寄來的一盒支票。我找了兩次，還彎腰看著郵箱的裡面。空的。除了郵件之外沒有別的。

「凱特。」

聲音就來自我的正後方，嚇得我的一顆心蹦到了嗓子眼。我一個轉身就看見了他，站在空蕩的馬路上。我高大熟悉、幾乎是前夫的先生，穿著時尚，掛著熟悉的笑容，濃密的褐色頭髮在額頭上翹起一大捲。

上一次我們站得這麼近時，他一拳打中我的臉。

我一隻手按著心跳如雷的胸口。「安德魯，你嚇到我了。」

他現在也讓我害怕。安德魯非常清楚他是不應該來這裡的，而我也相當肯定這個時間點是他刻意挑選的，趁著盧卡斯去商店，再從他躲藏的灌木叢後面出來。我上上下下看了馬路一遍，掃視著車輛或是在門廊抽菸的鄰居，卻一個也沒有。有個女人從他後面的那棟房子向外看，樓上窗戶污濁的灰色窗帘後露出一張好奇的臉，但來得快去得也快。

他歪歪頭，微微蹙眉，盯著我。「妳怕我？」

我點頭。

他舉高兩隻手，好像在證明他沒有武器，然後再插進牛仔褲口袋裡。*看到沒？他的表情似乎這麼說。我沒有惡意。*

他比我上次見到時瘦了，但瘦得不健康。他的臉頰凹陷，體型縮減得太多。

「警長說你去聖馬丁了。」

「沒錯。」

我端詳他的臉、他的胳臂、他的手背。「怎麼沒曬黑？」

安德魯一臉不悅，眼珠子溜開，就跟伊森一樣，每次我問他到他爸爸家玩得開不開心，他也這樣。「我擦了防曬油。」

「伊森做的禮物呢？」我搖晃手裡的信件。「你說你放進了郵箱裡，可是裡面沒有。」我看著他的表情，融合了得意和叛逆，我恍然大悟。「你騙我？」

安德魯沒否認。「不然的話妳不會見我。」

即使是他，這種等級的欺騙也很邪惡。「我們的孩子失蹤了，你卻用假理由把我騙到外面來。你到底是有多混蛋？」第一簇憤怒的火焰燒灼著我的內臟。

「我需要知道妳是站在哪一邊的。」

「你在說什麼啊？」我搖頭皺眉。「什麼哪一邊？」

「妳站哪一邊，我，還是警察？因為那些豬頭還是認為我跟伊森失蹤有關，所以我想知道妳，我的太太和我孩子的母親，是不是也跟他們一樣。即使在他失蹤的時候我隔著一片大海，即使是妳讓他報名參加那個校外教學的。我跟妳說八歲大的孩子不能離家過夜，可妳就跟以前一樣，就是不聽。所以，選邊站，凱特。哪一邊？」

好長好長的一刻，我沒回答。安德魯想要我說，當著他的面大聲說我沒有懷疑他抓走伊森，但我當然懷疑。我在營區留的那通語音信息就是這麼說的，我懇求他把伊森帶回來。我跟老麥說的話是真心的：他不像我一樣了解安德魯。聽見了警方仍在監視他，仍在尾隨他到加油站和咖啡店，我的懷疑有增無減。我緊緊閉著嘴巴，一言不發。

安德魯搖頭，像在責罵一個調皮的孩子。「果然不出我所料。」

「喔，得了，安德魯。你是要我說什麼？我找不到你，而現在你又使出這一招？我當然會懷疑你。你打斷了我的骨頭，你打碎了我的心。」我說到最後聲音分岔，出乎我們兩個的意外。

他搖頭。「妳申請離婚也打碎了我的心。」

「所以你就攻擊我？你是想讓我付出代價？」

安德魯的額頭擠出深深的皺紋。「我不是那個意思，妳也知道。我跟著妳去那間超商，我發誓我不是打算要傷害妳的。我連我做了什麼我都記不得了。」

「你跑了。你丟下我在停車場流血，自己跑了。」

「我不是故意的，我只是太生氣了，好像我的身體裡面著火了。我沒用腦子想，就只是直接反應。我不想失去妳。順便讓妳知道，我戒酒了，我有四個月滴酒不沾了。」

這是我一直在等待的道歉，然而又不是。他沒說對不起，他沒為自己做的事表達悔意，只說我不是故意的以及我戒酒了。這個非道歉摩擦著我的神經，強酸似的。

「那現在是怎樣？你來這裡是因為我懷疑你帶走了伊森，即使只是懷疑了一秒鐘，所以要我付出代價？又為了你自我中心的小挫折把我當沙包打？」

「什麼？不是。別把我沒做的事怪到我的頭上來。」就這樣，他又冒火了，聲音尖銳，充滿了指控。

「好吧，那也許你是來提醒我要不是我讓伊森去旅行，他現在就會在樓上房間裡，而這一整個週末的事就不會發生？當面責怪我不是個好母親？」我說話時，另一點火花又在我的肚子裡迸發。突然間，我很高興他來了，我很高興我們在談話。這些話我憋太久了，能宣洩出來感覺真舒服。

安德魯搖頭。「我根本就沒有那樣說。不過，妳又來了，把我沒說的話往我的嘴裡塞。」

「不然呢？你是來巡查我的破爛房子跟我一元商品店買的染髮劑，好讓你跟你在登伍迪鄉村俱樂部的朋友說我淪落到什麼地步？因為你知道嗎？我不在乎你的時髦汽車和豪華假期。我不想要郊區的房子，如果我得跟你一塊住。我只想要伊森回來。把我的兒子還給我。」

「耶穌，妳就跟警察一樣糟。妳知不知道他們搜查了我的房子、我的電腦，甚至還放狗到我的車子裡。尋屍犬，凱特。他們以為因為我對妳做過那種事，我就會對我親生的兒子做更可怕的事。簡直是狗屁。我在一千哩外的海灘上啊。我跟妳一樣想要他回來。」

興許是流在我血液裡的贊安諾讓我不顧危險；興許是這半年來的辛苦困頓以及克服難關讓我又挺直了脊梁骨；興許是沒有了伊森我也就什麼都沒有了，無論是哪一種理由，反正我都豁出去了。我把信件摜在地上，雙手按住他的胸膛，用力一推。安德魯踉蹌後退。

「說你把他怎麼了。」話聲在四鄰迴盪。

「拜託妳冷靜點好嗎？耶穌。」他的話像在哄孩子，太耳熟了。

「他在哪裡，在你車子的後車廂裡？被綁在你的地下室裡？說你沒有傷害他。」

安德魯高舉兩隻手。「凱特，妳要是不能講理一點，那我就不跟妳說了。」

他的斥責在我的耳朵裡引燃了靜電，尖銳的滋滋聲弄得我的頭像噴發的蒸汽。我知道那種聲調，跟他以前用過的一樣，就在他要反手打我的臉之前。制約作用，我的內心深處浮現出這幾個字來，但是這一次我是那個攻擊者。我又動手推他，這一次使上了全身的力氣。

「你個禽獸！把我的兒子還給我！」

我上前去想再推他，但是他把我的胳臂抓了下來，手指緊緊鉗住了我的腕骨。我奮力想扭脫，但他太強壯了，他的抓握太牢靠了。我做了唯一能想到的事：我用腳踢他。頭兩踢只踢到空氣以及他的褲管，但接下來我就踢到了他的骨頭，他咒罵一聲。「噢。別踢了，凱特，別踢了。」

警笛聲在馬路另一頭響起，是一聲警告，我們都僵住了。安德魯是因為他被逮到兩隻手抓著那個不得靠近兩百呎的女人，而我是因為我想到了老麥。想到了他承諾會親自過來傳達壞消息。想到了我的手機，默默插在我的後口袋裡。我想到了這個，不由得開始發抖，我的皮膚和血液和肺葉都變成了冰塊。因為如果那是老麥按的警笛，那我知道他出現代表什麼意思。

安德魯放開了我，活像我是一支燙手的撥火棍。他手忙腳亂倒退，拉開了必需的距離，同時舉高雙手，掌心朝天，像個被抓到的現行犯。

我越過他看，心臟停住。

是老麥，來把我的整個世界炸碎。

史黛芙

失蹤五十六小時五十九分

我打開門，看見三名警察站在我家台階上，卻從沒有這麼開心過。不是警察，是聯邦探員。我從他們的衣著、剪裁得當的黑色和海軍藍套裝上知道的；從他們乾淨的臉上戴的同樣式的鏡面太陽眼鏡上知道的；在他們掏出皮夾，亮出層壓紙名片，上面用藍色粗體印著簡單的三個字母知道的。

FBI。

我掃視他們的名字，緊張得幾乎看過就忘了。

「請進。Xbox在樓上。」我關上了門，指著天花板，指著頭頂上持續的電玩轟隆聲。「我叫山米繼續玩，看伊森會不會又上線。」

三人互換了迷惑的一眼。

「你們就是為了這個來的，不是嗎？因為我兒子在電子遊戲裡看見了伊森．梅道斯。」

伊森的名字落在玄關裡，黏在地板上。整整兩秒鐘，誰也沒開口。中間的那名探員摘掉了太陽眼鏡，掛在外套口袋裡。他的聲音低沉沙啞，像老菸槍。「妳通知當局了嗎？」

「當然啊。我先生至少在十分鐘之前就打給了達諾．菲利普斯。我還以為……」

下半句話悶死在我的口腔裡，因為就在這時我想通了：這些人不是為了Xbox來的。菲利普斯警長會派巡邏車來，而不是聯邦探員。這三人不是來拿機器或是追蹤IP位址的，他們是為了別的事情登門的。

我整個身體都像火爐一樣熱。

山姆站到我身後，伸過手來跟他們握手。「各位。有什麼我能效勞的地方？」

個子最高的探員從口袋中掏出一只信封，像送禮一樣拿給山姆。「杭廷頓市長，這是我們對這處房產的搜索狀。」

我的神經，已經因為週末的事件而繃得太緊，忽然錚的一聲斷了。我竭力要想出一個無害的解釋，但忽而又明白沒有。搜索狀的意思是有關當局懷疑山姆從事什麼不法的行為。搜索狀的意思是他們說服了法官有好理由要來搜查他的東西找證據。我想像著這些探員開車經過柵門外幾十名的記者，他們的全彩高畫質鏡頭捕捉住每一刻，我的皮膚就刺癢。搜索狀的意思是醜聞。

山姆的身體抵著我的肩胛骨像混凝土一樣。「搜索狀？為了什麼事？」

探員拿著紙在空中抖。「請收下，市長，然後讓開。」

經過好久好久，山姆才接了下來。

三人直接就往書房走，在玄關的邊緣經過了喬許。我遠距離瞪著他，不明白他為什麼渾身上下都散發著鎮定。他愉快的茫然表情，鬆弛的肩膀，靠著牆的放鬆姿態，一隻手還隨意插進長褲口袋裡。然後我看到了他的另一隻手，緊握著一杯琥珀色的液體，我的心跳就立刻加快。無論出了什麼事，都需要三指山姆最上等的波本酒。

我回頭看著山姆。「山姆，這是——」

「現在先別提。」他的臉是一張暴怒的面具，我還得提醒自己他的怒氣不是衝著我來的。山姆惡狠狠瞪著對面，讓我感覺這一切——探員，搜索狀——竟真的全是喬許的錯。

門口有更多騷動，一名穿制服的亞特蘭大警員過來取走Xbox。

我把山姆和喬許趕進客廳。「讓我來處理這個。我會盡快打發掉他。」

他們轉過角落之後，我就開門讓警員進來。就算他很驚訝在這裡看到聯邦探員，帶走滿懷的辦公設備，他也一句話都沒說。

「遊戲機在樓上，」我跟他說，「在這裡等。我馬上就來。」

他禮貌地點頭。「謝謝妳，夫人。」

我轉身就上樓，一次跨兩階。電玩的如雷聲在樓上的走道就撲向了我。山米仍在和重機槍交戰。我從媽的表情看得出來伊森沒有再出現。

「他不在這裡，媽。」山米的聲音很煩惱，兩眼緊盯著螢幕，大拇指不停敲著按鍵。「我到處都找過了，可是他還是沒有上線。」

我揉他的頭髮。「沒關係的，小朋友。謝謝你的努力，可是警察來拿遊戲機了。」

這一次山米很乾脆。他關閉了所有的電源，從牆上拔下機器，親手交給了我。「密碼是

supersammy123。對不起。」

我給了他一抹「我們以後再說」的笑容，轉身看著媽。「讓他待在樓上好嗎？等可以下來了，我再來叫你們。」

她同意了，可是為防萬一，我又說一次。「我是說真的，媽。等我說可以了再開門。」

到了樓下，我把遊戲機和密碼交給警員，他謝過我，把Xbox夾在臂下，跟在兩名把紙箱推出門的聯邦探員後面。他們有輛車的後座已經裝滿了，兩輛車的後車廂也是。警察坐進警車，瞧也不再瞧他們一眼，彷彿聯邦探員在市長家裡是每天都會遇見的事。

山坡底下，蓋瑞按了密碼打開大柵門，記者蜂擁而上，摩肩擦踵，一道人牆擋住了馬路和後面，變焦鏡頭對準了寬闊的草皮。我從窗前跳開，躲在打開的木門後。

整個搜查扣押的程序最多只佔了半小時，從任何層面來看都極為嚇人。那代表了他們知道要找的是什麼，也知道到哪裡去找。山姆待在客廳的平面玻璃窗邊緊盯全程，記錄下他們運出門的每一個紙箱。他全部的檔案和卷宗，他收藏的義大利Moleskine筆記本，他的筆電。最後一箱裝完之前，他的皮膚泛紅發亮。

一名探員在出門時停步。「市長，我需要帶走你的手機。」

開門見山，公事公辦。不是命令，也不是請求。既無歉意，也無懊惱。

山姆頓了好長一會兒才從口袋裡挖出手機，用力放進探員的手心裡。

探員離開了，門在他身後輕輕闔上，我等著有人開口。我瞪著山姆，山姆瞪著喬許，喬許瞪著他的酒杯，緊攥著酒杯的手指關節都變白了，我真怕他會把杯子捏碎。我不知道哪件事更可怕，搜索狀或是這種沉默。

山姆的聲音響起，既低沉又死寂。「有人要告訴我剛才究竟是他媽的怎麼回事嗎？」

他的語調嚇得我的耳朵裡打鼓。山姆從來就不緊張，從來不會，即便是山米在兩歲時險些吃葡萄噎死，他也一樣處變不驚。而現在這樣子的他——而且一點也不掩飾——嚇得我喉嚨發乾。

至於山姆的問題，他其實不需要問。山姆看著三名聯邦探員帶著他的筆電、他的手機、他所有的銀行紀錄揚長而去，這是怎麼回事已經不言而喻。

「靠，靠。」他一手耙頭髮，用力拉扯，整個身體都繃得死緊。「這一次我們絕沒辦法提前應變了，那麼多的記者堵在門口。」

「要我打給布莉嗎？」喬許建議。「她或許有主意。」

他的問題顯然踩中了山姆的痛腳。「要是我打的那麼多通電話你接過，你就會知道她在梅肯，她母親中風了。」山姆大皺眉頭。「對了，你為什麼不接電話？這個週末你都死哪兒去了？」

「等等，喬許回來之後你們兩個都還沒有說過話？」我的視線在山姆和喬許之間來回，讀取他們的表情，再盯著喬許。「可星期五晚上你不是要去市府，去找山姆。你沒時間多留是因為他在等你。而且昨天，你跟我在學校會合，你說是山姆叫你代替他的，聽你的說法好像是他叫你去的。」

喬許看著我——直接盯住我的眼睛——然後說謊。「不，我沒有。」

「喔，你有。你說，我直接引述你的話：『山姆叫我告訴你他很抱歉沒法趕來。』」我抬頭看著山姆，但他的兩眼卻像雷射一樣盯著喬許。「是他說的，山姆，我發誓。」

可是喬許似乎不為所動，一邊肩膀靠著牆，搖搖頭。「你一定是搞錯了，史黛芙。我說山姆在開會，我自願來代替他。再說了，我實在看不出這有什麼要——」

「你怎麼知道我在開會？」

喬許猛地抬頭，表情起了變化。變化極小，幾乎難以察覺，只是眼角略緊了緊。他輕啜著酒，眼神游移，就如我問山米食品室裡為什麼會有一個空的餅乾盒時，山米的表情一樣。我的腦海中默默響起了警鈴。「我能取得你的行程，忘了嗎？」

山姆懷疑地眯起眼睛。「那個會議不在我的行程表上。」

又說謊。

喬許嘆氣，終於變得焦躁。他挺直腰，往屋子裡面走，空著的那隻手手指顫抖。「我們幹嘛要為了這種雞毛蒜皮的小事吵？我知道你沒辦法去參加學校的開會，我又覺得史黛芙會需要精神上的支援。至於這個週末我在哪裡，我一直在滿城幫忙滅火。明天的《亞特蘭大憲法報》可不會客氣，山姆，而且還不只是因為今天在這裡發生的事。有人一直在跟他們說瑪麗耶塔開發案。我很不願意跟你說，不過我滿肯定我們有了內鬼。」

好，現在我知道我沒瘋了。喬許週五來時，他問我山姆是否告訴了我有內鬼的事。我們談了尼克，說到四點五個百分比的差距，談了他和山姆討論過內鬼會是誰。而眼前喬許卻表現得彷彿他是第一次告訴山姆？這一切都毫無道理。

「有意思。」山姆喃喃說，對著喬許搖頭。

喬許皺眉。「什麼事有意思？」

「你偏偏挑這個週末搞失蹤。這個週末史黛芙接到那通不准拆除貝爾大樓的電話，一些記者也開始追問瑪麗耶塔開發案，你卻正好從地球表面消失。」山姆朝喬許邁了兩步。「你的案子。」

喬許的兩道眉毛飛得老高。「不是我的案子。你才是市長。」

「可這是你說服我當作競選主軸的，是你說服我利大於弊的。」

「你要是留著貝爾大樓，那就弊大於利了。」

「麻煩你就別再提貝爾大樓了吧。我比較關心的是是誰告訴記者的，是誰告訴尼克的。」

「我正在設法查出來。」

「向上帝起誓，喬許，要是跟你有關——」

「我沒有。」

「要是你敢看那個記者——」

「耶穌基督，山姆。我沒有。」喬許氣憤地挺直了背，踱到玄關正中央。「而且我會建議你非常小心。我不喜歡你的影射。」

山姆堅守立場，無所謂地聳聳肩。「當然了。五十萬的薪水大概還是讓你入不敷出，只是我想不通是為什麼。你沒結婚，沒有孩子。那些錢都花哪兒去了？」

喬許惡狠狠瞪著他，但是聲音卻平靜得令人毛骨悚然。「你當然會以為全是為了錢。你是杭廷頓家的嘛。」

「你也是。」

「不，我姓莫瑞爾。我沒記錯的話，銀行戶頭裡多七、八個零是有很大的差別的。就算我沒有早就知道在我們的族譜裡我是什麼位置，你爸爸也不會忘記逮著機會就提醒我一次。你記得我向他借錢上大學，他是怎麼說的嗎？」喬許停頓，但看見山姆一臉茫然，他苦笑了笑。「他說不，說將來有一天我會感謝他。他說我會感激靠自己闖出一片天地。新聞快報，他錯了。我最後只是更恨他。」

山姆雙手向上拋。「對，我父親是個鐵公雞，也是個混蛋。很多人都討厭他。媽的，我也一樣，大多數的時候。」

「我母親得做兩份工作，洗馬桶鋪床，只為了勉強餬口。」

「你剛剛才說不是為了錢。」

我縮了縮，不是因為山姆說錯了，而是因為喬許的表情。他的臉上寫著自卑的痛恨，我不由得想是不是該把蓋瑞和迪亞哥叫進來，給喬許搜身，看他是否攜帶武器。

「不是每個人一出生就有信託基金的，山姆。」

浮上檯面了，這個甚至在他們兩人都尚未出生之前就存在的小小隙罅。即使喬許從未說出口，但是當那個窮親戚、那個坐冷板凳的失敗者一定很心酸，而同時山姆卻活得像貴族。

「我不會為了早在你我還沒出生之前發生的事跟你爭辯，祖父無論做了什麼或是沒做什麼都與我無關，而這裡的事情，無論聯邦探員發現什麼，都與我無關。我的手是乾淨的。」他身後，陽光穿透了一朵雲，照亮了院子，太亮了，逼得我睜不開眼。陽光在山姆四周照耀，在他的頭四周製造了一個帶著尖刺的光圈——金童。他朝喬許的方向戳指頭。「無論那些探員今天在這裡找到什麼，栽跟頭的人都是你，不是我。」

「你這是怎麼算的帳啊？聯邦探員剛才搜查的是你家，那會是明天全國各大報上的頭條。」

山姆的表情變得激烈，但是他沒有否認，因為這是事實。大門外的記者可能正在把報導傳送出去。

「你連個指頭都不准動。」山姆氣沖沖走向前門，用力打開門，對著院子大喝。「蓋瑞，迪亞哥。哪個人給我一支手機。」

這是我最後聽見的話，緊接著他就使勁甩上門，連地基都跟著震動。

凱特

失蹤五十七小時又一分

他們得把我從柏油路上連拖帶拽弄起來。安德魯在一邊，老麥在另一邊，兩人扶著我的腋下，合力把我攙起來。我在哭，傷心得全身抽搐。我沒辦法看老麥，沒辦法暫時停止哭號去聽他來這裡要說的話。我之前錯了，我不該要他答應會委婉。要劃開一個母親的心是沒有委婉的法子的。

「凱特，聽我說。」他說，而我嚎得更大聲。他的嘴唇在動，但是話聲卻穿不透我的哭聲。他親切的表情只是害我哭得更厲害。

他兩隻手捧住我的臉，向上仰，看著他。「不是妳想的那樣，我不是為那個來的。不是伊森的事。」

我抽抽搭搭地吸氣。「不是？」

他放開了我，搖搖頭。「嗯，也是，不過不是妳想的那樣。妳沒收到我的簡訊嗎？」

我的手指摸索著後口袋，感覺手機的形狀，就算手機響了，我也沒聽到。大概是因為我正忙著把前夫往馬路對面推。

「我應該立刻再打電話的，」老麥說，眼睛盯著我不放，但也同時一隻眼睛盯著安德魯。「我一點也沒打算要把妳嚇成這樣。對不起。」

我點頭，因為我知道有多對不起。

老麥的眼神飄向安德魯，只有一兩秒，而我不敢相信我居然還曾看不穿這個男人的心思。他不是撲克臉，而是霓虹燈，嘴唇的抽動，微瞇的眼睛，刻意的挑眉，都投射出他的每一個想法。原來這就是那個前夫啊，他的表情在說。站得不到三呎遠。而他的視線落在我身上，妳沒事吧？

我緩緩跟他點頭。

「我沒碰她，」安德魯說，語氣自衛。「是她推我，可是我沒碰她。」

老麥不屑地瞅了他一眼。「我們可能有一條伊森的線索，可我需要多一點的資訊才能確定。」

我的心臟用力一蹬。「你們找到他了？」

「我們什麼都還沒有找到，我們甚至不知道是不是他。不過我需要知道伊森是不是有Xbox。」

「沒有。」我說，而同時安德魯則說：「有。」

我轉身對他皺眉頭。「從幾時開始？」

「聖誕節。他沒跟妳說嗎？」

我搖頭，盡量不讓臉上露出傷痛。我一直告訴自己跟物質無關，一直不拿我的薪水和安德魯比較，可是伊森夠大了，能夠察覺差異了。很難不覺得安德魯贏了。

我把不安全感推開，專心在更重要的事情上。「你為什麼要問Xbox的事？」

「因為他班上的同學山米．杭廷頓覺得他在網上看到了伊森——」

「什麼？」安德魯跟我異口同聲說。

我的心開始噗通噗通地跳，興奮得翻觔斗，滿懷希望。「什麼時候？」

「今天早上。昨天也有幾次。等山米告訴他父母的時候，伊森已經下線了。不過因為Xbox不在妳提供的電子用品之中，我就想再來跟妳查對一次。」

我站在那兒好久，聽著我的血液在耳朵裡轟隆響，努力消化剛才聽見的東西。山米在Xbox的遊戲上看見了伊森。我屏住呼吸，祈禱其中的含意就跟我想的一樣——也就是這幾天來，警察搜尋了七百哩長的湖岸線，而他卻坐在某個房間裡，打電子遊戲。會是真的嗎？我一手按著胸口，這個可能讓我喘不過氣來。

老麥的下一個問題是針對安德魯的。「你能確認你兒子的Xbox代號嗎？」

「那是他自己設的，」安德魯說，「我自己不玩那個東西。」

也就是說安德魯不知道。

「遊戲機現在在哪裡？」老麥說。

「在我家，登伍迪。」

老麥伸手拿手機。「你家有人可以開門讓我的人進去嗎？」

安德魯搖頭，就在此時，低沉的隆隆聲傳了過來，是一輛重機在逐漸接近。盧卡斯壓車過彎，像在賽車，以超出時速一倍的速度飆來，吱的一聲停在老麥的車旁，關掉引擎，摘下安全帽，滿臉的暗色鬍碴也沒遮住他變得蒼白的臉頰。

「學校有個孩子覺得他在Xbox上看到了伊森，」我跟盧卡斯說，「我們在討論是不是他。」

盧卡斯咻的一聲吐出了一大口氣，用鞋跟把支架立了起來。「真的？」

「我們在確認他的玩家代號。」老麥說。

「MadIQ158。」他一條腿跨過機車，下了車。「伊森跟我在他混帳老子家一起玩過。」

「喂，我就站在這裡，」安德魯嘟囔著說，「拜託。」

老麥大拇指抹過手機，按了螢幕，拿到耳邊。「我從他伯父那兒得到代號的確認。目前的狀態如何？」

老麥瞪著人行道，我們都屏氣凝神等待著線路另一頭的人傳達的訊息。盧卡斯擠進了安德魯和我之間，鼓著胸膛，大皺眉頭，一副休想撒野的架式。就連安德魯都不會那麼蠢。

老麥抬起了頭，看著盧卡斯。「他們想知道你的代號。」

「TNTomcat。」

老麥對著手機重複，再仔細聽了像有一輩子那麼久。「把座標傳給我，」他說，已經走向車子。「跟他們說我們出發了。」

史黛芙

失蹤五十七小時二十九分

我站在玄關窗前，看著山姆在車道上踱步，拿著一名保全的手機，似乎渾然不覺大柵門外鵠立的記者正盯著他的一舉一動，而我不禁好奇他是打給誰。可能是律師。聯邦調查局帶著搜索狀闖進來，一般人第一件應該做的事不就是打給律師搬救兵嗎？

只是，還能怎麼救？我想像著明天的頭條，新聞快報就要在全市的每一支手機上閃現。聯邦調查局沒有十足的把握是不會登堂入室的，山姆也不會責怪是喬許的錯——他的表親，他的家族一員，他的幕僚中備受信任的一名大將——除非他是認定了喬許做了什麼。我從窗前移開，回到客廳，覺得喬許並不像是有罪的樣子。眼神並不飄移，肌肉也沒有抽動，坐在皮椅上，一派的輕鬆自在。

同時他也有點醉醺醺的樣子。動作遲緩凝滯，嘴角下垂，那樣子讓我想到了他手裡的那杯波本並不是今天的第一杯。

「喬許，你妹妹到底怎麼樣？」

「什麼？」他看過來，似乎真的對這個問題感到驚訝。「喔，她沒事。她說要我代她問好。」

「那你要告訴我究竟是怎麼回事嗎？」

他的視線溜到我後面，我扭頭就看見山米和媽，站在客廳的邊緣。不知道他們站在那兒多久了，只見他們因驚愕而僵硬，不曉得他們目睹了多少激烈的場面。我對著母親皺眉，她誰的指示都不聽，只除了冥冥之中的神靈。

山米揮手。「嗨，喬許叔叔。」

「嘿，小朋友。」他比出手槍的樣子，假裝開槍。

媽一臂攬著山米的肩膀，保護的姿態。「親愛的，妳如果有時間，山米和我有話要跟妳說。」

她對著我說話，眼睛卻盯著喬許。「私下說。」

「媽，我現在正在處理危機。」

「我了解，親愛的，可是山米有話要說。是他需要卸下的一塊大石頭。」

我知道我母親是一片好意，過後我會感謝她在我處理樓下的災難時陪著山米，但此時此刻一陣惱怒卻在我的心裡一路往外燒。我們正處於危機模式，而媽卻想要來個歡聚一堂，其樂融融。我想的是她的能量癒合廢話可以稍等一會兒再說。

「我一有空就上去。」

「可——」

「媽，拜託。」

失望浮上了她的臉龐，但是她轉身就把山米拖上樓了。

喬許等到樓上有扇門關上了，這才又開口。「我一直喜歡妳母親，可是她有點瘋瘋癲癲的。」

「還用你說。我把焦點再放回到他身上。「拜託跟我說。山姆現在可能很生氣，但是我了解他。你是親人，他會想幫忙的，你知道。」

喬許不作聲，卻從鼻子發出很響的一聲哼。

「究竟是怎麼回事？」我不確定這突如其來的敵意是打哪裡來的。「你為什麼表現得像是在氣我？」

喬許一聲不吭站了起來，長褲口袋裡掉出了一個黑色的方形物品，彈落在皮椅上，掉到地毯上。是他的皮夾，我心想，但再看一眼，是手機，老式的那種，我有十年沒見過了，或許更久。我開口要跟他說東西掉了，但喬許卻搶先一步。

「妳以為妳能勸他收手是嗎？」他說，拖著腳往吧檯走。

我搖頭，無法理解。「勸誰收手？」

好久好久客廳裡唯一的聲音就是咕嘟嘟的倒酒聲，酒杯相撞聲，蓋回瓶塞的吱吱聲。他端著滿滿一杯酒往客廳走，但想了想，又回去把整瓶都拿過來。他回到沙發上，呻吟一聲坐下，把酒瓶放在地毯上。

「山姆啊，還會有誰。妳以為妳能說服他退出政壇，即使我可以幫妳省掉那個麻煩。要是妳那時問我，我會跟妳說他天生就是這塊料。」他一臂劃過，指著房間以及屋子和外頭，威士忌晃動，溢過了酒杯，灑在訂製的喀什米爾毛料和絲質地毯上。「亞特蘭大的金童市長跟他美麗的芭比娃娃太太。」

我向後退，被刺痛了。喬許認識我的時間幾乎和山姆一樣長，從來沒把我當成市長的花瓶老婆。他現在說這些話是故意要傷人的，我也把它歸罪於酒精的緣故。我嚥下自尊，專注在眼下的問題上。

「也許是你漏掉了重點，喬許，可是聯邦調查局剛才帶著搜索狀來。搜索狀欸。就算他們什麼也沒找到，大門外的五十個記者在我們說話的時候就把照片都傳到網路上了。山姆的光彩已經蒙塵了，他是永遠不會忘記的。」

「喔，得了。少跟我演什麼烈士傳。我們都知道要是他這次連任失敗，妳是不會心碎的。」他一隻腳伸到皮椅上，往後靠，動來動去，彷彿是要調整出一個小睡的姿勢。「妳知道我想不透什麼嗎？尼克．克雷蒙斯是怎麼在我們的民調上做手腳的。他是怎麼拿到我們的市場研究或是我們的捐款人名單的？」

尼克．克雷蒙斯。山姆的對手。那個以百分之四的差距緊咬住他不放的。那個不知從哪裡冒出來的。

「因為你們的辦公室有內鬼，是你告訴我的，記得嗎？」

喬許一根手指朝天花板戳。「沒錯。他也是這樣子才知道羅伊．柏金思的。」

「不對，他知道羅伊．柏金思是因為羅伊．柏金思是個道貌岸然的混蛋。」

他同時也是亞特蘭大信仰聯盟的前主席，山姆最積極的擁護者。一個自封的愛家好男人，開口閉口都是聖經，極力主張傳統家庭價值——卻被拍到跟一個非常年輕、上身裸裎的男性大跳豔舞。山姆聽說了那個醜聞，開始跟羅伊疏遠，但是尼克在山姆能拉開足夠距離之前就被爆料了。即使是現在，事發後幾個月了，山姆仍像是被臭氣纏身，久久不散。

但無論喬許是想要找什麼來指控我，至少在有一點上我不能怪他。我確實想要說服山姆放棄這種生活，從我們的第二次約會開始，在維吉尼亞高地的一個小小的荒漠。我跟他說我沒辦法一輩子住在亞特蘭大，沒辦法想像當什麼第一夫人。我不要自己過那種生活，我也不要將來的孩子過那種生活。山姆哈哈笑，因為女孩子在你們的第二次約會就談論你們一起的未來，你的反應就只有笑。否則的話，就是逃跑了。

而且喬許也說對了另一件事。山姆確實天生就是這塊料。他的長相、他的笑容、他的姓氏、他的魅力，他的一切都是為鏡頭和競選活動而打造的。我初遇他的時候就知道了，就在那場獵鷹隊球賽中他伸手越過我的肩膀，握住我的手時。這個人是個第一流的政治人物，在那一刻我就這麼想了，但後來我還是愛上了他。

「說實話，」喬許說，「那些跑來這裡的探員其實是妳一直在等待的事情。終於有東西能撲滅那個可惡的聚光燈，讓山姆回家了。妳不必再跟我或是亞特蘭大市民分享他了。不過，妳覺得那能持續多久？我確定山姆到了某個時間點就會去選參議員。還有州長。」

我盡量不動聲色。不過，喬許又說對了。

我的視線落在喬許的酒杯上，喝掉一半了。「櫃子裡好像還有媽的半條麵包，你也許應該吃一點吸收掉那麼多的波本，以免酒精跑進血液裡。」

「還是我們廢話少說。我知道妳就是內鬼。」他說得既緩慢又呆板，彷彿覺得無聊。

「你在胡說八道了。」

「是嗎？」

「就是。我是內鬼？」我笑了，笑得輕快真心。「你在開玩笑吧。」

「證明啊。」

「怎麼證明？你要看我的手機紀錄嗎？你要搜查我的筆電嗎？」

「妳覺得等山姆查出來了他會說什麼？」

我雙手齊向上拋，因為這段對話不再有趣了。「我不是內鬼，喬許。而且你最好還是把時間精力花在弄清楚為什麼山姆覺得會是你上。他提起錢來為的就是這個，知道嗎。他在指控你把消息出賣給那個記者。」

「他錯了。」

「也許吧。不過你還是找個律師吧。既然聯邦調查局都來過了，你最好相信他們接著就會去敲你家的門。」

「他們什麼也找不到的。」

我張口欲言，但是劃破空氣的卻是山姆的聲音。

「警察或許找不到，但是我滿肯定我倒是找到了。」

凱特

失蹤五十七小時四十四分

老麥在我們的街區馬路上殺出一條路來，把我們送進了二八五公路，但是六線道全都塞滿了車，濃得化不開。我們都擠進了老麥的車子裡——盧卡斯和安德魯坐後座，龐大的體型佔滿了所有的空間，我則坐在乘客座。

「是怎麼回事？」我說，「我們要去哪裡？」

老麥轉入路肩，打開警笛，以令人眼花的速度飛掠過車海。「Xbox上網的技術跟電腦是一樣的，使用同樣的通信協定。為了要跟網路上的其他儀器溝通，每個機器都有IP位址，這是好事，因為IP位址是可以追蹤的。」他瞄了我一眼，挑高一眉。「聽得懂嗎？」

我點頭。「我的公司會核對所有從遠方提出理賠申請的IP位址，為了確定申請人就是他們自稱的那個人。這是我們防止詐領部的部分業務。」

老麥的下巴點了點。「對。唯一的問題是，這些IP位址不見得是地理上的位置，而這一個可能會帶我們到網路服務提供商的辦公室，而不是使用那個IP位址的機器。另外，老練的罪犯會知道如何遮掩IP，他們會使用匿名、捏造另一個IP，或是躲藏在一個代理主機的後面，諸如此類的。」

「你不打給ISP查IP位址嗎？」盧卡斯在我後面說，「他們應該能給你正確的地址，不是嗎？」❶

「我們打了。他們也給了。可是我們需要搜索令，而且今天又是星期天。」老麥躲過一只廢棄輪胎，隨即又踩油門。「可惜的是，這些事都需要時間。」

時間卻是我們沒有的。我們擠上車時，老麥說的最後的訊息是十一點剛過發送的，也就是說伊森——或是以他的代號登入的人——現在已經下線超過一個小時了。等警察把某位法官從高爾夫球場拖出來，請他在搜索令上簽名，伊森可能早就不見了，或是發生更不堪想像的事情。

盧卡斯想的也是同樣一件事。「亞特蘭大這樣的城市總有個隨時待命的法官吧，一定有辦法能繞過繁文縟節吧。」

「是有，而且就是我們正在做的事。這個時候正有專人遞送搜索令，一等他們追蹤到一個地址，我就會知道。」

我瞧了瞧後座，安德魯倒是安靜。他兩隻大拇指都在敲手機，在應該要注意的時候傳簡訊。我又懷疑了起來，連皮膚都刺癢。「你在跟誰傳簡訊？」

他抬眼瞄。「妳不認識的。是公事。」

❶ ISP是網際網路服務供應商的簡稱。

「那你為什麼表情怪怪的？」

他猛地抬頭看著老麥的後腦勺。「因為這個傢伙開車像瘋子。」

我和盧卡斯互看了一眼，我看得出來他也跟我的想法一樣。什麼樣的父親在衝去援救失蹤的孩子時還會忙著發生意上的郵件？

盧卡斯一把搶走安德魯的手機。「布萊查德先生，我雖然感激你願意為我的債務協調，但我只能清付那些願意接受我的條件的債權人。目前我並沒有足夠的基金來……。」他把手機拋到安德魯的大腿上。「活該。」

這就解釋了安德魯為什麼會激烈反對多付比法官命令他支付的贍養費多一毛的錢。他的臉頰紅透了，既因為憤怒也因為難堪。

「如果你沒有正確的地址，」我說，回頭問老麥，「那我們是要去哪裡？而且我們怎麼能確定是他？」

「因為伊森給我們留下了線索。」

我想著盧卡斯在達洛尼加森林裡找到的痕跡，寶石、毛髮、糖果紙，卻全都是死胡同。等他跟狗追蹤到馬路時，伊森早就不見了。

盧卡斯在椅子上向前挪，頭伸在我們之間。「什麼樣的線索？」

「昨天和今早他大概在Xbox上傳送給你六條訊息，清楚描寫了抓走他的人的形貌，他的汽車，他們走的方向，開了多久才到達。還有，伊森甚至還記得車牌號碼。」

「伊森有照像式記憶。」安德魯說。

我對著窗子翻白眼。要是伊森在這裡，他會說記性是可以訓練的，只要有適當的技術就磨練得出來。比方說，在他的臥室裡看見字母和數字，想像它們漆在牆上，排列在他的書桌上，或是串在天花板的閃光燈上。任何人都能有照像式記憶，他說。你需要的只是一個好的系統。

但是至少我們確定了是他。

警用收音機斷斷續續傳來說話聲。

他們查到車牌了。

搜索令鎖定了一個地址。

當地警察正抵達中。

老麥把地址輸入他的衛星導航，系統指引我們二十分鐘後在機場南邊的出口下匝道，這段時間足夠讓帶走伊森的綁匪發現他在上網，然後勃然大怒，逼他匆匆下線——或是更壞的結果。我俯身靠向儀表板，盡量不尖叫。要是我們遲了二十分鐘，就算有線索又有什麼用？

高速公路帶著我們繞向城市的南邊，我們眼前的馬路突然開闊了起來，像有魔法，卡車在後照鏡裡褪成了亮晶晶的形體。衛星導航把我們丟進了一條彎曲的雙線道，居然跟老麥第一次開車送我去營地的馬路很相像。岔道口停著一輛警車，也跟營地一樣，車尾巴埋進了濃密的灌木叢中。兩名警員站在陽光下，靠著車身。他們的後方有一條陡峭的車道，坑洞比泥土要多，消失在一片褐色和綠色的樹海中。

我們停在草地上，老麥按下車窗。「怎麼樣？」

一名警察搖頭。「是誤報，上面什麼也沒有。」

誤報。這句話就像一拳打中我的脖子，我好想沮喪地嚎叫。花了這麼久的時間，提著一顆心，結果卻是誤報。我不敢相信，我不要相信。我伸手去扳門把，如果老麥不在這一秒踩油門，我就要從車上跳下去，拔腿就跑。

「介意我們自己看看嗎？」他沒給警員機會回答就把車子駛上了泥土車道。

史黛芙

失蹤五十七小時五十九分

喬許在沙發上轉身，扭頭看到山姆站在客廳門口，臉上戴著他的市長面具。要不是我太了解他，要不是我看見了他緊繃的下巴或是他脖子底下悸動的血管，那沒有血壓計我恐怕就察覺不到一點生氣的跡象了。

「我在跟律師打電話——」

喬許豎起一根手指阻止他。「在你往下說之前，我不確定我們是不是應該當著你太太的面討論。我很不願意告訴你這件事，山姆，不過史黛芙是內鬼。」

山姆的視線落在我身上，幾乎帶著一聲無法聽聞的砰。

我翻了個白眼。「他喝醉了，別聽他的。」

他只是又倒了一杯，眼睛變得呆滯。

喬許的音調很頑固，急著說話而讓每個字都變得更模糊。「她有方法也有動機。天大的動機。要是你選舉輸給了尼克，她會是全市裡第二個最開心的人。你知道她有多想要你留在家裡陪她和山米，而不是為一群你見都沒見過的人賣力，而且他們八成還一點也不感激你。你想過沒有？」

山姆打結的眉頭並沒有解開。我不喜歡他的表情，不喜歡他把眼睛瞇成一條線。

「山姆——」我才開口他就給了我一眼。現在不行。

他沉坐在沙發另一頭的一張椅子上，坐得舒適，蹺著二郎腿，彷彿這是什麼夏日午後的聚會。「我剛才說了，律師和我有個直覺。他們覺得你一直催促我們捐更多錢的那個選舉安全作業有問題，可是我跟他們說他們錯了。那個倡議是合法的。」

「那還用說，當然是。」喬許喝著酒嘟囔。

我只有一半在聽。山姆剛才對著我皺眉，他現在刻意迴避我的眼神……幾乎就像是他信了喬許的話。他真以為我做得出這種事情來？跑去他的政敵那邊出賣他？

「所以我才叫他們再審查一次瑪麗耶塔案。」他說。

我強迫自己專心。瑪麗耶塔，那個能源與環境設計領導認證的多功能開發案，某人把細節透露給了記者。

「問題是，昨晚我開始思索。喬許和瑪麗耶塔有什麼關聯？他為什麼這麼愛這個開發案？你是共和黨的，拜託。你覺得資源回收是嬉皮和自由派喜歡的事情，你對永續、碳中和的生活在乎多少？」

「零。不過我在乎市民會怎麼把瑪麗耶塔看作南區開發的旗艦。這個計畫會改變大家的生活方式，會在未來的幾年裡定義你的市長政績，在你交棒的許久以後。你會是市民口中談得最多的人。」

「對。我和馬提．西布魯克。」

西布魯克。這個名字像音叉一樣在我心裡迴響，可我絞盡腦汁也想不出是誰。山姆跟我不會深入談論市政，他通常在敲定一件案子之後會介紹我認識他的夥伴，十次有九次是在破土典禮上。這時仔細一想，說不定喬許說我是山姆的漂亮芭比娃娃也是有他的道理的。儘管我私下抱怨這種標籤，我卻從沒有花多少力氣去讓大家知道我是有深度的，不僅僅是只有一張漂亮的臉蛋。

山姆看我這邊，彷彿室內只有我們兩人似地解釋給我聽。「馬提．西布魯克是夏洛特來的開發商，很早就為我的連任競選捐款，可是他也來給瑪麗耶塔案投標，我就命令喬許把他捐的每一分錢都退還了回去。在誰得到市府的標案以及為什麼得標上，我連一絲一毫的不當行為都不能有。市府的採購過程絕不能有瑕疵。」

有道理，而退回捐款就像是山姆會做的事。我點頭。

但是西布魯克。我翻來覆去地想，努力想記起我是在哪裡看過這名字的。

喬許的眼睛瞇成了兩條縫。「你說這個是什麼意思？我們查核過馬提的背景，他很乾淨。」

他的語氣幾乎是在使性子。

「你大概是喝我的百元波本喝茫了，才聽不懂是怎麼回事。聯邦調查局剛剛搜索了市政府跟我家，而大門外有幾十名記者把他們的一舉一動都記錄下來了。除非他們有相當的把握會查到東西，否則他們是不會這麼大張旗鼓的。那他們會找到什麼嗎？」

「我怎麼會知道？」

「是你引介馬提的。而且你說的對，馬提的背景看似很乾淨，他的推薦信也都覈實過，每一個跟他共事過的人都是滿口稱讚。」

「可是？」

「可是我開始回想，發現人人都愛馬提的原因是他非常慷慨。他是出了名的在最後一刻用承諾給股份來行賄的。」

行賄。意思就是拿回扣。

就在這時我想到了。「等等。他的公司是不是西布魯克投顧？」

山姆點頭，而這段談話在我的腦海中重播。我，嘮嘮叨叨地說什麼我不懂。打電話的人扭曲的聲音，叫我閉嘴注意聽，一遍又一遍重複，浪費掉時間，回憶有如水晶掉進清明澄淨的一刻裡。

「打電話的那個人提到過。他說西布魯克投顧會抵制貝爾大樓的事，不過別聽他們的。他說只是為了作戲，說他們跟山姆一樣都別想要一走了之。」

「他們可以，」山姆說，「但他們不會。他們以為他們把我捏在掌心裡，因為喬許沒把捐款退回去。」

喬許的臉色變暗了，我瞥到他的眼中閃過一道警覺之光。「我退了。去查銀行紀錄。我幾週前還給馬提了。」

「不，你沒有。我雇用的法務會計師發現了——」

喬許把腳放到地上，在沙發上轉身，面對著山姆。「法務會計師？什麼時候的事？」

「上個月。我是在四月底雇用他的。」

喬許慢慢瞪大眼睛。「而你現在才告訴我？為什麼？」

山姆文風不動，連呼吸或是肌肉抽動都沒有，我從他的沉默中讀出了答案：因為他為了某事懷疑喬許。

「不可思議。」喬許砰地把酒杯丟在地毯上，就在酒瓶和手機的旁邊，顫巍巍地站了起來。「你……你真的在指控我偷了錢？在你跟我一塊打拚了那麼久之後？我還以為我們是一夥的。」

他軟綿綿的胸膛氣憤地起落著。

山姆俐落地站起來，氣得兩頰通紅。「我沒有指控你偷錢，我是指控你把錢藏進了你自行設定的基金裡。法務會計師就是在那裡查到的，但也是在昨天《亞特蘭大憲法報》打電話來，問我們為什麼把馬提的捐款花在競選海報上之後。」

「我為什麼要把馬提的錢藏在我自行設立的基金裡？」

「我也想知道。」

喬許別開臉，厭惡地搖頭。「你們杭廷頓全都一個樣，知道嗎？指控我們你們自己也在做的事。什麼家人，根本就是狗屁。」

「拜託，又扯這個？」山姆兩手向上拋。「我祖父是付了奈德大筆錢才買下他的股份的。」

「在當時，大概吧。可是那些資產現在的價值是多少？」

「房地產就是這樣，喬許，會隨著時間增值。要是你的祖父用腦袋想而不是他的老二，他就會把那些現金投資在自己的房地產上。那就是你的問題，是你看不出完全是他自己的愚蠢。」

兩人的歧異從這裡開始越吵越激烈。喬許罵山姆是個被慣壞享特權的公子哥，他們那一支等於是亞特蘭大版的暴民。山姆說喬許老是怨天怨地，不愧是莫瑞爾家的人，只想等救濟。兩人隔著沙發瞪著彼此，互相叫罵侮辱，聲音大到足以震破玻璃。我開始掃視室內找易碎物品，在心裡列清單，該先收拾哪些起來，因為不用多久他們就會動手推打。

也不知是為了什麼，我的視線落在那支手機上，仍落在地毯上，從沙發底下露出了一角來，被酒瓶和喬許的空杯遮住了。我想到了那個《亞特蘭大憲法報》的記者一直在打探瑪麗耶塔案，聯邦探員帶著搜索狀無預警闖來以及那許多箱子。喬許剛才指控我是內鬼，然而他才是那個揣著神秘手機的人。

我瞧瞧左邊，兩個臉紅脖子粗的男人仍然在比賽叫囂遠在他們兩人出生之前發生的某樁杌廷頓醜聞。他們被他們愚蠢的爭吵吞噬了，沒有人看我這邊。我連忙把手機從沙發下拿起來，帶到廚房去。

我一邊髖骨靠在中島上，盡力回想如何操作如此基本的一款手機。沒有Retina顯示器，沒有觸控螢幕，只是一個小小的黑白螢幕，一個上下鍵和數字鍵盤。我用拇指去按往下鍵，螢幕上就出現了功能表。聯絡人，無。語音信箱，空的。有紀錄的電話最多二十幾通，大多數是打到一個區域號碼是四七八的電話，我滿確定是喬許的妹妹的，要不就是七七〇，而我敢把所有的錢都押在那個記者上。

我正要撥打這個電話，忽地瞥見了第三組號碼。它從清單上跳出來，像是串在閃光燈上。

那是我的手機號碼。

我一天到晚都會接到陌生的電話。電話推銷員，我去過的商店的銷售員，偶爾會有人打錯電話。我差不多從來不接。說不定這一通也是我繼續做自己的事而忽略不理的，可喬許為什麼要打？他為什麼不用他那支時尚的、公家發的蘋果手機？

我滑動到我的號碼，按了撥號鍵，兩秒鐘後，我的手機在另一隻手上響了。幾個字躍出螢幕。

不明來電。

我的兩條胳臂都冒出了雞皮疙瘩。「山姆？」

山姆在隔壁房間裡忙著拉高嗓門吵架，沒聽見我的呼喚。什麼東西砸到了地板上，很響的一聲，砸了個粉碎，我卻連縮都沒縮一下。我用哆嗦的手按了忽略，把手機放在大理石檯面上，再用喬許的手機查通話紀錄，查看那通電話的時間。五月二十一日上午十點零二分，為時六分四十三秒。

開悟來得像靜電，像有什麼東西壓住了我，以高熱燒灼我。電話是喬許打的，是他險些綁架了我們的兒子，卻陰錯陽差擄走了伊森。

「我的天啊。山姆，山姆。」

我不知道是我的音量或是音調中飽含的驚慌產生了效果，反正我一踅身就看到了山姆。面紅耳赤，胸膛上下起伏，關切的眼神落在我身上。「出了什麼事？」

一如往常，喬許緊跟在他後面，潛藏在他的陰影中。我瞪著他，努力想把那個在醫院裡抱著睡覺的山米的男人跟那個能狠心綁架八歲兒童的禽獸合在一起，卻沒辦法。他依舊是喬許。

「怎麼了？」喬許說，望進了我的表情，看見他的手機在我手裡。

說時遲那時快，他縱身就撲。

凱特

失蹤五十八小時二十七分

單線泥土路在一處空地終止，空地不大，只夠蓋一棟屋子。而這棟歪斜不穩的木屋緊緊抵著一片濃密得像暴雨雲的森林。窗戶污穢，屋頂塌陷，院子裡遍地垃圾——光禿的輪胎，破掉的庭院椅，亂丟的可樂罐和啤酒瓶。原本是前門的那片薄木板已經龜裂，上方的樞鈕還在，連著一大片的殘餘。

「他奶奶的，」盧卡斯說，把頭探進老麥和我之間。「聯邦探員來幹嘛？」

他們到處都是，幾十人穿著牛仔褲和牛仔藍外套，扛著鏟子和像是金屬探測器的玩意。他們在空地上踩踏，像是一隊工蟻，從洞開的前門進進出出。

「聯邦探員、喬治亞調查局……那些傢伙是亞特蘭大警局航管局的。」老麥指著一群穿制服的官員，四男二女，全都配戴著黑色手槍，而且臉上的表情也更陰沉。他把車開往右，看中了院子邊緣的一塊空位。

「這是標準程序嗎？派機場管理局來做這種事？」盧卡斯說。

「不，他們來是有原因的，只是我不知道。」老麥換成停車檔，關掉引擎。「什麼也別說，我來負責說話。」

我們匆匆下車，正好有一架噴射機從頭頂飛過，刺穿了我的耳膜，吸光了一切的聲響。我抬頭看，盯著機腹掠過，又低又慢，放下了輪子預備降落。所以航管局才會來，因為他們是最近的單位？

「這裡是誰指揮？」老麥對著最靠近我們的警察亮出警徽，他的年紀較長，銀髮似雪。

「我上次問的時候，他們還在推來推去。」警察一根手指朝院子對面另一個穿制服的男人比，他正在聽一名便衣女子囉嗦，而她對於這次的侵犯很是著惱，可又因為變成了焦點而興奮不已。我猜她是屋主。「你可能該找昆姆斯少校，他在——」

「多謝。」老麥說，打斷了他的話。

我們轉身穿過泥土空地。

「……不能就這樣子闖進民宅，」女子在說，搽著亮橘色指甲油的一根手指比著他的臉。她穿著亞特蘭大勇士隊的T恤，在她多出四十磅的肥肉之前應該是合身的。「你們差一點就害我心臟病發作。你聽懂我在說什麼嗎？我很可能就倒在地板上死掉，那誰要賠我的門？我可不出錢修理，我告訴你。是你們打破的，你們就得賠。」她把最後一句話說得像威脅。

昆姆斯少校看過來，發現有人來打斷而吁了口氣。他跟老麥握手的親熱勁就像是老朋友。

「嘿，老麥。還在想你幾時會到呢。」

「嘿，克爾特，有什麼最新消息？」

昆姆斯少校——克爾特——看過來，禮貌地點頭。「這裡就是ISP指引我們找到的地方，可是沒找到他。屋子是空的，只有這位孟娜．韋伯斯特小姐。也沒有Xbox。只有一台古老的筆電，速度太慢，不可能用來遊戲串流。調度中心正在跟ISP再度確認，不過看來是誤報。」

又是這個字眼，可是仍然像第一次一樣重重衝擊了我。

孟娜斜眼看我。「妳兒子的事很遺憾，女士，可是他不在這裡。別往心裡去，不過我還沒那麼喜歡小孩。」

老麥不理她，問題是針對昆姆斯少校而問的。

「那麼汽車呢？」

「什麼汽車？」

「載運伊森的車輛。黑色福特Explorer，擋泥板凹陷，阿拉巴馬州車牌。」昆姆斯少校沒回答，老麥又說：「伊森用Xbox傳了訊息，描述了車輛外觀和車牌號碼，我的印象中那輛車是登記在這個地址之下的。」

但是昆姆斯少校仍皺著眉頭。「不對，是ISP帶我們查到這個住址的，不是車輛。你說車子是誰的？」

「查莉。」孟娜說，像在報天氣或是購物清單上的某樣單品，說得無精打采，毫無感情。

我們的視線咻地轉向她，她也因為我們的注意而挺直了背脊。「她是鄰居，不過可不是那種好鄰居。她是個道地的混蛋，你們知道我的意思的話，老是二十四小時電視開得震天響，把垃圾到處亂丟。她住在那一邊。」她一根手指比著院子對面，但是我只看到樹。

「多遠？」老麥問。

「不夠遠。」她遲疑了一下，等著我們為她的玩笑笑出聲來。

「多遠？」

孟娜的臉一垮。「就在小溪對面。」

接下來的事快得讓人眼花。老麥把我推進盧卡斯的懷裡，命令他管好我，別來礙事。他吼了幾個名字，草草組織了一支隊伍，在院子的另一邊圍成一圈。又一架飛機掠過天空，引擎聲淹沒了他的聲音和鳥叫聲，還有我耳朵裡的咚咚聲。

「小心查莉的狗，」孟娜等到引擎聲變小之後就高聲大喊。「那傢伙可兇了。」

老麥看也不往我這邊看，帶著人就進了森林。

史黛芙

失蹤五十八小時二十九分

以一個灌下半瓶波本的男人來說，喬許的速度快得驚人。山姆根本來不及阻止，他就撲上來要搶走我手上的手機，一手伸過來就抓，另一手把我推開。我沿著中島滑行，踉蹌倒退，重重跌在地上，摔得一邊臀部的骨頭都痛。手機接著掉到地上，在光亮的木地板上旋轉著滑開。

山姆揪住喬許的衣領把他拽過去。「你是在幹什麼？別碰我老婆。」

「山姆，是他。」我手忙腳亂爬起來，不假思索就說。「打電話給我的人是喬許。他就是綁匪。」

在我警告山姆或是召喚迪亞哥和蓋瑞過來支援之前就憤慨地指責是很魯莽的事情。任何一個能夠從木屋中把孩子擄走的人都能夠對我做出更狠的事情來，可是我被憤怒吞噬了，我一心都是對這個男人的痛恨。

山姆僵住，瞪著喬許，再看著我。「史黛芙，妳在說什麼啊？」

我想要飛奔過房間，甩他巴掌，抓他咬他，踢他的鼠蹊，勒住他的喉嚨，勒到他眼球暴突為止。我想殺了他。「他是那個打電話給我的人，而且用的就是那支電話。我在通話紀錄上看到了。日期和時間都吻合。我用我的手機撥號。螢幕顯示『不明來電』。山姆，就是他。」

山姆沒多久就懂了，而他聽懂之後，他的表情既不傷心也不驚訝，甚至不意外。他沒有問為什麼。只是繞過中島，把無線電話從充電座上拔起來，而我知道他是在做什麼——打給警察局長，這個號碼他早就爛熟於胸了。

「放下。」喬許說。

山姆不理他，以拇指按鍵。

「山姆。」喬許的聲音更大了，更堅持。從口袋裡掏出手機，揭開來。「把電話放下，否則我就下達格殺令了。那個孩子在你說出第一個字之前就會死掉。」

「你在唬人。」

喬許按了一個鍵，發出電子嗶聲。「不信就試試看。」

山姆瞪著他的表親，而我沒辦法呼吸。沒辦法動，或是思考。這麼說伊森還活著？喬許是在說謊，還是徹底瘋了？還有，他是要打給誰？手機上的那個號碼？那個我不認得的七七〇，或是他的妹妹查莉？我以前還覺得我了解這個人，但現在我卻像霧裡看花。

無線電話傳來極細微的說話聲。

山姆天人交戰了不到一秒鐘。「沒事。」他說，按下了結束鍵，把電話放在中島上，面朝下。他兩隻手按著流理台。「好，既然史黛芙跟我都知道了，你接下來打算怎麼辦？因為兩名武裝保全就站在外面，等你全身沾滿我們的血走出去，我很肯定他們不至於愚蠢到猜不出是怎麼回事。」

手機仍在喬許的手裡，他的拇指仍在按鍵上逗留。「閉嘴，我正在想。」

山姆舉起雙手，表示讓步。「好吧，不過你大概應該也把我之前跟你說的話列入考慮——會計師會查出每一枚你在市政埋下的地雷。照我看來，你現在的籌碼只有伊森。你要什麼條件才認罪？才為你的罪行伏法？伊森的命或是我的命？告訴我你要什麼。」

喬許不回答，也不移動。若不是他的臉紅亮得像蘋果，我會懷疑他的心臟是否還在跳動。

「看來你是把自己逼進了諺語裡的那個角落了，」山姆說，「你的後半輩子會在監獄裡度過，那查莉呢？誰要幫她支付生活費——」

「閉嘴。」

「運氣好的話，不會死刑……不過喬治亞對於傷害無辜兒童的人可不會客氣——」

「閉嘴閉嘴閉嘴。」

「哼，典型的莫瑞爾行為，不先想清楚。你應該在備用計畫上多花點功夫，應該從你奈德祖父的錯誤中學到教訓。不過，你們反正就是一幫失敗者。」

最後的三個字——失敗者——讓喬許發出原始人的尖叫聲，從側面撞向山姆。山姆沒料到，也沒有時間反應。他被撞得雙腳離地，身體飛了起來，而喬許卻像隻猴子死抱住他的腰不放。兩人摔在硬木地板上，四肢如蛇一般纏絞，那支手機滑過地板，消失在爐子底下。他們的腿踢到高腳凳，凳子四散，翻倒過來，撞到木地板上。

我衝向我的手機，推開椅腳，把它從桌下的地毯上抓起來，翻過來一看，螢幕碎了，底下的應用程式無法辨讀。可惡。我用大拇指按下主畫面按鍵。「Siri打一一九。」

她熟悉的聲音回答道：「五秒鐘內撥打緊急服務。」

我等著電話接通，掙扎著下一步該如何。我的直覺是衝上樓，去找媽和山米，或是呼叫一名保全，由於生態別墅的混凝土牆和雙層玻璃，他們對屋裡發生的混亂毫無所知。

兩個男人在地上扭打，像遊戲場上的兩個孩子一樣互相揮拳，但是這次的打鬥並不公平。山姆強壯得多，而喬許的動作遲緩。不用多久山姆就對準了喬許的鼻子用力一拳，喬許的臉爆出鮮血，噴濺到山姆的白色衣袖上。

「幹你娘。」喬許一隻腳跟抵住地板，一條胳臂向後縮，山姆在最後一刻躲開了這一擊，喬許撲了個空，反而打在地板上，他慘叫，叫聲野蠻，十分嚇人。

「你他媽的是不是燒壞腦袋了？」山姆大吼。可這時他也在流血，一邊眼角有鮮紅色的斑痕，下唇的右側也紅腫了。他把喬許推開，一躍而起。「這件事不是你跟我的恩怨，是一個小男孩的性命。一個無辜天真的孩子。你到底還有沒有人性？」

喬許抓住流理台，把自己拖起來。他朝地板吐口水，拿衣袖擦嘴，卻沒有用，他的鼻子仍在流血，鼻子以下全都覆滿了鮮血，包括他的牙齒。

山姆搖頭，一個動作寫滿了難以置信和失望。「結束了，喬許。你完了。聽到警笛了嗎？警察來了。」

我側耳細聽，山姆說得對。遠處有警笛高鳴。寬心的感覺如波浪一般湧來，幾乎讓我失去平衡。我祈禱喬許之前並沒有說謊，伊森確實還活著。我祈禱還來得及。

喬許也聽見了警笛，他的反應跟之前一樣，激憤又絕望。他雙手握拳，吸一口氣，準備再來一場打鬥。

只不過，喬許沒有衝鋒，反倒讓我們兩個都吃了一驚。他俯身越過中島，抽出了刀架上的一把刀，對準了山姆的臉。喬許微笑，一張油膩自滿的笑臉。

我被嚇住了，但是山姆卻恰恰相反。「你一定是在開玩笑。」他向來就是天生的運動員，幾十年的足球舉重和田徑把他的身體鍛鍊得很強勁，而喬許卻是那種一邊喝啤酒一邊觀賽的人。

喬許揮舞著刀子進逼。再十二吋──再一撲──他就能讓人血濺五步。「看起來像是開玩笑嗎？」

山姆冷哼。「不像，不過你像。你就跟漢尼拔．萊克特咬了一口肝之後的德性。把刀子放下。」

「我知道你以為你是亞特蘭大的王，不過現在呢，」喬許拿著刀子戳刺，要不是山姆在最後一秒鐘向後跳開，他就會刺中山姆的肋骨。「我需要你把山米叫下來。」

凱特

失蹤五十八小時三十七分

「他到底去了哪裡？」我說，在孟娜的破爛院子邊緣來回踱步。我查看手錶，一定有一千次了。老麥跟他的人七分多鐘前消失在樹林裡。「怎麼會這麼久？」

我豎著一隻耳朵聽樹林裡的動靜，等著搏鬥，或是悶哼，或是尖叫聲。我的肌肉抽動，隨時會繃斷。

盧卡斯和安德魯佇立在一株大松樹下，雙臂抱胸。我了解盧卡斯，要是有選擇，他會跟著老麥和其他人穿過樹林，撞倒查莉的門，掃蕩每個房間，尋找伊森。他的身體緊繃，躁動不寧，肌肉一球一球的，像在起跑區的跑者。

不夠遠，孟娜是這麼說查莉的房子的，就在小溪對面。可是小溪有多遠？越過小溪，抓起伊森跑回來又要花多久的時間？不到七分鐘吧，除非是出了岔子，查莉抵抗。我對著樹林彎身，伸長耳朵想聽見除了鳥叫和樹木搖曳之外有沒有掙扎聲，可是又一架飛機飛過，我只聽見轟隆聲。

不提防間，盧卡斯一巴掌打掉了安德魯手上的手機。

「你這是幹嘛？」

盧卡斯不理他，從一叢蕨類裡找回手機，拿起來就按。

「嘿，混蛋，你是在幹嘛？還給我。」安德魯夠聰明，沒有去搶，否則的話，他還沒回過神來，盧卡斯就會把他的頭夾住。

「只是在確定你不是在警告查莉我們來了。」

「耶穌，你們這些人是怎麼回事？你是要我測謊嗎？用我的血在天空上寫下不是我做的？是嗎？」

盧卡斯翻了個白眼。「我也在查你的電郵。還有，別想來搶回去。我跟這些警察兩秒鐘就能把你撂倒。」

安德魯看著我要我支援，要我幫他背書，可我什麼也沒做。我要盧卡斯檢查他的手機，可我也要他在不用我自己動手的情形下檢查。此時此刻唯一重要的事就是樹林另一邊的情況。我朝空地又走了幾步，躲開他們漸漸激烈的爭吵。

這時別的警察也都得到了風聲。沒跟著老麥進樹林的掉隊的人三五成群聚在一起，低聲談論，嚴肅地查看手錶。在前兩分鐘裡，有一輛救護車出現在空地上，掉過頭來，車頭指著車道，隨時可快速離開。兩名急救員站在打開的後車門邊，等待傷患。孟娜似乎是在場唯一輕鬆自在的人，她也不知道從哪裡拖來了一張庭院椅，舒舒服服地坐著，點了根菸，在自家院子裡看好戲，活像是為她一個人上演的《執法先鋒》。

我從後口袋掏出手機，查看時間。九分鐘了，應該不會再久了吧。

不太遠的地方傳來狗吠聲，是一隻非常大、非常大的動物生氣勃勃的低沉叫聲。孟娜的話不斷在我的心裡重播——小心那隻狗，那傢伙可兇了——我的心臟就揪成一個死結。

接著，從樹林的深處傳來吶喊聲。求救聲。一連串的尖銳命令。起先是一個人的聲音，接著是又一個，再一個，逐漸融會，一聲緊連一聲，我朝聲音的方向衝了過去，卻被盧卡斯抓住手腕拉了回來。

「等等，」他跟我說，堅定的聲音響在我的耳畔。他的抓握就像是一把虎頭鉗。「等到安全了再說。」

我屏息等待。

吶喊聲更近了。

我的視線掃過朦朧的樹林，尋找動靜，尋找那一頭亂糟糟的鬈髮或是熟悉的臉頰。結果出現的是個男人，老麥，從灌木叢中出來，懷裡抱著孩子大小的一團東西。他的視線找到了我，就像熱導彈，我的一顆心跳到了喉嚨眼，定住不動。他沒有笑，那團東西也沒有動。

兩名急救員衝過我身邊，向他跑去，每隻手上都提著大袋設備。我還沒有回過神來就已經跟了上去。我不是個速度快的人，從來就沒辦法在田徑場上衝刺而不會氣喘如牛，或是感覺有人在我的肋骨間插了一刀，但是這時候，我卻飛奔在林間，薄薄的運動鞋底踢起泥土和樹葉。我的呼吸混合了更低沉的聲音，就在我身後，龐大的男性軀體緊跟著我。

「伊森！」我放聲尖叫。「他還好嗎？他在呼吸嗎？」

這時急救員已經跑到老麥那兒了，我除了他們的背什麼也看不到。他們簇擁在伊森的左右，一道皮骨築成的圍牆擋著我和我的兒子。我聽見了他們說話——你會沒事的，小朋友。我們找到你了——我像生命線一樣攫住不放。主啊，拜託，拜託祢讓我的兒子平安，我什麼都願意做。

然後我聽見了。一個小小的聲音，柔軟沙啞，跟我的心跳聲一樣熟悉，是天底下最美麗的聲音。

「你們找到我了。」

史黛芙

山姆文風不動，雙手放鬆地垂在兩側，兩腿柔軟，隨時可以跳躍。他緊盯著喬許帶血的臉，而不是他手上的菜刀，刀刃在天花板上的嵌入燈照耀下閃著銀光。

喬許拿刀對準了山姆的胸口，重複他的恐怖指令。「叫山米下來。」

驚慌如胡蜂在我的胸口亂舞，但是我沒有移動。我幾乎沒喘氣。

「先跟我說貝爾大樓是怎麼回事，」山姆說，「你不是很討厭那棟樓。」

在幾乎被刺穿肋骨之後，他更嚴肅地處理眼前的情況了。他不再激怒他的表親，不再以侮辱和威脅來氣他。讓喬許分心去說貝爾大樓是山姆自衛的一個辦法，就如他站到我的面前，以人身擋在我和刀鋒之間。可惜的是，他也擋住了上樓去的最快路徑——拜託，上帝，讓山米還在房間裡。

我緊緊閉著眼睛，祈禱我母親的異能不是什麼騙術。媽，如果妳能聽見，把門鎖上，推件家具把門擋住。別出來，除非我說安全了。

「這你可就搞錯了，」喬許說，「我愛那棟大樓，因為它會讓大家更仔細來檢視瑪麗耶塔案。警察、媒體、你親愛的腦殘選民。」他發出充滿恨意的笑聲。「我保證，等山姆教信徒發現了你做的事，他們最後都會背棄你而去的。」

「因為你沒有把馬提的錢還回去。」山姆緩慢地、佩服地點個頭。「你把它弄得像是用在競選上，是髒錢。你讓我蒙上了收賄的嫌疑。」

喬許嘻嘻笑，幾乎是一臉得意。

「你做得很徹底，這點我承認。會計師險些就遺漏了，」山姆好脾氣地聳聳肩。「可你也知道我的，知道我對這份工作的感覺。你一定知道我會否認指控。你知道我不會坐視別人抹黑我的聲譽。」

「得了，山姆，你真以為就這麼簡單？」

山姆想了想，而我站在那裡，動彈不得，等著什麼事情發生。等著山姆把喬許推倒在地上，等著喬許拿刀劃開山姆的肚子。我的眼睛黏在那把刀子上，刀鋒距離他的皮膚只有吋許。

山姆再開口，聲音幾乎是帶著敬意。「因為到那時你已經抓走了山米。所以你才要綁架他。你打算拿我的兒子當籌碼。既然山米在你的手上，你料定了我會言聽計從。」

喬許帶血的嘴巴咧成了陰險的笑。「猜對了。」

「但是我想不透的是你怎麼會抓錯了孩子。你跟山米太熟了，不可能會跟別的孩子搞錯。難道說抓走伊森才是計畫的一部分？」

喬許的笑容消失了，對著山姆的臉揮刀子。「當然不是，伊森不在計畫中。白痴才會抓錯孩子。查莉認識山米，她怎麼會不知道不是他？我是說，但那時確實是晚上。而現在她又太沒種，不敢殺他，也就是說我又得要過去一趟，幫她收拾爛攤子。跟以前一樣。」

查莉，喬許的廢物妹妹，那個在南喬治亞的活動拖車上醉生夢死的妹妹。原來，她也有份。我的視線閃動，只一下子，射向了窗帘邊的監視器，再移向另一邊牆上的，藏在書架上一對古董燭台之間。基本上喬許剛才承認他們兩個人都涉案，被高畫質影像和杜比音響記錄了下來。我緊抿著雙唇，一聲不吭。

喬許用力吸氣，發出一種又濕又黏的聲音。「你還記得我們小時候，你爸教我們剝野豬皮嗎？」

莫名其妙的問題。

山姆搖頭，但不是因為他不記得。「我們念高中，是松鼠。」

「重點不在這裡。重點是，你父親用他的凱迪拉克載我們，送我們到他的打獵山莊，然後我們才一走過門口，他就被公事叫回去了。那件狄藍案有了突破，那個發瘋的棒球員在龐斯槍殺了他懷孕的老婆，記得嗎？」

「你為什麼提起這件事？」

警笛更近了，持續不懈。我猜是到社區附近了，不過我判斷不出是由哪個方向接近的。這邊的馬路都是彎曲的山路，錯綜複雜，很難以最高的車速抵達。即使是就在附近了，也得要五、六分鐘才能趕到這裡，等蓋瑞或是迪亞哥打開大鐵門，又要一分鐘。

喬許卻像是充耳不聞。「要是你能閉嘴聽我說，我馬上就會說到。那時候你爸派他的助手，一個才剛大學畢業的笨蛋，過來照顧我們。你記不記得我們是怎麼整那個可憐的小子的？把他推進小溪裡，騙他坐在火蟻丘上，把他綁在樹上，拿爛番茄丟他。我以為等你爸過來時一定會宰了我們，結果他沒有，對吧？他只是要那個全身是傷、渾身發臭的可憐小子站在那兒，而他在草坪上教我們剝那隻動物的皮。我覺得他是覺得很好笑。」

「所以呢？我早就說過我父親是個混蛋。」

喬許的眉頭皺在一塊。「他不只是混蛋，山姆，而且雖然不是很明顯，可是有其父必有其子。你待我就像你對待那個被你拿爛蔬菜丟的可憐小子。一切的問題就在這裡，知道嗎。你們杭廷頓總是他媽的享受特權。」

「放屁，你心裡也清楚。對，我是折磨過那個『小子』，可我那時年輕又愚蠢，而且我為了那件事一直在道歉彌補，現在那個『小子』是府際事務辦公室主任，我想他是接受了我的道歉。而且我相信不用我來提醒你，不過我也給了你工作。有權力，有聲望，還有我百分之百、絕無猜忌的信任，結果你卻證明了你根本就不配。我倒覺得在這件事上我唯一的罪過就是判斷力太差了。」

「我從來沒想到過你會贏。」

「彼此彼此。誰也沒想過我會贏，包括我自己，可是我們卻贏了。」

「你不配過這樣的日子！」喬許怒吼。

原來如此。聯邦調查局，綁架，刀尖對準著山姆的心臟的真正原因。因為喬許的妒意化膿潰爛，變成了一個會呼吸的活物。我瞪著喬許，我看到了。憤怒。痛恨。一切都為了多年前發生的事。

他的五官厭惡地擠在一塊。「你第一次競選的時候，我很肯定大家會像我一樣看穿你。我以為他們會看穿你的金錢和姓氏和那個拯救地球的狗屁話術，可是你愚弄了每個人，不是嗎？他媽的杭廷頓光環。」

「所以你的報復就是毀了我的事業？綁架我的兒子？」山姆的聲音充滿了匪夷所思，因受傷而尖銳。「山米是你的家人，你的血親。」

「他不是我的家人，他是你的。你珍貴無價的繼承人。是杭廷頓這一支的最後一個人。沒了山米，就不會有下一代，那個王八蛋姓氏就會死絕了。」

喬許的話有如寒潮凍僵了我的皮膚。他存心要殺死山米，他要他死。

這時我想到了幾天前他跟我說的話，他答應要帶山米去泛舟，讓山姆跟我可以有兩天的時間獨處，霎時間我覺得天旋地轉。要是我沒撿起那支電話，我絕不會知道喬許是在計畫報仇，他是在等待良機。我會把我的兒子交給他，還感謝他給了山姆跟我一個喘息的機會。

「史黛芙？」喬許說，甜膩的聲音把我從思緒中拉出來。「我需要妳把山米叫下來。」

我搖頭，搖得極快。我早就目測了到樓梯的距離。最快的一條——沒有喬許阻擋的那條——是穿過客廳，但是喬許更近。即使波本酒讓他的動作變慢，他還是能比我快。山姆得從後方擒抱住他——但喬許握著刀子，這一招很危險。

他對著山姆的臉揮刀，但是話卻是針對我的。「叫他下來。」

「不。」我兩手抓緊山姆的襯衫，揪成一團。我怕得雙腿發軟，但是我被逼入了絕境，要跑絕對跑得過喬許。有必要的話，絕對能夠從他手裡搶下刀子，用它來親手殺掉他。「山米跟這件事無關。他是無辜的第三者。他是個孩子。」

警笛的聲音宏亮得幾乎震聾了我。聽起來是在屋外繞圈。警察是死到哪裡去了？蓋瑞和迪亞哥呢？為什麼沒有人撞門？

山姆必須拉高嗓門喊。「喬許，我的兄弟，讓我幫你。我答應你——不，我向你發誓，只要你放下刀子，我個人會負責讓你和查莉受到保護。我會幫你出律師費，讓你們兩個得到照顧。我不會讓他們傷害你們。」

我不敢相信他會做出這種承諾，可是我也能相信。山姆忠心到冥頑不靈的程度，他是那種你會想要有他支持的人，那種傑出的政治人物，能夠說出別人想聽的話，用別人想聽的聲調。他現在說這話是出於忠心，還是政客的支票——那種說出口的同時在背後交叉手指的？我分辨不出來。

而就在這一刻，警笛停止了。我留心聽腳步聲、鑰匙開門聲、打破玻璃聲。什麼都好。但我聽到的卻是一片寂靜。

「結束了。」山姆的聲音現在比較低，而且充滿了傷心。「你得知道這件事結束了。把刀子放下，以免警察看到你握著刀。」

「事情不應該是這個走向的，」喬許說，語氣比較像是在說給自己聽，而不是給別人聽。他的視線在室內彈跳，我知道他在做什麼——兩邊押注，篩揀各種可能，即使誰都看得出他已沒有退路。天羅地網已經漸漸收緊了。「我們並不是這麼計畫的。」

「要是警察看到你手裡有刀，他們會開槍的。」山姆上前一步，我用雙手摀住嘴，以免尖叫出來。「把刀放下，喬許。讓我幫你。」

門廳有騷動，許多腳步聲及衣料的沙沙聲朝我們過來，喬許的決心也動搖了，他的雙手抖得好厲害，我很驚訝他居然還能握住刀子。

然後突然間，刀子不在他手上了。

我眨眨眼，發現刀子在山姆的手上，喬許的手則垂在兩側。

警察從四面八方湧入——門廳、客廳，從我和山姆後方。他們的槍都瞄準了喬許的頭，對著我和山姆吼叫，要我們退開，趴下，讓開。而喬許就只是站在那裡，露出那種這些年來我看見他對著山姆露出的閉著嘴的笑容。我總以為那是認可的意思，是對工作完成的滿足，但我現在知道真正的意思了。苦澀、痛恨、醜惡。

「告訴他們，山姆，」喬許說，「把你剛才跟我說的話說給他們聽。」

山姆轉向最靠近的警察，把刀子丟進水槽裡。「他敢妄動，就讓他吃子彈。」

凱特

「盧卡斯找到我了，」伊森說，想在救護車上坐起來。「他找到了我在Xbox上留的訊息，然後找到了我。」

急救員讓他又躺回擔架上，喃喃說什麼電線機器，但是他們的責備並不能阻止伊森興奮得蠕動，也不能阻止我緊緊貼著他的身體。車裡沒有足夠的空間，但是三天沒有他，不知道他在哪裡，是生是死，誰都不能再讓我和孩子分開。

「盧卡斯沒看到訊息，甜心。他一直跟我在一起。」

我沒辦法把眼睛從他身上移開，從他糾結雜亂的髮髮上、他歪斜的眼鏡上、他生氣勃勃的紅潤臉頰上移開。生氣勃勃。我沒辦法不上上下下摸他，感覺他的體溫，尋找傷口，即使急救員跟我擔保過他沒受傷。最糟也只有輕微脫水，不過兩袋輸液就能解決。

「那是誰？」伊森的眼睛明亮卻乾燥，聲音高亢，說話速度飛快，就像我讓他吃太多糖之後的情形。

「警察。老麥。就是老麥把你抱出來的。他一直在找你，不眠不休。他現在就載著盧卡斯跟你爸跟在我們後面。到醫院我們就會看到他們了。」

「喔。」伊森的口氣幾乎是失望。

我把鼻子埋進他的鬈髮中，吸入他的氣息，泥巴加汗水加最幽微的松香。「感謝主你沒事。你沒事，對吧？她有沒有傷害你？」我向後靠，雙手捧住他的臉，把他的臉往上仰。「拜託跟我說你沒事。」

「對。不一定。我沒事。」

儘管擔驚受怕，可是伊森的回答是那麼的典型，我還是笑了出來，急救員也是。

「她一直叫我山米。查莉不是要抓我，她是要抓山米。」

「我知道。杭廷頓太太接到電話，說有人擄走了山米。」

他想了想，皺著眉，讓每一片拼圖在他的腦子裡滑動。「我還是不懂。要是盧卡斯沒看到我的留言，那妳是怎麼知道要去查莉那裡找我的？」

「老麥發現你在Xbox上留給盧卡斯的訊息，可那是因為山米說在遊戲上看到了你。警察追蹤了信號，卻讓我們找錯房子。找到了查莉的鄰居家，一個叫孟娜的女人。不過老麥也追查了你跟盧卡斯說的車牌，從那裡追到了查莉。」

「所以基本上，老麥找到我是因為山米？」

「差不多。」

伊森皺眉。「我真的寧願是盧卡斯。」

我並不意外。伊森常常哭著回來，說山米把爛泥放進他的背包裡，或是在樓梯上推他，那些時刻是很難遺忘的。山米既是欺負伊森的暴君也是拯救他性命的恩人。是他從森林裡被抓走的原因，也是向警方指引正確方向的人。不是山米的話，這一切都不會發生。

「你不必是某人的朋友也能欽佩他的行動，或是感謝他做了真正了不起的事。」我用手掌撫平他的一綹頭髮，一束深色鬈髮乖乖服貼，但立刻又彈了回去，髮梢直指天空。「因為山米過去無論做了什麼事情，他在我的心裡仍然是個英雄。」

伊森的嘴巴嘟了起來。「這件事我需要想一想。」

我微笑，摸了摸他的頭，感覺柔軟的鬈髮在指間滑過。「你慢慢想，不急。」

如果說我們現在什麼東西最富餘的話，那就是時間。

到了醫院之後伊森才把遺漏的部分都補齊了。

他說失火讓每個人都跑到外面去，驚慌失措，包括愛瑪老師，她太忙著幫忙艾佛利滅火，沒注意到有人一手摀住了伊森的嘴巴，一把刀抵著他的肋骨，把他拖進了樹林裡。

他說他嘴巴被摀住，光著腳丫，被刀子抵著，查莉強迫他穿過森林，坐上了一輛車，一輛黑色的福特Explorer，窗子是黑色的，擋泥板有凹痕，牌照是阿拉巴馬州的40A62K3，他全都在發給盧卡斯的訊息中列舉了出來。

他說到她的活動房屋以及一堆昂貴的玩具，包括一個剛拆封的Xbox，全都是要用來寵溺一個被嬌縱的孩子的，而同時查莉則等待著山米的父母回應她的要求。他說到查莉的狗，一隻兇惡的羅威納混種狗，叫魯法斯，在活動房屋四周巡邏，每次伊森把臉貼著窗戶，牠就又吠叫又齜牙咧嘴。他說到查莉老是叫他山米，而伊森也沒反駁。

「你為什麼會那麼做？」我說。我們都聚集在伊森的床邊——安德魯、盧卡斯、老麥、我，一圈的粉絲急切地聆聽他的每一句話。

伊森聳聳肩。「因為那時我們已經上車了，我也不知道她要把我怎麼樣。我猜最好是配合她，看我能不能讓她喜歡我。」

「那你的背包呢？你為什麼會帶著？」

「因為我不想讓羅盤被燒掉。」他看著我，嘴唇發抖，但是眼睛是乾的，身體脫水了，製造不出淚液來。「不在我這裡，一定是從我的背包裡掉出去了。」

三天前，這句話很可能會害我心碎；今天，我只感覺一陣心酸，就這樣。

「我回營區去，」盧卡斯說，既是為了我，也是為了伊森，是他的彌補。「羅盤一定就在我找到荷包的附近，我會找到的。」

「沒關係。」我是真心的。我一隻手放在伊森的大腿上。沒有羅盤我也活得下去。

「你能跟我們說說查莉嗎？」老麥說，急著要更深入了解。他的筆記本和手機都擺在大腿上，手機是錄音模式。「無論你記得什麼都可以。」

伊森給了他一眼，意思是我什麼都記得。「棕髮，淡褐色眼睛，五呎六吋高（一六八公分），一百六十磅（七十三公斤）。非常濃的南方口音。一九六二年二月二十日生。」

「她把生日都告訴你了？」老麥說。

「不是，我看了她的駕照，上面寫一百四十磅（六十四公斤），她是騙人的。喬治亞州電話〇三七七五六四九四八。」

安德魯一副得意得要爆裂的樣子。

「她不算很好，」伊森說，「她的狗也一樣。她說要是我敢踏出門口，魯法斯就會吃掉我。」

老麥的聲音緩慢謹慎。「我拿照片給你看可以嗎？我們需要指認身分，可是如果你不想要，我們也不必現在就做。我們可以等到你覺得可以的時候。」

他過於小心了，而且並不只是他一個。儘管醫生說伊森沒事，但並不是每道傷口都是看得見的。到現在為止他對於被查莉拿刀抵著脖子的恐懼，被強行押走的深沉又沉默的哀傷，花了我們三天——沒完沒了的五十九小時——才找到他的殘存憤懣，一個字也沒說過。或許這些事情等以後才會浮出檯面，像延遲設定的咖啡機，但是目前，我們全都擠在他四周，伊森卻似乎一點也不沮喪。

伊森看著我，再看著老麥。「我現在就可以了。」

老麥從手機叫出來的照片是一名女子，我只看出這麼多，但是就算要我研究上一輩子，我也看不出她的髮色、唇形，是瘦或有三層下巴。我只看得到她的眼睛，像卑劣的彈珠塞進了一張麵團臉上。

「就是她。」伊森的身體更向枕頭裡陷。「就是查莉。她會怎麼樣？」

老麥把手機放回口袋裡。「她會坐很久的牢，她的哥哥也是。我們也逮捕了他。」

「那魯法斯呢？」

「魯法斯會送到收容所，他們會餵牠，監視牠，看牠是真的很兇惡或只是受虐。在這方面狗和人一樣，惡劣的行為總是來自於環境影響，不是基因。如果魯法斯可以重新訓練，收容所的訓練師會知道怎麼做的。」

「牠對查莉滿好的，所以我猜牠不可能那麼壞。」

一名護士端著一盤食物過來。鬆軟的白麵包夾著美國起司，稍微變色的蘋果片，以及每家醫院都有的裝在塑膠杯裡的果凍。這些食物伊森通常都嗤之以鼻，但是現在他拿了三角形三明治，整個塞進嘴裡。

「我還是不懂你是怎麼上網的，」盧卡斯說，「老麥說活動房屋裡沒有可以用的網路連線。」

伊森因興奮而瞪大了眼睛，加快咀嚼，用力吞嚥，聲音很大。「嗯，每次查莉到外面去照顧魯法斯，我也會翻她的東西。」

老麥舉高一隻手。「既然她丟下你一個人，你為什麼不逃走？」

「因為她把我鎖在裡面，把魯法斯的鍊子鬆開了。要是我出去，牠一定會吃掉我的。」

「好，往下說。」

「反正就只要查莉在外面，我就會翻她的東西，我知道她的屋頂上有衛星，所以我找到了一支舊的八木天線和傳輸線，我就做了Wi-Fi天線。我必須等到她出去餵魯法斯才能從後窗爬出去，關掉降頻器換上天線。魯法斯繞過了轉角，差點也看到我了，可是後來牠被一隻土撥鼠吸引過去，就去追牠了，然後查莉又去追狗，我就趕緊拿著天線到處找訊號。」

一陣漫長又驚愕的沉默，人人都在消化一個八歲孩子用舊垃圾臨時拼湊出一個原本不存在的網路連線。

老麥清清喉嚨。「我來問清楚。你像馬蓋先一樣做出了一個Wi-Fi衛星，並且攔劫了孟娜的訊號？」

「小鬼頭。」盧卡斯伸出拳頭，伊森嘻嘻一笑，跟他碰拳。

「應該有人告訴她要給網路連線加密，」他說，「WPA2就可以提供她最起碼的防護。」

「難怪ISP叫我們到那裡去，撞開的是孟娜的門，而不是查莉的。」老麥抬頭，不敢相信。

「我的航管局同事也去了，指控孟娜駭入了飛安系統，他們以為她是恐怖分子。」

「我只發了兩次信，我沒有威脅要做壞事。可是我聽到了飛機聲，所以我知道我們很接近機場。我猜他們會是最快趕過來的。」

「不過為防萬一，你也駭進了一一九系統和三處消防局。」

「四個，」伊森糾正他。「我也要駭進警察局的，可是後來我累了。等我醒過來，你們就來了。」

為此，我感謝主。

安德魯一定也是同樣的想法，因為他向伊森伸手，我也一樣，我的手像是有磁力自己動了起來。我等著敵意的火花，等著不甘願的醋意擦傷我的皮膚，但我只感覺到感激以及深入骨子裡的疲憊。我厭倦了一天到晚在生氣，拖著我的舊怨像一袋的鉛。安德魯跟我聯手創造了這個孩子——這個美麗、勇敢、聰明的孩子——然而我們卻老是拉扯著他，像感恩節晚餐上拉扯著許願骨，從不停下來考慮一下想要贏只有一個方法，就是把骨頭一分為二。

我忍不住想：要是我停手的話會怎樣？安德魯會贏，或是我們就不再拉扯了？

老麥收拾東西離開了，盧卡斯也是，去餐廳幫我們兩個買吃的。安德魯也被叫走了，跟著一個拿著厚達三吋的文件的護士去了，那些都是需要簽名的文書表格。他們離開後，伊森看著牆上電視上的卡通，而我看著他——他短小纖細的手指，他的肋骨隨著呼吸起伏。他總是這麼瘦，這麼骨感？

「有人在嗎？」我認得這個聲音，一轉頭就看到史黛芙妮．杭廷頓在門口探頭。她對我露出害羞的笑容。「我們能進來嗎？我保證我們不會久留。」

我把電視轉成靜音，揮手要她進來。

不情不願的山米跟在她後面，拖著一大簇氣球，有輛小汽車那麼大。他用手背把眼鏡推高，瞪大眼睛望著病房，兩隻眼珠子掠過金屬病床，牆邊一排的醫療器材，點滴袋緩緩將輸液滴進伊森左手的血管中。山米停在床腳，氣球抵著有鑲板的天花板飄動。

「山姆要我代他致意，」史黛芙妮說，「他也想來，不過他在警局裡做筆錄。伊森被綁架是他的幕僚長喬許．莫瑞爾一手主導的，星期五早晨就是他打電話給我的。」

喬許，那個陪她去學校開會的人。

伊森在枕頭上挺直了身體。「莫瑞爾。查莉也是這個姓。」

「查莉是喬許的妹妹。杭廷頓家的歷史……很複雜。古老的家族宿怨醞釀出了不應該有的仇恨。我真不知道怎麼會沒有早點看出來。」史黛芙妮一隻手放在伊森的腳踝上，在薄薄的聚酯纖維毯下像一團骨頭。「很抱歉我們的家務事卻把你牽連進來了，甜心，可是我好高興你平安無事。」

伊森淡淡一笑。他夠聰明，知道她不是來說這個的。

「好了，小朋友。」史黛芙妮伸手到後面去拉兒子。「該你了。」

山米向前跌，氣球在他的頭頂上跳舞。他的目光集中在伊森胳臂上的點滴管上，清澈的液體緩緩滴落。「那是藥嗎？」

「是食鹽水。」伊森的話說得很小心，緊盯著山米，活像是在等他從背後掏出把超級水槍來，或是把毯子壓緊害他的腳動彈不得。「他們找到我的時候我脫水了，不過我現在好多了。」

「喔，那是好事吧。」山米的腳動了，一把就把氣球塞給伊森。「送你的。對不起我拿了你的睡袋。等我們離開這裡，媽會帶我去店裡，她要我用自己的錢買一個新的賠你，所以……」他聳聳肩。

說到道歉，山米做得還真差，而且不是只有我一個人這麼覺得。伊森沒有動，沒有回應。山米瞪著地板。

史黛芙妮用指關節戳了他的肩胛骨，他嘆口氣，在褲子口袋裡掏摸。我直到這時才注意到他的大腿鼓起了一塊，東西的重量把他的長褲往下拉。他把東西掏出來，我在玻璃照到光之前就知道是什麼了。

羅盤。

山米的眼睛在眼鏡後充滿了淚水。他把羅盤小心地放在毯子上，聲音變得結巴沙啞。「我沒有要拿走不還你，我發誓。我只是想要藏起來一下子，讓你以為弄丟了。我本來要還回去的，可是後來失火了，然後你不見了，然後……」

他的小臉皺了起來，臉頰浮現了兩坨紅點。他哭的樣子跟伊森真像，我懂了為什麼在黑暗的樹林中查莉會把兩個孩子弄錯。

「對不起！」山米哀號著說，「我不知道我為什麼一直對你那麼壞。我對別人都不會那樣，而且我也不喜歡對你那樣，可是你那麼聰明。你什麼都知道，讓我覺得自己好笨。」

伊森驚訝地朝他眨眼。「我沒有什麼都知道。」

「你有。你每次都知道答案，比別人都還要早知道。所以愛瑪老師午餐的時候都會跟你坐在一起，所以她才會那麼喜歡你。」

「不，她沒有。她跟我坐是因為沒有人要跟我坐，她不想要讓我一個人吃飯。」

伊森的話鑽入了我的胸口，擠捏我脆弱的心臟。我想到了木屋中央的木乃伊式睡袋被其他睡袋圍繞著，遠遠的牆邊則是那個孤伶伶的黑色睡袋；我想到了我被叫去校長室的次數，氣山米氣得冒煙，而其實我應該氣的是學校。氣愛瑪老師和其他老師。氣他們沒有保護我的孩子，沒有為他屏擋欺負他的惡霸。我想到阿伯納席博士冗長枯燥的幻燈片，她得意地引述康橋的校訓，什麼多元高尚正直，卻沒有為我的兒子做到。我早該知道單單一個小男生——我的，或史黛芙妮的——不可能是問題的全部。

我也知道了別的事，有如被白熱的光照亮：伊森不會回那所學校了。他不會再踏進康橋學院一步，不會再獨坐在餐廳裡或是戶外的長椅上，看著別的孩子遊戲。想到這裡，我肩胛骨之間的肌肉就鬆弛了，數月來我的呼吸第一次變得輕盈暢快。伊森有學校可以念，但絕對不會是康橋，我不會再讓他吃那種苦頭了。

我現在就沒辦法逼迫他嚥下這口氣。他兇巴巴瞪著山米，氣得冒煙，一臉的不服氣，顯然是不打算原諒。老實說，我也一樣。

「他一直不好過，好幾天背負著這個。」史黛芙妮把山米拉過去，他把臉埋在她的肚子上。「我說的不是羅盤，而是罪惡感。是他說今天要過來的，妳知道。他真的很抱歉。」

我點頭，因為我相信她。但我不知道的是，我還沒決定好的是，抱歉是否足夠。

然而，他道歉了，比安德魯強多了。

這幾個月來我一直在等他說出為自己的所作所為懊悔的話來，可說了又如何？我是不是會沒有辦法原諒他，就像我現在不想原諒山米一樣？是的話，道歉又有什麼意義？

「謝謝你，山米。」我說，盡量不讓自己噎住。「你能來這裡，說這些話，一定不容易，所以謝謝你這麼勇敢。」

山米吸進一口氣，用手背擦臉。「妳不生氣？」

我看著他，不知道是想要看見什麼。一種醒悟？赦免他過去一切的罪？他跟我兩年來看見的那個孩子是同一個，被寵壞的小混蛋。他現在或許是英雄，但他卻是個糟糕的英雄。既是惡霸也是解放者，一個恐怖的小壞蛋披著閃亮的盔甲。我恨他，我也為他做的事而愛他。

伊森不會有事的。他會從這件事上恢復，我會全程緊盯著。但是必須由我來為他指點出一條明路來。

「喔，我還是很生氣。可是如果你沒有把Xbox的事說出來，伊森就還會被查莉抓走，我們就還會到處在找他。到頭來，你做的好事贏過了壞事，我會盡量記住這一點。」

史黛芙妮給了我感激的一笑，但是伊森的沉默對山米來說卻越來越難以承受。他皺起臉，哭得好傷心，眼淚從兩邊臉頰往下流，流過了下巴，落在脖子上，落進了衣領裡。他的哭聲又響又密集，小小的身體不停抽搐。他就像你在沃爾瑪看到的那些臉紅脖子粗的孩子，在走道上撒潑——又哭又叫，一把眼淚一把鼻涕的。伊森捧著手肘，敲著皮膚——意思是他有話要說，卻不打算說出來——用又大又乾的眼睛盯著山米發脾氣。

門口有騷動，安德魯進來房間。我盯著他的長腿，他濃密的頭髮跟他很討厭的那綹翹起來的頭髮，他熟悉的步子，我母親的話浮現在我的心裡，強而有力，清晰無比，在她把外公的羅盤放進我手裡的那天。這個東西可以幫妳找到方向，但首先妳必須知道妳在哪裡。絕不要忘了妳在哪裡，親愛的。絕不要看不見妳真正的北方。

一直以來，我都以為是他。安德魯是我真正的北方。說不定就是因為這樣在他從聖壇跌落時我才會覺得那麼不可原諒，因為它讓我覺得失落。沒有了指引。

而現在仔細一想，或許那就是在伊森失蹤時我那麼快就責怪他，為什麼我會指責安德魯，任由自己往最壞的一面設想。這半年來我緊抓著不放的怨恨滲入了我對安德魯這個人、這個父親的看法，而我也毫不檢討。我不是唯一一個應該得到道歉的人。

在我的內心深處，我一直用熾熱的拳頭緊揪著怒氣不放，但是我感覺到什麼東西鬆開來了，放開了掌握。

「好吧，我們走了，」史黛芙妮說，把我從思緒中驚醒。她把仍在哭的山米摟在身邊，緊緊抱著他，傾身捏了捏伊森的腿。「真高興你平安了，甜心。多多保重，好嗎？」

安德魯讓開了路，卻沒有抹掉一臉的不悅。他知道山米是誰，知道他一直在欺負伊森。

「他是來道歉的。」我指著羅盤，仍窩在伊森腿間的毯子裡。「還有歸還羅盤。他從伊森的背包裡拿走的。」

安德魯氣憤地鼓起了胸，不是為了我，不是為了我幾乎遺失的我母親的一部分，而是氣有人居然敢偷他兒子的東西。我在空氣中感覺到他的憤怒，他想要去走廊追上他們的衝動。安德魯從來不是那種會避戰的人。「那妳怎麼說？」

「我說謝謝。」

「謝什麼？」他說，皺著眉頭，不是他想要的答案。也難怪，我在每件事上都跟他唱反調。

「因為山米道歉了。因為他來這裡，承認了自己的錯。」

「所以呢？」

喔，拜託。

說真的，我或許永遠也不懂為什麼安德魯會做出那種事來。他為什麼會失去理智，是什麼樣的錯誤推論促使他朝我的臉揮拳，就像我可能永遠也搞不懂山米——不過，也許也沒關係。也許這件事的教訓不是去了解，而是要放下。我的舊怨、我殘留的憤怒、我的苦澀，以及沒完沒了的自問為什麼。羅盤、霸凌、拳頭和憤怒。就全都放下吧。

不要再拉扯了。

「所以伊森回家了，」我說，「這才是最重要的。」

伊森

如果我就像別人說的那麼聰明，那為什麼有些事我就是不懂？像是刀子架在你的脖子上可以感覺既冰冷又滾燙。像是有人可以對狗很好，卻對人、對小孩子很惡劣。像是為什麼世界上有那麼多人偏偏是山米救了我。就算我可以活很久，我也覺得我永遠也搞不懂。

他對我做的壞事媽連一半都不知道。罵我、推我、欺負我。他吐口水在我的食物裡，在廁所堵我。有些事我永遠也不會說，有些事我寧可忘記。

像是查莉把我拖進樹林時他的臉。他看見了她拿刀子抵著我，她的手摀著我的嘴巴，而他就只是站在那裡。他緊緊閉上眼睛，假裝沒看見。我知道山米討厭我，可是我不知道他有那麼討厭我。

我留在樹林裡的那些線索？不是在好幾個小時之後給盧卡斯來找的，是給愛瑪老師和費雪先生和警察的，我以為他們會緊緊跟在我們後面。在我們後面。我一直等著有人追上來，可是誰也沒有追上來。

然後他到醫院來，說著他那些蹩腳的道歉和藉口。羅盤跟那些臭氣球。山米說我害他覺得自己很笨，可是也許笨的是我。他來這裡尋找原諒，而我讓媽給了他。雖然我看得出來她不想給，雖然沒有人能看得出來他不配。

尤其是山米。他知道自己做了什麼，所以他才哭成那樣子。一桶又一桶的眼淚。是真實的，而且棒極了。

哼，現在誰是愛哭鬼了？

謝辭

按照慣例，我必須第一個感謝我的經紀人妮姬・特皮羅夫斯基。有時候一個故事會在餘光將盡的時候浮現，有時候需要費許多的功夫。妮姬閱讀數不清的草稿，而且絕不會抓不住我想要說的故事。謝謝妳的辛苦，也感謝妳在我見樹不見林的時候指點我方向。這本書因為妳而變得更好。

在公園路的這個村子。感謝莉姿・斯坦，我的編輯，她教會我如何把一篇好故事變得更好。感謝娜塔莉・哈拉克在最後關頭上場救援，擊出全壘打。感謝埃默爾・弗朗德斯，我的公關，以及在公園路圖書的幕後辛苦耕耘的所有才華洋溢的夥伴。再多的謝謝你們也不夠。

感謝蘿拉・德瑞克，無與倫比的批評家；也感謝我的父母鮑伯和黛安娜・莫雷斯基。謝謝你們忍耐我的初稿，仍能找得出鼓勵的話讓我繼續寫下去。感謝我的好文友瑪麗娜・阿岱爾和瓊・史旺，妳們的鼓勵、情節構思會議、雞尾酒和歡笑。下一步我們要做什麼？感謝黛安娜・歐爾根，是她建議了伊森的馬蓋先本領，幫助我構想出那個部分會是什麼樣子。寫作是孤獨又辛苦的，但是你們讓我保持清醒。

感謝嘉伯麗拉・莫雷斯基，我的外甥女以及現實世界的天才兒童，伊森就是以她為範本的。妳都不知道妳愛看書讓我有多麼的開心。

感謝妮珂蓮・艾克布姆，她可是付了大價錢才讓她的名字出現在我的書裡的，也不知值不值得。也感謝亞特蘭大的荷蘭學校莫倫維克接受了妮珂蓮的慷慨解囊。莫倫維克的老師及董事會是我見過最勤勉、最投入的一群人，我想不出還有誰是更好的受益人了。

每個女生都需要一支女生小組，而我對我的小組的感激無法用言語來形容。伊莉莎白．貝克森岱爾，克莉絲蒂．布朗，麗莎．坎普和拉桂兒．蘇扎，謝謝妳們的晚餐、旅行和歡笑。妳們讓我完整。南施．戴維斯，瑪桂特．德瑞許，安潔莉克．基爾可立，珍．羅賓森，亞曼達．沙普拉和崔西．韋洛比，謝謝妳們聽我傾吐，讓出肩膀給我倚著哭泣，為我加油打氣。我們的聚會是每個月裡我最愛的一天。

還有我對埃伍德、伊芳和伊莎貝拉一生一世的感激。你們佔滿了我的心。

Storytella 178

失蹤三日

Three Days Missing

失蹤三日/金柏莉.貝蕾作；趙丕慧譯. -- 初版. -- 臺北市：春天出版國際文化有限公司, 2023.12
面； 公分. -- (Storytella；178)
譯自：Three Days Missing.
ISBN 978-957-741-768-8(平裝)

874.57 112016837

ISBN 978-957-741-768-8
Printed in Taiwan

作　者　金柏莉・貝蕾
譯　者　趙丕慧
總編輯　莊宜勳
主　編　鍾靈

出版者　春天出版國際文化有限公司
地　址　台北市大安區忠孝東路四段303號4樓之1
電　話　02-7733-4070
傳　眞　02-7733-4069
E－mail　bookspring@bookspring.com.tw
網　址　http://www.bookspring.com.tw
部落格　http://blog.pixnet.net/bookspring
郵政帳號　19705538
戶　名　春天出版國際文化有限公司
法律顧問　蕭顯忠律師事務所
出版日期　二〇二三年十二月初版

定　價　399元

總經銷　楨德圖書事業有限公司
地　址　新北市新店區中興路二段196號8樓
電　話　02-8919-3186
傳　眞　02-8914-5524
香港總代理　一代匯集
地　址　九龍旺角塘尾道64號 龍駒企業大廈10 B&D室
電　話　852-2783-8102
傳　眞　852-2396-0050